U0943889

若你喜欢怪人，其实我很美。

——陈奕迅：《打回原形》

此处风雪静寂

明开夜合 著

青岛出版集团 | 青岛出版社

图书在版编目（CIP）数据

此处风雪寂静/明开夜合著. —青岛:青岛出版社, 2022. 3
ISBN 978-7-5736-0003-5

Ⅰ. ①此… Ⅱ. ①明… Ⅲ. ①长篇小说—中国—当代 Ⅳ. ①I247. 5

中国版本图书馆CIP数据核字（2022）第011851号

CI CHU FENGXUE JIJING

书　　名　**此处风雪寂静**
作　　者　明开夜合
出版发行　青岛出版社
社　　址　青岛市崂山区海尔路182号
本社网址　http://www.qdpub.com
邮购电话　18613853563　0532-68068091
责任编辑　郭红霞
特约编辑　崔　悦
校　　对　李晓晓
装帧设计　千　千
照　　排　梁　霞
印　　刷　三河市良远印务有限公司
出版日期　2022年3月第1版　2022年3月第1次印刷
开　　本　32开（880mm×1230mm）
印　　张　8. 5
字　　数　236 千
书　　号　ISBN 978-7-5736-0003-5
定　　价　39. 80元
编校印装质量、盗版监督服务电话　4006532017　0532-68068050

目录

此处风雪寂静

第一章 两个怪物 1

第二章 晦暝雨夜 30

第三章 可爱的月亮 49

第四章 不会有故事 76

第五章 幽微人心 89

第六章 绝对的死寂 107

第七章 浮冰和浮冰相触 130

第八章 心跳是脚步写诗 153

第九章 我想要你长命百岁 182

第十章 玫瑰茜色和拿坡里黄 195

第十一章 若你喜欢怪人 218

第十二章 此处风雪寂静 233

番外一 一个婚礼 255

番外二 一个周六 260

第一章

两个怪物

“小姑娘，地方到了。”出租车司机喊了一声。

黄希言从一路颠簸中惊醒，睁眼一看，一幢老旧民居，街边就是楼底的铺面，几个简陋、刺眼的灯箱招牌，廉价女装店、烧烤摊儿和狭窄逼仄的小超市……她还没来得及消化目之所及的一切便付了车费，拎着行李箱下了车，照着微信上房东的语音指示，绕到了楼房的另一侧。

面前是两扇玻璃泛蓝的铝合金移门，上面贴着“烟酒、副食、冷饮”的红色塑料字，黄希言将行李箱放在门口，推开门，室内烟雾缭绕。这并不是卖货的铺子，而是个茶馆，支了三张麻将桌，其中两张有人坐，一张空着。

黄希言向着屋内道：“打扰了，我找张姐！”

一张牌桌上，举起一只戴翡翠镯子的胳膊来。黄希言走过去。张姐叼着烟，从手包里掏出一串钥匙，找了找，卸下一把，丢到她面前，上面的数字是“602”，紧跟着张姐从自己面前的牌堆里挑了一张牌扔出去。

“合同……”

“你按时交房租就行了。”张姐无暇从牌局中分心。

黄希言出发前查了一堆攻略，记了下关于租房合同的种种注意事项，就怕被骗，哪知道对面不按常理出牌。犹豫之后，她从背包里掏出两份早就准备好的合同：“您看看这个，若是没问题的话，还是签一下吧，这样比较保险。”

张姐诧异地抬头看了黄希言一眼，笑了。牌桌上有人打趣黄希言：“小姑娘还怕张姐坑人？她手里有二十套房，连收房租都收不过来。”

张姐抬手，接了黄希言手里的合同和笔，对内容看也没看，翻到签名处，唰唰地签了字，递回。合同一式两份，黄希言分出一份，放在张姐手边。张姐笑说：“死脑筋哦。”

黄希言走出茶馆，绕进巷子里，找上楼的入口。那是一扇生了锈的铁门，锁头坏了，门一拉就开。她推着行李箱进门，四下看了看，发现这楼房没有电梯，便取下缠在手腕上的发圈，一把束起头发，深吸一口气，提起行李箱爬楼梯。

对不到一米六个头儿的黄希言而言，这不是一件容易的事儿。她走走停停，好半天也才上到三楼。停下来喘气的时候，她听见楼上传来咚咚咚下楼的脚步声。

黄希言自觉地往后让了让，看见楼上下来一个高中生模样的男生，身穿短袖校服，一头汗，长得黝黑精瘦，手长脚长，跟猴儿似的。

脚步一顿，男生往她的脸上打量：“新租客啊？”她点头，抬手一把扯下发圈，头发散下来，遮住两颊。

“住几楼？”

出于警惕，黄希言没答，只是笑了笑。男生笑说：“我爸是楼下开超市的。我经常给附近的住户送货，刚从七楼送啤酒下来。你要买什么，也可以找我送货上门，微信上说一声就行。”

他说着便掏出手机，调出个二维码，递到黄希言的面前。她扫了二维码，男生通过验证，准备给她改备注，问她：“你叫什么？”

“我姓黄。”

“住哪儿？”

“602。”

男生比了个“OK（好）”的手势：“我叫何霄，云霄的霄。”

黄希言点点头。何霄把手机揣进裤子口袋里，又说：“你的楼上，702，住了个怪人。你平常在家，放音乐啥的最好小点儿声，不然他会给张姐打电话投诉的。”

“怪人？”

何霄耸耸肩：“我也不知道他是做什么的，成天把自己关在屋里。我给他送过好多回东西，到现在连他长什么样都不知道。”

黄希言笑说：“谢谢提醒。”

何霄往下跳了一步打算走，看了看她，又说：“我帮你把箱子提上去吧，没电梯也挺令人头痛。”

没待她拒绝，他拎起行李箱就往楼上走，力气仿佛出奇地大。他提个二十多斤的箱子，比她空手走得都快。他将箱子放在602的门口，掀起T恤下摆抹了抹汗，笑说：“以后照顾我们超市的生意啊！”

“一定一定。”

黄希言拿钥匙打开门。屋里装修简单，无所谓风格，不过该有的家具都有，而且两室两厅，足够宽敞。她检查了一下，一切设备都能正常运转，只是床上只有床板，没有床垫。今天实在没有精力再折腾，她打开客厅空调，从行李箱里拿出四件套床品，铺在客厅的沙发上，打算将就一晚再说。

洗过澡，吹干头发，黄希言在客厅的沙发上躺下，望着头顶没做吊顶的白灰天花板。奔波了一整天，高铁转大巴再转出租车，她简直累得傻掉。她是第一次单独离家这么远，半个可以照应的熟人都没有，这里连屋里的空气闻起来都是陌生的。

黄希言躺了没多久就要睡过去，赶紧撑着眼皮爬起来，关上客厅的灯。重回到沙发上，她给姐姐发了一条微信：“我已经到了，麻烦姐姐跟爸妈说一声。”

她等了等，姐姐黄安言只回复了一个字：“嗯。”黄希言按灭手机，转身就睡着了。

第二天，黄希言原本打算去超市采买一些必需品，结果接到了报社老师的电话，让她有空儿立即去报到。

报社离黄希言住的地方很近，坐公交车也不过三站。报社大楼十几层，老远就能看见楼体上“奚城晚报”几个大字，算得上是远近最气派的建筑。

黄希言实习的部门在八楼，她上去之后，和带她的老师碰头。老师姓郑，是一个四十多岁的中年男人，戴眼镜，穿一件条纹的POLO衬衫，语速很快，还夹带方言，听得她似懂非懂。

郑老师问明白她会使用摄像机之后，就让她拿上机器跟他出去跑新闻。报社用的机器型号很老，也很沉，黄希言扛得吃力，但丝毫没有抱怨。她跟着郑老师上了一辆老旧的大众桑塔纳，去远郊的一个化工厂。这次的工作内容是对化工厂的产业升级做一个整体报道，没什么值得说的。天气热，黄希言扛着摄像机，肩头被机器压着的地方，汗一杀进去就隐隐作痛。

下午，采访结束，黄希言坐郑老师的车回报社。郑老师点了一支烟，问扶着摄像机坐在后座的她：“怎么想到跑来我们奚城这种小地方实习？”

她笑说：“我在群里看到报社招实习生的启事，就投简历了，没想那么多。”

郑老师说：“市里出去的大学生，毕业了都不愿意回来，你一个大城市的小姑娘，倒是稀奇。”

她笑了笑，问道：“郑老师，我下午还有任务吗？”

“你把采访录音整理出来。”

“我能不能把录音带回去，整理完了用邮箱发给您？”黄希言告诉郑老师，自己昨天才到，缺很多东西，今天可能还得抽空儿去买张床垫。

“那我顺便带你去呗，要不然你买了床垫怎么搬回去？”

“就不麻烦您了，我找个朋友帮我。”

郑老师闻言不说什么了，提醒她明天上班之前务必把整理好的资料给他发过去。

黄希言到超市去找何霄。他正坐在门口的一张塑料凳子上喝可乐，看见她，遥遥地招了一下手，笑说："来照顾我们的生意啊？"

她也笑着说："是呀！"

何霄找了个购物篮递给她，一路跟在她的身后，看她面露犹豫之色，便问："你要什么？我帮你找。"

黄希言有些不好意思地笑了笑，随手拿了一瓶洗发水扔进购物篮里。她犹豫是因为家里习惯用进口品牌的日用品，货架上的这些她没用过，不知道哪个更好。洗发水、护发素、沐浴露、牙膏等常用的日化产品，黄希言买了一堆，捎带烧水壶、泡面碗等，结账时装了两个大袋子。

何霄说："我帮你送上去吧，还挺沉的。"黄希言没有拒绝。

送到楼上，何霄停在门口，没再进去，放下东西要走。黄希言喊住他："能不能帮我一个忙？"

何霄："你说。"

"我要去买一张床垫，你知道去哪里买吗？如果你有时间的话，能不能带我去一下？"

何霄笑了："你也太客气了，不在我家超市买这些东西，我还不带你去了？"黄希言不好意思地笑了笑。

"走吧，我找个车带你去。"

在车上的时候，何霄时不时回头看黄希言。她长得不算顶漂亮，但皮肤太白了，在日头下白得发光，一头柔顺的黑色长发，没有任何烫染过的痕迹，垂下来遮住了侧脸，使她的脸显得更小，似乎还没有巴掌大，而眼睛却很大，令她看起来仿佛未成年，至少他觉得她即便比自己大，应该也大不了多少。她长得干干净净，一看就知道没吃过苦，和他班里的女生很不一样。而且，她总是笑着的，是那种能笑到人心窝里去的温柔而阳光的笑。

何霄忍不住问："你是哪里人？"

"崇城。"觉察到何霄在打量自己，黄希言忍不住抬手拨了一下头发，将侧脸遮得更严实。

“一线城市啊！那你来我们这个破地方做什么？”

“来报社实习。”

“为什么？你们大城市没有报社？”

她笑了：“不是……你就当我是来体验生活的吧。”

何霄耸耸肩，好像理解不了这种行为：“那你现在读大几？”

“大三。”

何霄多看了她一眼：“不像。”

“那我像大几的？”

何霄笑笑不说话。到了家居建材市场，他熟门熟路地将黄希言带去了一家店，挑选、讲价、运输，一条龙服务。最后，她以不到一千元的价格买到了一个质量相当不错的乳胶床垫，还被附赠了一床标签价格为五百二十元的春秋被。

何霄开车载着黄希言回到超市门口，车还没停稳，从超市里传来一个中年男人浑厚的骂声：“小兔崽子，又偷开老子的车！老子看你哪天被车撞死就安逸啰！”

何霄闻言也不搭理，将车停稳，把钥匙丢给他老头儿（指父亲），扛起后备厢里的床垫，溜之大吉。尽管何霄力气大，扛个床垫上六楼也费力。黄希言在他身后托着床垫，尽力帮他减轻一点儿重量。到了六楼黄希言房间的门口，何霄已经一身汗，像打河里捞出来的一样。她急忙打开门。他把床垫扛进了卧室，放在床板上，说：“我洗把脸。”

黄希言叫他自便。何霄走进洗手间，刚要把水龙头打开，便感觉头顶上有什么东西落下来，滴在自己的脸上。他往脸上抹了一把，是水。他抬头一看，天花板在渗水。她被叫过去，一看，傻了眼。

何霄说：“走，上楼问问去。”

黄希言跟着何霄上楼。何霄一副摩拳擦掌、跃跃欲试的样子，他说，这回总算有机会知道702的租客长什么样了。

“你送货上门，他不接收吗？”

“他在微信上告诉我把东西放在门口就行。有一回我放下东西，躲在拐角处等了半个小时，就是不见他出来拿。”

黄希言不得不承认，这个租客挺神秘的，她的好奇心也被勾起来了。两人到了702的门口，何霄抬手敲了敲门，等了好一会儿也没人应门，再敲，还是如此。

“人家可能不在家。”黄希言说。

何霄不死心，继续敲，五分钟过去，还是没人应门。何霄拿出手机给702的租客发了一条微信，也没收到对方的回复。至此，何霄不得不放弃：“他可能确实不在家。”

两人都有点儿淡淡的遗憾，然而转身要走的时候，身后咔嗒一声，门开了，一阵空调的凉意袭来。“干什么？”那人的声音很淡，带着同样的凉意。

两人齐齐转身。门口站着一个个头儿很高的男人，穿着一身黑衣，赤着脚，头发中长，皮肤苍白，几乎没有血色。一眼望去，他给人的感觉是病态的英俊，有种虚幻感，不像是真实存在于现实世界的人。

何霄挠挠头：“那个，楼下602的天花板渗水，我们上来看看。”

他将黄希言往前推，她却怔怔地没有动，目光定在男人的脸上。她不大确定地喊了一声：“席樾哥？”

席樾疑惑地蹙眉，看着她。何霄跟着愣住：“你们认识？”

她笑了，对席樾说：“我是黄希言，你还记得我吗？”

席樾的脸上依然没有什么表情：“哦……嗯。”

黄希言抬手指了指门内：“我们能进去看看吗？”席樾顿了一下，转身往里走，她和何霄跟了进去。

大白天，席樾的家里却拉着窗帘，屋里一股潮湿的气息，空调温度不知道开得有多低，黄希言进门的瞬间竟生生打了一个冷战。和楼下不一样，702这套房子装修得很符合黄希言的审美，木地板、皮质沙发和落地灯，角落里有一盆齐人高的绿植（绿色观赏观叶植物），黑色的铁制书架上，书都放满了，多出来的直接堆在茶几和地上。

黄希言没空儿多看，见席樾往洗手间去了，也跟了过去。里面洗手盆的水龙头没关，下水器的弹跳芯是压下的，盆已蓄满水，水流到地上，积了两三厘米深。席樾关掉水龙头，将手探进洗手盆按下弹跳芯，水哗啦啦地流下去。他洗了一下手，说：“好了。”

站在黄希言身后的何霄睁大眼睛，问道：“这就好了？”席樾转头看了何霄一眼。

“这一地的水，啥时候能排干净？”何霄挠了挠头，“至少拿拖把拖一下吧。”

席樾站着没动，表情隐约显出不大耐烦。黄希言轻轻推了推何霄，笑说：“走吧走吧，我们下去吧。”

何霄却仿佛一定要帮忙帮到底：“你家有拖把吗？”

“阳台。”席樾抬手指了指厨房那边的生活阳台。何霄拎了拖把过来，挽起裤脚，赤着脚蹚进去，挥着拖把将水扫往角落的地漏处。

黄希言站在洗手间门口往里探身：“要我帮忙吗？”

何霄说：“不用不用，一会儿就好了。”

黄希言正关心着何霄的动静，忽听席樾喊她。他站在靠近沙发的地方，一副游离于事态之外的神色。他看了她一眼：“你们自便，弄完了把门带上。”说完，他转身进了靠里的房间，一并关上了房门。

何霄嘴张得能塞进个鸡蛋：“他要不是你的朋友，我就要骂人了。”

“也算不上朋友，算是熟人吧。”

“早说啊！你早说，我就骂他了。”

“他的性格一直是这样的，有点儿……”

“情商低。”

“嘘！”黄希言笑了，“不是。他有些活在自己的世界里。”

“那不还是情商低？他是做什么的？”

“原画师（动画的动作设计、绘画者）。”

“画家啊？那难怪了！”

没一会儿，积水就排得差不多了。何霄将拖把洗干净，放回生活阳台。两人走之前，黄希言打了一声招呼：“席樾哥，我们走了，门替你关上了。”

毫不意外，席樾没有回应。黄希言关上门。楼道里一样阴冷，但她一走出他的屋子，就有一种从漂着青荇的潭水里浮上来的顺畅感。

她怀疑他家的窗帘可能安上之后就再没拉开过。

这一趟耽误了很久，何霄怕超市里需要用人，到了六楼，不再跟着黄希言进屋："我下去了。你有事儿的话，微信上找我。"

"今天真是太麻烦你了。"黄希言笑说。

何霄挠了挠后脑勺："没事儿，客气什么？"

下午，黄希言将新买来的东西归置好，打扫了一遍屋子，就坐在沙发上用电脑整理采访录音。录音的内容挺多，三四个采访对象，个儿个儿带着当地的口音，有些句子她要听上三四遍才能确定。

她一直忙到晚上七八点才将录音资料整理完毕，又通篇检查两遍，没再找出错别字，便将文档发到了郑老师的邮箱，然后在微信上跟郑老师说了一声。郑老师回复她说"资料已收到"。

黄希言放下电脑，伸了个懒腰，休息了几分钟，准备下楼去找点儿吃的。她拿上手机，背上一个小包，出了门。门一打开，她被吓得退后一步——席樾就站在门口，抬手准备敲门。

席樾也被她吓了一下。黄希言笑了："找我有事儿？"

"白天在画画，没招呼你。"

所以他这会儿来补打招呼？她微笑着摇头："没事儿没事儿。"

席樾还是穿着白天的那一身黑衣，手里拿着一支烟，过耳的中长发被束了起来，露出清瘦的侧脸的轮廓。他可能是黄希言认识的唯一一个留这么长的头发，却一点儿不显得女性化，不显得邋遢，只有一种清寥冷寂感的男人。她看了他片刻，觉得他和七年前一样，依然有一张显得毫不世故的面庞，连那种与现实世界不相容的游离感都没有分毫改变。

她问："我准备下楼吃饭，你去吗？"

他思索了一下，才问："吃什么？"

"你想吃什么？附近应该都有。"

"不知道。"

"那你中午吃的是什么？"

"中午……"席樾低下头，好像在计算什么，片刻后才说，"我昨天晚上吃的是泡面。”

这是今天一整天他都没吃东西的意思？黄希言惊了，没多想，伸手去拽他的胳膊：“赶紧走吧。”

席樾那么高的个子，竟然被拽得踉跄了一下，黄希言怀疑他再不吃东西，就要直接晕倒了。一边往下走，她一边问他：“你为什么会在这里？”

“这是我的老家。”

“我以为你还在美国加州。姐姐说你在加州的游戏公司做原画。”

“我很早就回国了。”

“那你现在做的是自由职业？”

“嗯。”

席樾的语速不快，声音也清清冷冷的。他让她联想到初冬的清晨，整个世界都在沉睡时，落在针叶上的白霜。总之，他和“健谈”“开朗”这一类词语没有半点儿关系。

总是一问一答的形式，让黄希言也不知道怎么继续话题，她就沉默了。过了一会儿，席樾倒是主动开口了：“你过来是……？”

“实习。”

“在哪里？”

“报社。”

席樾点点头，又是沉默。黄希言已经习惯了这种节奏。过了好久，他才又说：“很巧。”

黄希言笑了：“是啊，你是我在这里唯一的熟人。”席樾总算露出了两人见面以来的第一个微笑，虽然淡得让人捕捉不及。

到了楼下，席樾停下脚步，掐灭手里没抽完的烟，将烟折断后丢进垃圾桶里。黄希言注意到他的手，手指修长，手背皮肤苍白，连血管都清晰可见。

两人拐了一个弯，一整条街都是商铺，不乏各式餐馆。黄希言看见一家潮汕砂锅粥店，问席樾：“喝粥吗？”她怕他饿了一天的胃经受不住重油重辣。

“都行。”

已经过了晚餐的高峰期，六张桌的店面，客人不多。黄希言没来过这一类的苍蝇馆子，进门看见灯光昏黄昏黄的，有些无措。她犹豫了一下，还是走进去，挑了一张桌子，坐下，扯了一小段卫生纸擦拭桌面，用鞋尖将被丢在桌子底下的用过的卫生纸和塑料包装袋都踢到一处。

两人点了一锅海鲜砂锅粥。黄希言拿过服务员送来的塑料一次性杯子，又给自己和席樾各倒了一杯热茶。她小口抿着茶，看了看他。奇怪，她觉得他像是黑白漫画里的人物，可他坐在这样有点儿脏乱、喧闹的小餐馆里，意外地并不显得违和，可能是因为头顶暖黄的灯光给他苍白的脸照出了些许深浅变化的色调。

“我们上一次见面，是不是还是七年前？”

他想了一下：“嗯，你那时候读……”

“初二。时间过得好快。”

他点点头：“你现在……”

“大三，开学是大四了。”

“什么专业？”

“新闻学。”

“我以为你也会读金融。”

她笑意淡了几分：“他们都这么觉得。”

“你姐姐……”

“要订婚了。你应该知道吧？她在朋友圈发过这个消息。”

“不知道，我没开过朋友圈。”

黄希言笑了笑，这的确是他的风格。好像能聊的也都聊完了，她没有硬找什么话题，别过头去，看向门外。她在任何地方、任何时候都可以自洽。

席樾用修长的手指捏着塑料杯子，喝了一口水。他看了一眼黄希言。她用左手托着腮，视线是放空的，黄色的灯光打在她乌黑的头发和白皙的脸上，有种维米尔油画般的质感。因为有一部分头发被她的手掌压在下颌处，所以左侧的头发没有完全伏帖地遮住她的侧脸，她隐约露出太阳穴至脸颊一侧的……他刚要细看，她的手动了一下，左侧的头发垂下来，再次将其盖住。

粥被端上来。碗里有被剪开的一整只蟹、若干新鲜的虾，上面有一些葱花，粥又稠又入味。尝了第一口，黄希言知道自己小瞧了这个小餐馆——这里看起来不够干净，但食物的味道没的挑。

热食好像让席樾多了一些“人气”。他缓慢地喝着粥，脸上泛起些许血色。这时候，他主动开口：“其实，我下午没有认出你。”

“我发现了。”黄希言笑说，“毕竟那时候我才上初二，这么些年还是长开了一点儿，应该没有小时候那么丑了……”

席樾抬眼，一下望住她：“你是在自嘲？”黄希言愣了一下。

“不要说这种话。把客观存在的事物划分为美和丑，本身就是人类傲慢的偏见。”他顿一顿，又说，“你很美。”

这该是多肉麻的一句话，但由席樾说出来，完全不是这么回事儿。淡淡的语气，跟农民称赞庄稼长势好、外科医生称赞这颗心脏活蹦乱跳没有分毫差别。黄希言愣怔着，好久没有说话。她送一口粥到嘴里，低头避开了席樾的视线，小声说：“好烫。”

这一顿饭是黄希言付的账，因为席樾下楼的时候没带手机。往回走的路上，经过一家药店，他说要去买一点儿药。她跟进去帮忙付账，看他买的都是胃药，忍不住说：“还是要好好吃饭。”

“忙起来就忘了。”

“要不要我帮你问问何霄，看他有没有空儿给你送饭？”

“不用。我工作的时候听不见敲门声，也不希望被人打扰。”

“好吧。”黄希言笑了笑，没必要触碰他的边界感，自己没热情到这种程度。

洗完澡，临睡之前，黄希言收到了一笔转账，是席樾发来的晚餐和买药的钱。她收下了，给席樾发去一个表情包，他没有回复。之后近两周的时间，她没再见过席樾，即便他们住在楼上楼下。

报社很缺新鲜的血液，郑老师用起黄希言这个实习生毫不手软，渐渐地什么都放手让她去做。好在黄希言不是娇气的人，实习和生活，她都在一点儿一点儿地去适应。况且，生活上遇到了什么小麻烦，她还能求助于何霄。

何霄开学升高三，不知道为什么闲得很，更有一副热心肠，有时候不待黄希言开口，他自己就会主动凑上来找点儿事儿做。背井离乡，能交到这样一个朋友，她觉得是自己的幸运。

这天，黄希言在社里修改被主编打回来的第一篇新闻稿，离开报社时很晚，已经过了晚上十一点。回去的路上经过超市，那儿黑灯瞎火的，店已经关了，她饿得很，原本想买一桶泡面的。

她饥肠辘辘、疲惫不堪地走进楼里，拖着灌铅一样的双腿爬楼梯。这时来了一个电话，是妈妈袁令秋打来的。黄家人好像个个精力充沛，不到零点不睡觉，已经这个时间了还会来电话“查岗”。黄希言有种想装作没听见的冲动，犹豫了几秒，还是接通了电话。

袁令秋很不高兴：“去了这么多天，你也不给家里打个电话。”

“对不起妈妈。我刚报到，比较忙……”

“忙到连打电话的时间都没有？”

黄希言不吱声了，脚步不自觉地放得更慢。袁令秋又道：“闹够了就赶紧回家，让你姐夫给你安排一个正经的实习单位。”

“我没有在闹……”

“黄希言，我不是在跟你开玩笑。出国留学的材料不准备，语言班也不去上，你是想做什么？乖了二十年，现在学会叛逆了？”

“这个实习……”

袁令秋打断黄希言的话：“我懒得跟你啰唆，让你姐姐跟你说吧。她的话你总会听……”

片刻后，电话里传出姐姐黄安言的声音。她没什么情绪：“你什么时候回来？”

“我在实习……”

“去这种实习单位，不是在浪费时间吗？”

黄希言不作声。黄安言道："这周末回来吧，我帮你订机票。你回来帮我挑礼服。"

"姐姐，对这个实习，我是认真的。"

姐姐沉默了一下，说："随便你。"

电话挂断了。黄希言拿着手机，好一会儿才又迈开脚步。到了602的门口，她拿下背上的背包摸钥匙，没找到钥匙。她想起来，钥匙上挂了一个U盘，白天她拿U盘去拷贝文件，将U盘插在了报社的电脑主机上，忘了拔下来。

这两周来，面对陌生的环境和高强度的实习任务，她都没被难倒，却被一个电话打败。她发泄一样地搡了搡门把手，力气耗尽。她垂下头，前额紧紧地抵住门板。

不知过去多久，楼上传来脚步声。片刻后，席樾的声音唤她："希言？"

黄希言抬手飞快地抹了一下脸，转头露出一个微笑。她看见他手里提着两个黑色的塑料袋，便问："你下去扔垃圾？"

席樾点了点头，凝视着她的脸："怎么不进屋？"

"钥匙落在报社里了。"

"要回去拿？"

"要去的吧。"

席樾又看了看她，没有多说什么，仍旧下楼去了。丢完垃圾再上楼，他却发现她还在门口，她由站姿变成了蹲坐在地上。她个子小，这么蜷着，更小小的。

席樾不远不近地站着，过了好一会儿，终于还是走过去，到她的面前蹲下，犹疑地伸手过去，摸了摸她埋在臂间的脑袋："去我那里坐一坐？"

此时黄希言有种微妙的感觉，席樾摸她脑袋的手法，像摸一只流浪狗。没待她回答，他将她放在身边的背包提了起来。她顿了顿，说了一声谢谢，也就跟着起身。进了702的门，她脱下自己的帆布鞋，问他有没有拖鞋。

“只有我的。”席樾从鞋柜里拿出一双黑色的凉拖递给黄希言，他自己则光脚踩在木地板上。他脚踝的骨节高高凸起，脚背上的皮肤好似比身上的还要苍白，没有一点儿血色。

黄希言穿上拖鞋。拖鞋明显过大，不跟脚，她这么拖着鞋走路，很费力。他将她的背包提到了沙发那边放下，自己站在沙发和茶几之间，神色看起来有些困扰，因为他不知道应该怎么招待她。最后，他说了一句话：“你可以自便。”

她被逗笑，走过去问他：“你这么晚还不休息吗？”

“我习惯晚上工作。”

“那你吃过东西没有？”

他又陷入思索中。黄希言一下就明白了这是什么意思，便问：“你家里有没有什么储备物资？”

“泡面、面包……冰箱里可能还有便当。”

黄希言不大相信，跑去厨房一看，冰箱里还真的有便当，只是不知道已经过期多少天了。她帮他把过期的食物都清理出来，冰箱一下变得空空荡荡的，就剩下几个卖相难看的青李子。

她掏出手机，点开外卖软件看了一眼。这附近的餐厅基本都打烊了，想来还是只有吃泡面最方便，于是她问席樾：“你吃泡面吗？”席樾点点头。

这是个一应俱全的厨房，只是除了烧水壶，其他炊具没有半点儿被使用过的痕迹。在烧水的几分钟里，黄希言就待在厨房里整理情绪。奇怪得很，说来她不是爱哭的人，平常绝大多数时候是笑脸向人的，哭的次数以年计，可是怎么这么巧，竟让席樾撞到两次。

席樾一直等在客厅里，好半天没见黄希言从里面出来。他从沙发上起身走过去，到门口，看见她站在灶台前面发呆。因从小画画，他养成了看什么东西总是率先注意光影的习惯。若用作人像打光，顶光当是最刁钻的光源，不容易使人显得好看，但是当下，她一半的黑发垂落而下，遮了半边脸，自他的角度，他恰好看见光线照在她的鼻梁上，介于半透明和暖调白之间，真是妙不可言。

好一会儿，席樾才出声。黄希言从失神中回转，转头看了他一眼，微微一笑，忽说：“我想到一件事儿。”

“什么？”

第一次见到席樾时，黄希言读初二，他和姐姐黄安言都读大二。那天，姐姐带她去了崇城美院的一间画室。两人站在窗外，姐姐指着里面的一个人问：“怎么样？”

黄希言将脑袋抵在玻璃上，往里看，靠窗的一个穿一身黑衣的男生在做雕塑，满手的泥，皮肤却和旁边的石膏像一样白。黄安言说：“我要追到他。”

黄安言的性格如此，一贯果断且坚决。但席樾的难追程度远远超出了她的预期，她花了整整一个学期才如愿以偿。

黄安言第一次把席樾带去家里玩儿的那天，黄希言狼狈极了。那天是期末考试出分后开家长会的日子，黄希言考得一塌糊涂，自然没有从妈妈袁令秋那里讨到好脸色。晚上，父母和大哥出去吃饭了，她也不知道姐姐和席樾要来家里，他们开门的时候，她正趴在客厅的沙发上哭。

黄安言一惊，叫席樾先坐，自己去哄黄希言。听说妹妹哭是为了考试成绩，黄安言说：“多大点儿事儿，有什么值得哭的？我们打算去一趟超市，你去不去？”黄希言嫌自己丧气，怕搅扰了姐姐和席樾，就推说不去了。

姐姐跟席樾买了新鲜的食材回来，亲自下厨。黄希言单独在客厅里，抱着抱枕，远远地坐在沙发的一角。中途，姐姐拜托席樾帮忙去餐厅的冰箱里拿一个柠檬。他走出厨房，向黄希言坐着的地方瞥了一眼。

让黄希言意外的是，席樾在冰箱前站了一会儿，然后一只手拿着柠檬，另一只手拿了一盒八喜冰激凌，径直朝着自己走过来。他低着头，也没看她，一伸手，把冰激凌递给她，一句话也没说。在她惊讶地接过冰激凌的瞬间，他就转身走了。

大学毕业，黄安言和席樾分手，各自出国。后来，她又谈了好几任男友，但给黄希言留下印象最好的就是席樾，没有更多理由，仅仅因为那天傍晚，他默默地递过来的那一盒八喜。

姐姐则不然。姐姐的性情洒脱，她与历任男友大都是好聚好散，关系结束后相互之间犹能维持体面，当着外人她还会适当地为对方说两句好话——“他人很好，只是我们性格不合”，诸如此类。唯独对席樾，姐姐的评价很差。每一回提及他，姐姐都一副痛心疾首的样子，恨极了自己当年睁眼瞎。姐姐唯一说过的坏话，也献给了他。她说：“席樾就是个大傻瓜。”

时隔多年，当下，对上席樾带着疑问的目光，黄希言说：“八喜。”

他不明所以：“你想吃？”

“不是，我是说……”她赶紧摆手，笑说，“算了算了。”那么久远的一件小事儿，他不可能还记得。

嗒的一声，水壶自动断电，水开了。黄希言问：“泡面在哪儿？”

席樾指一指橱柜。黄希言蹲下身将橱柜门打开，发现席樾这里的泡面是论箱的，什么口味的都有。她笑说：“你不会一直只吃泡面吧，不会腻吗？”

她过去二十年来吃的泡面也没有来实习的这两周多，已然吃到一闻到那个味儿就感到生无可恋的程度。

“方便。”席樾又补充道，“有时候也点外卖。”

他们各自端着一盒冲了开水的泡面去往餐厅。席樾顺手将餐桌上的几本画集移到飘窗的小榻上，腾出空间。两人坐下，位置呈直角。黄希言用双手托着腮，一边等泡面泡开，一边继续观察屋内陈设。这儿除了书，还有很多雕塑被随意扔在各种犄角旮旯里。飘窗的小榻上就有一尊雕塑，有半条手臂那么高，塑的是一个头上长角的少女。她问：“我能看看吗？”

“嗯。”

她起身，小心翼翼地将那个少女雕塑搬起来，放在餐桌上：“好轻。”

“是用轻型黏土做的。”

她凑近了仔细看。那少女闭着眼睛，五官栩栩如生，睫毛根根分明，还细致地缀了金粉。

“好漂亮。”

“你喜欢，就送给你。”

“真的？你的心血，舍得说送就送吗？”

“失败的产物而已。”

黄希言抬头看向席樾，他的表情平静，看来这句不是玩笑话。她不由得嘟囔道：“失败在哪儿呢？明明这么好看……”

席樾看了一眼她手里的雕塑：“你能看出来她是什么情绪吗？”

黄希言闻言，再往少女的脸上看，发现自己还真被他问住了。席樾低头，揭开了泡面盖子，低声说：“仅仅好看是不够的。”

艺术家天生有比常人更高的追求，黄希言反驳不了他，只说：“美的东西，其存在的本身对世界就是一种恩赐，何况这还是你创作的。”

席樾叉起面，闻言，放下了叉子，从飘窗的小榻上拿起一本画集，随意翻到一页，将它立起来展示给黄希言：“好看吗？”

画上是一个陷落在幽绿的沼泽地里的怪物。怪物由各种机械零件拼凑出来，体态臃肿，违背一般生物的生理特征，有的地方还会诱发人的密集恐惧症。从审美的角度，黄希言无法违心地说这是“好看”的。但是，这幅画有一种浓烈到溢出纸外的情绪，她自觉这个感想蛮矫情的，但确实是第一眼的直觉：“我能感觉到……求生的本能。”

席樾继续问：“你觉得这种求生的本能不美吗？”

黄希言终于完全理解席樾的意思了，不由得笑了：“我明白你想说什么了。但是，既然你觉得美和丑的认知都是人类的偏见，那么你就应该接受，肤浅的美也是一种美。”

她将少女雕塑往自己的方向挪了一下，一副不许他再诋毁它的护短的表情：“我真的拿去了哦？”

席樾用手掌轻轻地撑了一下额头，笑了：“拿去吧，送给你了。”

他们都不再出声，埋头吃面。黄希言吃得鼻尖冒汗，已经无所谓形象了，她实在饿得很。席樾就斯文许多，可能进食对他而言仅仅是一种生存本能罢了。

吃到一半，席樾顿了顿，忽然问："后来你吃了吗？"

黄希言愣了一下："什么？"

"八喜。"

"你想起来了！"黄希言心生三分惊喜。

"嗯。"

"当然吃了。你别笑话我，我觉得哭过以后吃到的冰激凌，比它平常还要好吃。"

席樾说："那就好。"

吃完之后，将面汤倾倒进水槽里，收拾了泡面盒，黄希言就不准备继续待下去了。搞创作的人夜深人静的独处时间很宝贵。席樾问她："现在回报社拿钥匙？"

"嗯。"也不知道保安是否彻夜值班，她还进不进得去办公室。如果不行的话，自己就去宾馆将就一晚得了。

席樾说："我一晚上都要画画，卧室空着，如果你需要的话……"一以贯之的平淡口吻，不客套，不殷勤，就是陈述的语气。

"不会打扰你吗？"

"除非你放音乐蹦迪。"

黄希言笑出声。对是否妥当的考量，最终还是败给了疲惫，她想了想，说："我借用一下你家的沙发就可以了。"

黄希言自感上来一趟真是给席樾添了不少麻烦，这会儿，席樾又在翻箱倒柜地给她找备用牙刷。他很肯定，新牙刷家里是有的，他刚来时采购生活用品，多买了好几把，只是一时半会儿忘记了把它们塞到哪儿去了。

"找不到就算了。"黄希言跟在席樾身后劝道。

席樾一边说"没事儿"一边打开了抽屉，终于在里面找到了牙刷，连同未拆封的干净毛巾。

黄希言抱着它们，有些犹豫："你洗过澡了吗？"

"还没。"

“那你先洗吧，然后你就忙你的去，不用管我了。”

席樾用浴室的时候，黄希言自觉地去阳台上待着。这房子向南的阳台是打通的，和客厅连成一体。阳台的角落里放着一张藤椅，椅子边的地板上也堆满了书。黄希言坐在藤椅上，随意拿了一本书。这是艺术理论类的书，英文的，她读不懂，随手翻到其中的一章，只管欣赏里面荷兰小画派的油画。

没多久，浴室门被打开了，席樾换了一身衣服，仍然是黑色的，一头湿发还在滴水。他走到茶几这边，拿起搁在那上面的香烟和银质打火机，抬手指了指书房：“你随意，我一般不会出来。”

黄希言记得，从前姐姐没少诟病席樾这人情商低。她现在发现，他只是不世故罢了，并不代表他不通情理。譬如这句话，就是让她放心，他会避嫌。

黄希言笑说：“谢谢，今天真的麻烦你了。”

“还好。”席樾低头，咬了一支烟在嘴里，滑下打火机盖。蓝色的火苗腾起，他凑近将烟点燃，而后朝她点了点头，就往书房去了。

黄希言洗漱完毕，仍然穿着白天的衣服。她走近沙发时才发现，那上面有一张毛毯，不知道什么时候席樾给她拿过来的。她关了客厅灯，去沙发上躺下，抖开毛毯盖上，给手机定了个闹钟，然后放在沙发的扶手上。她翻个身，一合眼就睡着了。

早上黄希言醒来，留意了一下书房里的动静。那里静悄悄的，不知道席樾是还在画画，还是已经休息了。她没有多加打扰，洗漱之后，拿上背包就走了。

一关上门，她突然意识到忘了带走席樾送自己的那尊雕塑。总不至于为了这么点儿小事儿敲门将他吵醒，还是下回再拿吧，总有机会，她想了想便走了。

赶在上班之前，黄希言去了一趟报社，取了钥匙，又回到住处，洗了个澡，换了一身干净衣服，再下楼去买早餐。超市对面有个早餐铺子，赶时间的时候，她就会去那儿买一个包子和一杯豆浆，拿在路上吃。

早上早餐铺子的生意好，要排队，她排在队伍里打着哈欠，肩膀被人拍了一下。她转头一看，是何霄。何霄手里拿着一盒牛奶，笑眯眯地将牛奶递给她："早上好啊！"

"给我的吗？"

"请你喝的。"

"那我请你吃包子。"

"我已经吃过了。"

"那就下次请你吃。"

"你不要这么客气，请你的就是请你的，几元钱的事儿。"

"好吧。"黄希言笑着挥了一下牛奶，"谢谢了。"

何霄并没有立即回去，仍然跟她一起排在队伍里。他的个子算不得高，刚过一米七五而已，不过黄希言的个头儿也不高，骨架小，人又瘦，连基本款的白 T 恤被她穿在身上也显得宽松得很。长发被她左右半分，垂在身前，他一低头就可以看见她发间露出的白皙后颈，以及她低头时后颈上微微突出的脊椎骨节。他不得不将视线避开。

黄希言转头，看何霄将两臂抱在胸前，他微微仰头看着铺子上方的招牌，她笑了，心想他这是什么姿势："你不是吃过早餐了吗？"

"我……我找你还有点儿事儿。"

"什么？"

"嗯……"何霄的眼珠直转，他现编瞎话道，"你的英语怎么样？"

"还可以吧，六级过了。"

"能不能帮我辅导一下完形填空？"

"我不一定有时间。"

"我也是说有空儿。有空儿的话，你来超市，或者我帮你送货，你顺便帮我讲讲错题就行。"

"可以呀！"

"说定了？"

黄希言点头。对面超市里，何霄他爸在叫他了："给老子回来送货！"

何霄冲黄希言摆手："我忙去了，拜拜。"

"拜拜。"

又一周过去，黄希言仍然按部就班地实习。报社有食堂，提供中饭和晚饭，她一般是在食堂里吃，有时候单独去，有时候跟同部门的其他编辑姐姐或者郑老师去。

黄希言平常总是笑脸对人，说话也慢条斯理的，很有礼貌，从不跟谁红脸，而且给的任务都能完成，从不眼高手低，部门中大部分人对她的印象挺好，凡事也愿意照顾她。

部门中除了黄希言之外，最年轻的一个女员工叫赵露璐。赵露璐大黄希言四岁，去年结婚，现在有了四个半月的身孕。因为岁数相差不多，黄希言跟赵露璐走得很近，也会主动帮赵露璐分担一些任务。赵露璐特别喜欢黄希言，周末会约黄希言逛个街。

这个周六，黄希言去了赵露璐家做客，直到晚上十点才回家。经过楼下超市的时候，黄希言想起答应过要帮何霄看完形填空的错题，可她这一周都在忙，一次也没有抽出过时间，就临时决定进去看看。

何霄穿了一件深红色的T恤，坐在收银台后面打手机游戏。他抬头看了一眼，立即锁了屏，笑说："正好，我找你有事儿。"

"帮你看错题吗？"

何霄摇头："昨天早上，我给你楼上的那位朋友送了一箱水。今天傍晚，我去给他对门的701送东西的时候，发现那箱水还在门口。"

黄希言愣了一下："昨天早上到今天傍晚，那不是……"快两天了。

"不知道他是出门去了，还是这两天都没出门。反正以前我给他送东西，中间没耽搁这么久过。我晚上前前后后去敲了三回门，没动静。"何霄望了她一眼，"要不你去看看？别出什么事儿了。"

黄希言听着也有几分担忧："我看看去。"

何霄跟上来："我跟你一起去吧。"

两人到了702的门口，不管是敲门，还是给席樾打微信电话，都没有回应。何霄挠头："是不是他压根儿不在家……"两人面面相觑。

黄希言想了想，决定联系一下张姐拿备用钥匙。

张姐照常在茶馆里。黄希言找过去说明情况。张姐听得一愣，忙不迭地从手包里找钥匙。702的钥匙是单独放着的，没和其他的在一起。

张姐说："你先帮我去看看屋里是什么情况，需要帮忙就招呼我一声……唉，这孩子，可真不让人省心。"

听这语气，张姐跟席樾不似单纯的房东和租客的关系，黄希言不由得问道："您和他认识吗？"

张姐神情复杂地笑了笑："我是他姨，你说我跟他认不认识？"

拿到了备用钥匙，黄希言返回楼上。她一路小跑上去，爬完七楼几乎喘不上气。何霄接过她手里的钥匙，帮忙打开门。客厅里亮着灯，鞋子都在鞋架上，人应该没出门。

何霄把门口的那箱水搬进去，问黄希言："没人？"

黄希言摇摇头，说不知道。她先喊了一声，屋里静悄悄的。她走进去，先开了靠近大门的卧室门，房里的灯亮着，但人没在。隔壁是书房，黄希言抬手敲了敲门，靠近听了听，一点儿动静也没有。她将书房的门打开，里面的灯是灭着的，但电脑屏幕亮着。

黄希言抬手摁了墙边的灯开关，立刻被吓了一跳。靠窗的地方，放着一张双人沙发，席樾一动不动地躺在上面。她喊了他一声，他也没反应，不知道他是睡过去了还是昏过去了。她走过去，在他的跟前蹲下，伸手推了推他的手臂，即刻被他身上的温度吓到。

何霄跟了过来："什么情况？"

"他好像发烧了。"

何霄也跟着伸手探了探席樾的额头，这烧得可真不轻。黄希言问："是不是得把他送下去打针？"

"我一个人肯定搬不动他。要不这样，我下去给他买点儿退烧药，要是他吃了药，烧还不退，咱们再送他去医院。"

"麻烦你了。"

"小事儿小事儿。"

何霄出门之后，黄希言去厨房烧了一壶水，又从冰箱里拿出一瓶冰水，拧了一条湿毛巾，将它搭在席樾的额头上。黄希言在沙发前的地板上坐下，给张姐发了一条微信消息说明情况。张姐说马上上来看看。聊完微信，黄希言转头一看，席樾不知道什么时候醒了。他虚弱地睁着眼睛，正看着她。

“你生病了怎么不跟我或何霄说一声？”黄希言一点儿也不奇怪席樾会生病，就他这种昼夜颠倒、饮食混乱的生活习惯，不生病才奇怪。

席樾没有出声，不知是因为没力气，还是纯粹不想解释。黄希言没勉强他什么，只说：“何霄去帮你买药了，我给你烧了水，等一会儿就开。你觉得不舒服的话，就再休息一下。”

过了片刻，黄希言起身去厨房找了一只陶瓷杯子，洗干净，拿开水和矿泉水兑了半杯能入口的温水，将水给席樾端过来。她本打算扶席樾一把，但他自己抓着椅子靠背的边缘缓缓地坐了起来。他以手掌撑着额头，微微喘着粗气。片刻后，他低头，揪着身上黑色T恤的领口嗅了一下：“我先去洗个澡。”

“你如果在浴室里晕倒了，我和何霄可能抬不动你。”

席樾闻言，停了下来。黄希言递过水杯：“先喝点儿水吧。”

席樾接过杯子，先是喝了一口水，再仰头，将水灌下去了。他渴得感到喉咙如烧灼一般。然后他递回杯子，看着黄希言，说：“谢谢。”

黄希言耸耸肩膀，起身，准备再去兑点儿温水，这时候响起敲门声。她将杯子放在书桌上，起身去把门打开，来的是张姐。眼下，黄希言意识到可能继续称呼对方为“张姐”有些不合适，毕竟差了辈分，就自作主张地改叫“张阿姨”了。

张姐脱了鞋进来，急匆匆地朝书房走去：“你说你这个孩子，早让你生活规律一点儿，不听，现在生病了吧！还站不站得起来？我送你去医院看看？”

席樾本已清冷的眼神又淡了三分，语气里也毫无情绪：“不用，您忙自己的事儿就行。”

张姐顿时停下脚步，俨然被他这态度给劝退了：“真……真不用小姨帮你？”

“不用了。”

张姐紧抿着嘴，盯着席樾看了一会儿，又看向黄希言：“小黄，麻烦你帮忙照顾照顾。不管是看医生还是买药，所有的花费你找我报销。”

“应该花不了多少的。”

“不管多少，反正你找我，麻烦你了。”

黄希言点点头。张姐最后又看了席樾一眼，不甘又无奈地走了。

门关上了，黄希言看着席樾。他将手肘撑在膝盖上，用手掌撑住脸，仿佛很难受。她好奇这对姨甥之间的反常，不由得问道：“你不喜欢张阿姨关心你吗？”

席樾的声音很冷：“这和你没关系。”

一瞬间，两人都沉默了。是了，时刻保持极强的自我界限感，这才是真实的席樾。黄希言毫不介意地笑了笑，轻声说：“抱歉啦。”

席樾怔了一下，将撑着的手掌放了下来，抬头看她，良久，终究什么都没说。她不介意归不介意，尴尬却还是尴尬，好在这时候敲门声又响起来。何霄回来了，适时地缓解了这尴尬的气氛。

何霄很周到，还没忘买一支体温计。席樾被围观着，不乏抗拒的情绪，但两个小朋友都是真心实意地关心自己，且自己前一分钟还给了黄希言难堪，于是压下不适感，顺从地接了电子体温计。不过三十秒，嘀的一声，席樾取出体温计，自己还没看温度，先被黄希言抢去了。两个小朋友将脑袋凑在一起研究，一个说“37.9℃”，另一个说“烧得蛮严重的”。黄希言便拿了方才顺手放在书桌一角的杯子，又嗒嗒嗒地往厨房去了。过了一会儿，她端了一杯水过来，将它递到席樾的手里，再把何霄带来的药拿过来，照着说明书，一粒粒地数好，将药一把递给席樾。

席樾低声说了一句谢谢，张开手，接了那一把药。何霄突然觉得心里有点儿不是滋味，莫名地有些羡慕生病的人。

席樾服过药，在黄希言的强烈要求下，起身到隔壁卧室的床上躺下休息。黄希言替他关上了灯和门，一片黑暗里，他听见门外的两人在商量。

何霄说："要不要我在这儿看着他？"

黄希言说："我有备用钥匙。我回楼下洗漱一下，等会儿睡觉之前再上楼来看看，如果烧没退就再说。"

何霄又说："那行，你有事儿随时给我发微信。"

黄希言道："应该没事儿的，你早点儿休息吧。"

何霄说："我反正睡得晚……"

渐渐地，药效上来，席樾觉得两人的声音越来越小，也越来越模糊……

黄希言下楼回到自己的住处，洗了个澡，换了一身干净的衣服，吹干头发，抱着笔记本电脑做了些资料整理的工作，再看时间，要到晚上十二点了，便拿上席樾家的备用钥匙，上楼去看看情况。她进了屋，没开卧室灯，借着客厅里投进去的灯光，走到床边，蹲下身，伸手探了探席樾的额头，感觉好像没那么烫了。她不敢肯定，于是把体温计拿了过来。

测量结果出来了，她往旁边歪了歪，借外面的灯光看，37.5℃，烧确实退了一点儿。她给席樾掖了一下被角，起身出去，带上门，下了楼。

早上六点没到，黄希言就醒了，心里还是记挂着楼上的病号，没洗漱，穿着拖鞋就去了楼上。席樾卧室的窗帘依旧拉得严严实实，她走过去将窗帘扯开一线。天色已大亮，楼下是尚没热闹起来的街道，两侧的店铺已经开了大半。

她又给席樾量了量体温，烧已经退下去了。她莫名地松了一口气，将体温计搁在一旁的床头柜上，蹲在床边，给张姐和何霄分别发了一条微信。

太早了，两人可能都还没起，没回黄希言的消息。她回楼下洗漱过后，下楼去买早餐。等她将早餐提上楼，开了席樾家的门，进门一看，席樾已经不在卧室里了。她拐个弯才发现，浴室的门关着，里头有水声。

黄希言去厨房把水烧上，在餐厅的椅子上坐下，始终注意着浴室里的动静，好怕听见他摔倒的声音。所幸没一会儿水声停了，席樾打开浴室门走了出来。黄希言没预料到席樾只穿着短裤，尴尬了一下，立即别过头去，说："我帮你买了早餐。"席樾也没预料到家里有人，同样尴尬了一下，嗯了一声，赶紧往卧室去。

黄希言将早餐分成两份。片刻后，席樾换了一身干净的衣服从卧室里走出来，上身是一件黑色T恤，下身是同样颜色的长裤。他提着椅背，将椅子往外挪了挪，坐下，从黄希言的手里接过一个馒头。

黄希言看了他一眼，指着餐厅飘窗上遮起的窗帘："这个，我能拉开吗？"

席樾点头。黄希言征得他的同意，起身一把将窗帘扯开。清晨的日光如流水一样淌进来，整个餐厅一下子变得亮亮堂堂。席樾不由得眯起眼睛，适应了一下，方才睁开。

好似不过瘾，黄希言又指了指阳台："那边呢？"

席樾又点点头。他的目光跟随过去，只见她脚步轻快地跑到窗前。她微微向前探身，扬手，将深灰色的遮光窗帘一把拉到底。一瞬间，他清晰地看见了丁达尔现象，浅橙色的光线里微荡着金色的浮尘。她沐浴在阳光里，享受了一会儿，方才走过来，眼里溢出喜悦。

席樾的手里还捏着那个馒头，完全没动，目光定在她的脸上。他的肤色被微湿的黑发衬托得更显苍白，明显一脸病容，唯独那双同样黑白分明的眼睛，此时异常清澈。黄希言很少在他这个年纪的人身上看见这样不带一点儿混浊感的眼睛，突然不自在起来，连嘴里的馒头都难以咽下去。她笑了笑，问："怎么了？"

席樾只愣怔了一霎，便低下头，一边用手指将馒头撕成小块，送到嘴里，一边低声说："昨天，对不起。"黄希言笑着摇摇头。

席樾不记得自己多久没吃东西了，饿过了头，已经失去了饿的感觉，待半碗稀饭下肚，补充了碳水，才觉得四肢渐渐有了力气。

黄希言把放在茶几上的小塑料袋拿过来，解开看了看，说："你的烧已经退了，是不是不用再吃退烧药了？我们给你买的是感冒药，也不知道你是不是感冒了……"席樾告诉她，他自己判断，可能是肠胃炎。

"不要自己判断。你是画家，不是医生。"黄希言起身，催促道，

“你赶紧把饭吃完，去医院看一下。”

席樾微微地蹙了一下眉头。黄希言愣了一下。她实在太善于察言观色，所以完全没有错过席樾这一闪即逝的微表情。她立即笑了笑，垂下目光，轻声问：“你是不是……觉得我有点儿多管闲事儿？”

席樾一愣：“没有。我只是……”

黄希言还是笑着的，低着头，将手里的塑料袋系了又解，解了又系。片刻后，她松了手，抬头看他一眼，笑说：“既然你已经退烧了，我就不打扰你了。最好……我只是说，最好，你去看一下医生，这样比较保险。”

说着，她便将自己面前装馒头的小塑料袋和没喝完的豆浆一收，拖开了椅子，往外走。席樾立即丢下手里的东西，跟着起身，绕过去，一把抓住她的手臂，令她不由得停下脚步。贴在她手臂皮肤上的指腹是冰凉的。席樾低头看着她，一副因斟酌字句而显得有些困扰的表情：“我没有觉得你多管闲事儿……”

他说到这里却又停下来，叹了一口气，抬起手按住额头。头发自他的指缝间垂落，遮住了他的表情。他低声说：“抱歉，你回去吧，谢谢你。药，还有……”

黄希言站着没有动。她自修成才，很小就会读人情绪，不难体会此刻席樾的矛盾。他不是排斥她，而是有一种无从说起的无力感。于是，她还是多嘴问了一句：“我陪你去医院看一下？”

她等了一会儿，终于，席樾说：“麻烦了。”

何霄一大早要帮他老头儿补货。何霄把大卡车开到超市门口，将东西一箱一箱地卸下来，又一箱一箱地往里搬。送货的大叔是老熟人了，每回都要冲他老头儿夸一句：“你的这个儿子可没白疼白养。”

他老头儿不屑得很：“他但凡学习上点儿心，老子还舍得他来跟我搬货？”

往常何霄总会顶撞何父一句，今天却没作声。何父纳闷，转头看了一眼。嘿，何霄正搬着一箱水站那儿发呆呢。何父一脚往何霄的屁股上踹去：“又躲懒！”

何霄回过神，悻悻地收回目光——路口处，黄希言和她楼上的那位熟人，刚刚一块儿走过去了。

何霄给 702 的住客送货少说有三个月了，连对方什么样子都没见到，今天倒是稀奇，怪人居然下楼来了。何霄哼了一声，这位的病好得倒是挺快。

也是因为今天不上班，黄希言方有时间陪席樾往医院去一趟。附近有个社区医院，他们步行过去只要十分钟。到了社区医院，席樾挂了号。医生问诊后，根据席樾腹泻和呕吐的情况，诊断是肠胃炎，开了些药。他先吃着，若没缓解的话，周一做个血常规检查，看看有没有炎症反应。医生听说席樾有长期胃痛的毛病，便建议他抽空儿去大一点儿的医院做个胃镜。

席樾随口应道："以后再说吧。"

"以后再说？等啥？攒个'大病全家桶'一起治？"

黄希言听得笑出声，席樾也笑了一下。医生把单子递过来，让他们到窗口缴费拿药。

两人离开医院，慢慢地往回走。时值盛夏，清晨的凉爽感转瞬即逝，间隔的树荫下，摆摊儿的小贩占据着相对阴凉的位置。

日头升高，路上的人也渐渐多了起来。席樾的个子高，又是一头中长发，皮肤白得像鬼一样，在这个小地方很难不扎眼。两人走在路上，总有人回头以一种稀奇的目光看他，连黄希言都跟着不自在起来，忍不住捋了捋头发，将侧脸挡得更严。她想，她也是不见光的怪物。他们是两个怪物。

第二章

晦暝雨夜

黄希言原想着今天不上班，可以好好休息一下，结果刚走到楼下，就接到郑老师的微信消息，对方让她去报社一趟，帮忙做个东西。到了 602 的门口，黄希言停下脚步，问席樾："你中午有什么打算吗？我让何霄给你送一点儿清淡的食物？"

席樾说："不用。"

"那你自己最好好好吃东西，不然不容易康复的。"

席樾点头。黄希言拿出钥匙开门："你要是有什么事儿的话，微信上找我。"

"嗯。"

她撑着已经打开的门，总有种不放心的感觉，回头又看了他一眼。他以为她还要再嘱咐什么，就顿下脚步，也看着她。

"拜拜。"她摆了一下手。

"嗯，拜拜。"

黄希言去报社之前，回复了不久前张姐和何霄发过来的消息。她跟张姐说了一下席樾的情况。张姐连连道谢，说这回真是麻烦黄希言了，又问："小黄，我再拜托你个事儿。饮食方面，这几天，你看能不能帮忙盯着他一点儿？"

黄希言问：“您不方便自己照料吗？”

张姐道：“他要是肯接受，我也不会由着他天天吃泡面。”紧跟着是几句更殷切的嘱托。

黄希言断定这两人之前有过节，但没有多问，答应下来，说自己尽量抽出空儿来关照一下席樾。其实黄希言已经打算丢开手不管席樾了，但被张姐这么一拜托，又有点儿难抽身。黄希言还没热心到“送佛送到西”的程度，但是不喜欢欠人情，席樾曾收留自己一晚，这个情总要还清。

至于何霄回复给黄希言的消息，莫名地有种阴阳怪气的感觉：“他还好得蛮快的。”

仅凭文字，黄希言不太能品出这是什么语气，只问何霄：“昨天买药花了多少钱？我转给你。”

何霄回复：“让你的那个熟人亲自转，不然我不要。”黄希言有点儿尴尬，不知道怎么回复，因为急着要去报社，就先没管何霄。

郑老师急着找黄希言，是因为本来明天要发的一个稿子被主编毙掉了。虽然那不是特别重要的版块，但又不能开天窗，郑老师就让她从素材库里挑个时效性不强的内容，写个分析文章。后头一堆人等着校订、排版、送去印刷，郑老师只给了她三个小时的时间。她到了工位上，争分夺秒，总算赶在中饭时间把东西弄了出来，用邮件发送给郑老师，又在微信上知会了一声。

十五分钟后，郑老师回复她：“可以了，你吃饭去吧。”

赵露璐也在，今天轮到赵露璐值班。赵露璐朝黄希言招招手：“希言，你过来。”

黄希言走过去，笑问：“需要帮忙吗，露璐姐？”

“你是嫌自己的活儿少？”赵露璐笑了，从一旁的地上提起一个纸袋递给黄希言，“这是我妈自己做的牛肉辣椒酱。我拿了两瓶，你带回去尝尝，夹馒头、拌泡面都好吃。”黄希言受宠若惊地道谢。

“走吧，我们去食堂吃饭吧。”赵露璐招呼。

“我可能要打了饭回家去吃。”

“那也一起过去呗。”

食堂周六、周日只开平常三分之一的窗口，一般都能外带，外卖盒子另外收钱。黄希言在几个窗口前逛了一下，打了两份饭、四个菜，菜都是清淡的素菜。

赵露璐凑过来看了一眼：“你一个人吃得完这么多？”

“我有个邻居生病了，给他带一点儿。”

“那请你这位邻居尝尝我的辣椒酱。”

“他有肠胃炎，可能暂时尝不了。”

赵露璐哈哈笑：“没口福的人。去吧去吧，我找位置吃饭去了。”

黄希言提着东西先去了一趟何霄家的超市。超市里的空调已经开了起来，室内凉飕飕的。何霄正躬着身子在货架之间理货，看见她，瞥了一眼，反常地连一句话都没说。

黄希言走过去，从纸袋子里拿出一瓶辣椒酱：“我同事的家人自己做的，送了我两瓶尝鲜，给你一瓶。”

何霄往她的手里看了一眼，片刻后，露出一个微笑，接了：“你这是借花献佛。”

黄希言笑说：“现在可以告诉我，你为什么生我的气了吗？”

“我什么时候生你的气了，这不是好好的吗？”

“真的？”

“真的。”

何霄微低了头，看着手里装辣椒酱的瓶子，余光扫到她另外一只手里提的东西。他又问：“你点的外卖？”

“从食堂带回来的。”

“这么多，一个人吃？”

“给席樾也带了一点儿。”

何霄脸上的表情顿时又垮了下去。他撇了撇嘴，将辣椒酱瓶子随意地往货架上一放，不理她了。黄希言感到有点儿莫名其妙。

何霄说：“你吃饭去吧，我手头儿正忙着。”

黄希言退后一步，准备走，想了想又问：“这里有饭盒卖吗？”

何霄估计她是为了方便在食堂打饭用的，老大不高兴地指了指后方的货架："那儿，你自己找吧。"

黄希言去货架上拿了两个耐高温的塑料饭盒，到前台去结账。走之前，她冲何霄说了一句拜拜，何霄没搭理她。

上楼之前，黄希言还去了一趟茶馆。她前几天才知道，张姐就是茶馆的老板。

张姐今天没在牌桌上，而是没精打采地趴在柜台上嗑瓜子。看见黄希言过来，张姐稍微来了点儿精神，又看见黄希言手里提着盒饭，知道是去给席樾送饭的，先恳切地道了一声谢谢。

"不用客气，顺便的事儿。哦……"黄希言从背包的格子里掏出702的备用钥匙递给张姐，"这个还给您。"

"你拿着呗，也方便。"

"还是给您吧，瓜田李下的，不好。"

张姐笑了一声："你这个姑娘，死脑筋得很。"

黄希言跟着笑了。张姐说："不过说来奇怪，席樾这么一个闷性子的，居然这么两周就交了你这个新朋友。"

"不是，我跟席樾哥以前是认识的。"

张姐愣了一下："那你怎么不早说？租金还能给你优惠一点儿。"

"我也是来了才知道席樾哥住在我的楼上。"

张姐叹了一口气："难得席樾有你这个朋友。我这个做小姨的，却是一点儿忙也没帮上。"

张姐穿着一件墨绿色的天丝上衣，手腕上戴着一个翡翠镯子，很漂亮的水头儿。她手里有好多套房，不缺钱花，在这么个小城市，称得上是真正的有钱人，但提及席樾，她却神色黯然。

黄希言也不知道该不该多问，一时间沉默下来。张姐往里看了一眼，大家打牌的打牌、吹牛的吹牛，没人注意她们，便朝着黄希言凑近了些，低声说："席樾愿意听你的，也是信任你。他能有个替他安排的朋友，我也放心多了。我替他交个底，有些事儿，希望你多担待他。"

黄希言说："您说。"

张姐告诉黄希言，席樾的父亲是一条烂赌棍。席樾八岁那年，他父亲在牌桌上跟人发生口角，斗殴，被人抄东西砸成重伤，送到医院就死了。不久之后，席樾的母亲就改嫁去了外地，嫁了一个做建材生意的土老板，每天跟着谈生意、进货、出货，完全忽略了席樾。

"他们大人十天半个月也不着家，就把席樾一个人留在家里交给保姆照顾。保姆阳奉阴违，饭做是做了，但就搁在那儿，她也不管小孩儿吃不吃。席樾又喜欢画画，一画起来就忘了时间，一整天下来，一口水不喝都是常事儿。"

后来，席樾继父的生意做大了，不再需要东奔西跑，倒是安定下来了，席樾的妈妈也多了些时间能看顾席樾。

张姐叹一口气，继续说："席樾喜欢画画，除此之外，对什么都不上心。他妈不怎么赞同他走这条路，我这个做小姨的，当然少不得偷偷买些画材贴补他。因为这，他小时候跟我很亲。他十一岁那年，给我打了个电话，问他能不能回老家来跟我一起生活。我问他为什么，他不肯说。那时候我认识了一个男人，准备结婚。我跟我男人商量，对方不答应。大家也都劝我，人家父母好好的，你一个外人在里头掺和做什么，况且你带着这么一个拖油瓶，自己还嫁不嫁了？我就没答应席樾。"

"那您后来知道了他为什么想跟您吗？"

"他后爸虐待他。"

黄希言愣住。张姐一脸不忍心："他后爸嫌他是个阴沉的小怪物，说每回回了家，他不喊人，不打招呼，连热茶都不晓得倒一杯。他后爸那是真打他，抄起仓库里的木条，这么粗……"张姐用手比了比，"我姐也知道，但劝不了，也不敢劝。她锦衣玉食的生活，全要靠那个男人，所以她只能睁一只眼闭一只眼。她私底下搂着席樾哭，塞给他大把的钱，让他想买什么颜料就买什么颜料，但多忍耐些，体谅她这个做母亲的难处。我是在席樾长大后才知道这事儿的，当时真是连肠子都悔青了……"

张姐的眼里已有泪花：“你现在住的这套房子，是我用做生意赚的第一笔钱买的，连同楼上的那套。我让席樾回来，跟我住楼上楼下，当作我这个小姨对他的补偿。他当然没答应……”

“他现在不是在住着吗？”

“去年他回老家想散散心，找房子长租，打听到我的一个姐妹那儿去了，我才知道他回来了。现在他住的那套房子，是我非让他去住的。我说那是我找人估摸着他的喜好装修的，装修完从来没给其他人住过。他勉强答应了，但坚持每月给我租金，如果我不收，他就搬出去。我知道他一直怨我当时没救他脱离苦海。”

黄希言摇摇头：“张阿姨，我想席樾愿意住进来，就说明他并没有真的怪罪您。”

“你真这么想？”

“他承您的心意，所以愿意来住，但对往事仍然没有完全释怀，所以坚持给您租金。您收着就好，这样他可能心里也会好过一些。”

张阿姨长叹一声。

“不强求完全的原谅，您也会好过一些。”黄希言指了指手里的饭盒，“我先上去啦，饭要凉了。”

张姐点头：“快去吧，真是麻烦你了。”

这一回黄希言敲门，席樾倒是很快来应门。黄希言站在门口，微微偏着头，笑看着他：“你在画画吗？”

“没有，在看书。”

和张姐聊过之后，黄希言再见到席樾，总觉得心情变得很不一样，那是连自己都讲不清楚的微妙感觉。黄希言提起袋子，对他说：“我从食堂多带了一些菜回来，你愿意的话，可以跟我一起吃。”

席樾直接侧身让她进来。黄希言进了屋，很高兴看见屋里还是一片明亮，笑说：“我以为你会把窗帘拉上。”

“现在这样也好。”

“搞创作的人一般会比较喜欢昏暗的环境？”

席樾摇头，告诉她，他拉窗帘只因习惯白天睡觉，好让光线没那么强烈。至于到了晚上，连天都黑了，也没什么必要再将窗帘拉开了。

黄希言笑了一声：“原来是因为懒。”

席樾打量了她一眼。她实在爱笑，但是跟她待久了也能分辨出，她什么时候才是真正开心。譬如此刻，她笑得连眼睛都弯起来，呈细细的两道月牙形。

黄希言将打包盒拿去餐桌那边，一边布菜一边说：“这几天我都可以从食堂带饭过来，等你身体康复了，我就不会多管闲事儿了。上次你收留了我，这次就当我还你人情吧。我还蛮怕欠别人人情的。”

这措辞过于小心翼翼。她明明小他七岁，却在时时照顾他这个大人的情绪。席樾低头看着她：“你怕我不高兴吗？”

黄希言垂着眼，手里的动作停顿了一霎：“嗯。”

“我不会。”

黄希言立即抬头看了他一眼，笑了笑。

蒸鸡蛋、清炒西葫芦、小青菜和青椒炒豆干，四道菜俱是清淡的。席樾看了看黄希言，准备对她说，其实她只需替他点一个能吃的菜就行了，不必因为迁就他这个病号，自己跟着连饭也吃不好。但他还没张口，就见黄希言从一旁的纸袋里拿出一瓶辣椒酱。

罐头瓶扣得很紧，黄希言手劲儿小，拧不开上面的铁盖子，就将瓶子递给了席樾：“可以帮我拧一下吗？”

席樾看起来清瘦得过分，但到底作为男性有体力优势，瓶子到了他的手里，一旋就被打开了。里面飘出呛鼻的辣味，不用尝也知道该有多重口（重口味）。

黄希言一个生在江南地区的地道的南方人，比不得这里的人个儿个儿能吃辣，闻到这个味道，先怵了一下，但耐不住好奇心，还是拿筷子尖挑了一点儿辣椒酱，拌在米饭里。她刚尝一口，整个人像被火烧似的跳起来，不住地吸气：“借我喝一瓶冰水！”

片刻后，黄希言从厨房出来，手里捏着的冰水已经去了大半瓶，整张脸被辣得通红。好巧不巧，这时候赵露璐给黄希言发来一条消息：“红的是二荆条和小米椒，黄的是黄灯笼。魔鬼辣，谨慎尝试哟！”

黄希言心想：你倒是早点儿提醒啊！

席樾看着黄希言，用手掌轻轻地撑了一下额头，忍不住笑了。黄希言一下脸憋得更红。她把辣椒酱的盖子盖好，丢到一边，决定还是识相一点儿，别继续挑战了。

两人还是侧对着呈直角坐着，开始这顿中饭。席樾突然想到什么，指一指电视柜那边："你要的雕塑，帮你包装好了。"

"谢谢。你不说，我差点儿忘记。"

两人都不是话密（话多）的人，无话题可聊则沉默。一顿饭快过去一半的时候，席樾突然开口问她："为什么会来这里实习？"

黄希言抬头看了席樾一眼。他也正看着她，确实是等她答案的神情，眼神过分清澈，没有刺探的意思，只是单纯的好奇而已。真难得，他会对什么事情好奇。斟酌了一下，黄希言才开口道："你还记得我家里是什么情况吗？"他点点头。

黄希言的父亲是做生意的，经营德国某精工机械在华东地区的唯一代理公司；母亲在外企工作，而今是中华区的高管（高级管理人员）；大哥黄秉钧是律师，如今是某顶级律所（律师事务所）的高级合伙人；姐姐黄安言在投行（投资银行）工作，已经做到中上层管理的位置。

原本家人都希望黄希言去读金融管理，今后不管是跟姐姐一样进投行，还是去哪个相关的公司挂个闲职，家里都能给她铺好路。然而，黄希言实在是不爱跟数字打交道，高中三年学数学，一把一把地掉头发，于是大学时违逆家里的意思，报了新闻学。

可巧后来黄安言找了个男朋友，曾是某卫视台最年轻的制片主任，现在被高薪聘请到视频网站做自制内容的高管，兼任制片人，也就是黄安言定好明年结婚的未婚夫。这样家里在媒体方面也算有了门路。家人一听说黄希言打算去实习，立即找大女婿安排起来。

"不管是传统纸媒、电视台还是互联网公司，只要我想去，哪里都可以，但是……"黄希言低着头，用筷子尖一下一下地将米饭拨到一起去，"我不想走这种后门。当时年级群里分享招聘启事，我拿着简历随便投了一家媒体，山高皇帝远的，他们总管不到了。”

席樾认真听完，说：“我记得你以前……”

“是的，我以前不这样，”她微笑着耸耸肩膀，“就当是我迟来的叛逆吧。”

席樾摇了一下头，明显不信她的信口胡诌。这个动作，又使黄希言沉默下去。她将米饭送进嘴里，缓慢咀嚼，却食不下咽，好一会儿，方才低声说：“我即便真的学金融，走跟我姐姐同样的路，又能怎么样呢？我怎么努力，也变不成第二个黄安言。”

此后的两天，中午和晚上，黄希言都会从食堂打好饭菜，带回去跟席樾一起吃。至于那瓶只尝了一口的辣椒酱，她还给赵露璐了，说自己才是那个没口福的人。

中午休息的时间实则并不长，黄希言拿着饭菜去找席樾，吃完了还得回去上班，总是匆匆忙忙的。有一两次，黄希言撞见何霄，何霄嘻嘻哈哈地嘲讽两句，说怎么楼上那位姓席的熟人病还没好。黄希言感到尴尬又莫名其妙，不解何霄这隐约的敌意从何而来。

周四，黄希言上午跟着郑老师出新闻，中午没能及时赶回去。她在微信上嘱托赵露璐帮忙打两份饭，放在办公桌上就行，又给席樾发了一条消息，说今天要晚一些回去，他最好自己先弄点儿东西垫垫肚子。

一直忙到下午两点多，黄希言回到报社。郑老师允了她一个小时的吃饭时间。她扛那么重的机器出去，热得出了一身汗，也顾不得多吹一会儿凉风，拿上赵露璐帮自己打包的饭菜就往外走。在过道里，黄希言跟接水回来的赵露璐撞上。赵露璐用手指戳着黄希言的肩膀，笑得暧昧：“你不对劲儿。”

等黄希言吃完饭回来，赵露璐在微信上猛弹她：“你的那位邻居是男是女？多大年纪？生的什么病？这么多天了还要你一直送饭？”

黄希言面对一堆问题无从回复，只示弱地回了一个哭笑不得的表情。赵露璐继续臊她：“自己连饭都顾不上吃，倒还记挂着你的那位邻居。”

黄希言只好认认真真地解释：“上回欠了他一个人情，所以这回顺手也帮他一下。”

赵露璐找重点的本事一流：“哦，是男的。”

这么闷热的天，不是没来由的，下午四点刚过，天便似锅底一样黑，没一会儿就下起了暴雨。一连晴了好多天，大家一直盼望下雨降降温，甚至有人端了杯茶到窗边优哉游哉地看雨去。

到下午下班的时候，天色亮了一些，大雨转为淅沥的小雨。黄希言加了一会儿班，赶在食堂关门之前打包了饭菜，拿上背包回家。她包里只有一把遮阳伞，价格高，还娇气，防晒涂层禁不起雨淋。她想着反正雨也不大，就干脆不打伞了。

公交站离报社三百米远，候车亭下已站了许多等车的人，没有空余的位置。她往旁边站，抱着自己的背包，手里提着用帆布袋子装着的饭盒。忽然，头顶光线一暗，她抬头，看见倾斜而来的黑色伞面，立即转头看去，一时愕然。落雨的黄昏，天色幽暗，他像是雨里的一道影子，连什么时候无声无息地来到她身后的，她都没发现。

“你怎么来了？”黄希言不由得笑问。

席樾的T恤外面多穿了一件黑色的棉质衬衫做外套，他靠近她时，身上有一股淡淡的雨水气息。她侧了侧身，他就会意地往前站了一步，和她并肩：“听见下雨了，想下楼散散步，想到你可能要下班了，过来看看。”

黄希言微微地怔了一下。路面坑坑洼洼的地方积了水，雨落下来，涟漪浅浅地散开。她这时才注意到，路灯不知什么时候已经亮了，灯光柔和昏黄。灯影在模糊的雨景里晕开，映在路人被雨水打湿的伞面上，映在那坑坑洼洼处的积水里，像被氤氲之气笼罩着的黄月亮。

她的心脏好似被什么东西轻轻地往上顶，无限接近于喉咙，又落下去，反反复复。她低下头，没去看席樾，轻声说：“去找个地方吃饭吗？”然后她晃了晃手里的帆布袋子。

靠近报社的地方有个公园，平常是附近居民纳凉的去处，今天下雨，几乎没人来。他们去的时候，亭子里有两个人躲雨，但没一会儿也走了。四周树木匝地，被雨水浇过，绿得更深，接近于黑，屏蔽了马路上的噪声，唯余雨点儿砸在叶片上的沙沙声，似窃窃私语。

席樾将撑着的黑伞收起来，然后把伞靠在亭子的立柱上。水顺着伞面下落到伞尖，很快在水泥地面上汇聚成小小的一摊。

黄希言从帆布袋里拿出饭盒，放在石凳上，一一揭开，再递过筷子。他们静静地吃着饭，谁都没有出声，因为这里实在太静，一开口，就好像会惊扰到什么一样。沉默的一餐过去，黄希言将筷子放回筷盒，收起空掉的饭盒，一并收入帆布袋里。

亭子的石栏杆呈环形合抱，她往外坐了坐，将一条手臂伸出栏杆，凉风带着雨丝从她的指尖擦过。她收回手，抱着手臂，半倚半搭地偎在石栏杆上，再将下巴枕上去。

天色接近全黑，不远处的树下藏着一盏路灯，是远近唯一的光源。这样的安静使人昏昏欲睡，又隐隐有些心悸，但像着魔一样不想离开。

黄希言发了好久的呆，突然回神，发觉席樾在看她。她立即警觉，伸手去拨头发。席樾将手伸过来，先一步拦住了她。微凉的手指擎住她的手腕，他微一用力将其拨开，没有松手，反而将另一只手也探过来，伸向她左侧的额头。

黄希言有种觳觫感，下意识地想躲，却莫名地一动未动，瞳孔微微扩大着。她看着席樾，感觉他那只落在自己额头处的手，拨开了她的头发，往耳后别去，然后停顿一霎，往下，轻轻地托住她左边的下颌骨。他微微地偏了一下头，注视她的太阳穴至耳朵上方的一线。

黄希言已经没法儿控制自己不去颤抖，此刻被头发遮住的侧脸暴露，甚至比让她赤身裸体更有安全感尽失的被剥夺感。她下意识地让自己露出笑脸："很丑，是不是？"

夜色深沉，空气潮湿，能闻到雨腥味，偶尔一阵风吹来，挟着雨点扑到皮肤上，带起一阵凉意。席樾静静地看着她，直望进她的眼睛里，目光温柔，近于悲悯："怎么会？这很特别。"

她感觉到席樾将手指屈起，指节轻轻地在她的脸侧触摸了一下。

那只是个胎记，被碰触时没有任何痛感，她却不由自主地打了一个冷战。她睁着眼睛，许久没有眨一下，直至眼里渐渐地有了雾气。

不知是这样寂静无人的气氛，还是席樾的语气和目光，让她生出迫切倾诉的欲望。话都变成了沉重的石头哽在喉咙里，势必要吐出来，或者彻底地咽下去。

他们之间远远没到可以互剖心事的交情，但她从别处得知了席樾的一些过去，是否也该同等地回报些什么？这么说服了自己之后，她笑了笑，偏过头，使脸离开他的手指："你还记得我姐姐长什么样吗？"

"嗯。"席樾收回手时，轻轻地碰了一下她的鼻子，然后转过头去，没再注视她。

"我姐姐很漂亮吧？"

席樾顿了一下："嗯。"

"其实，我是我妈妈计划外的孩子。那时候我爸爸在外面有了一些桃色新闻，妈妈知道了，决心离婚，爸爸不答应。我是爸爸勉强她的产物。所以从一开始，我的存在就让她有些反感。我出生后，脸上长着这么大、这么难看的胎记，就更让她……而且，那时候妈妈处在升职的关键时期，但生育让她的事业被迫停滞。我的存在，让她的晋升速度比同期同事落后了不止三年。"黄希言侧头看了他一下，"你听说过'父母会不偏不倚地对待每个孩子'这句话吗？我不相信。我想，你应该也不会相信，是吧？"

席樾的神情晦暗，黄希言猜想他是想到了不愉快的往事。他们有相似的切肤之痛。

"人的心脏长得连左右的距离都不一样，人怎么可能做到不偏不倚？我大哥和姐姐长得好看，聪明，从小品学兼优。我有时候连自己都会嫌弃自己笨，将那么多时间投入学习中，可就是学不会。"

黄希言唯一的天赋技能点，可能就落在了察言观色上。好像自记事起，黄希言就能模糊地感觉到，每次妈妈的视线一触及自己的脸，就会微微蹙眉，马上别开眼去。那时候黄希言对此还不理解，只隐约觉得不开心，好像自己的存在本身就是污秽的，是一种过错。

小孩子的直觉很准，来自他人的喜欢或不喜欢的情感，再微妙也能为其察觉。大哥和姐姐是受人喜欢的，被娇纵的；而自己是需要小心翼翼、不能犯错的，最好尽量降低存在感。可是黄希言那么不聪慧，犯错总是难免的。黄希言叮嘱自己下次要更小心，可越小心越容易犯错，如此恶性循环。

然而，即便不被喜爱，黄希言却没办法怪妈妈。妈妈也是可怜人，被背叛，被强迫，还要接受自己这样一个难看又笨拙的孩子。

自什么时候起，黄希言开始意识到那些注视自己的目光，意味深长，且有其因？那是在她读幼儿园的时候。孩子们打闹间，她的头发被掀起来，和她一起玩儿的小朋友先是愣住，继而哇哇大哭。她不知所措，也跟着哭，哭到停不下来，老师只好叫来家长。

妈妈一把将黄希言拖到了车上，不耐烦地把黄希言的头发使劲儿往侧脸处按，斥道："哭什么哭！知道自己跟别人不一样，还不遮牢一点儿！"

这些记忆似乎有些久远，却又清晰如昨。黄希言轻轻呼出一口气："那个时候，我才意识到，哦，原来我是跟别人不一样的怪物啊！"

一时之间，周围安静得只剩下雨声。在似乎很漫长又似乎很短暂的沉寂过后，席樾开口了，原本一贯清冷的声线也仿佛沾了一点儿雨气的湿重："你不是怪物。"他看着她，重复了一次，"你不是。"

奇怪的情绪堵在心口，黄希言不得不转过头，不去看他。许久，她笑了笑，问他："你以前是不是没发现？"

"嗯。"

"以前我是这个发型，记得吗？"黄希言将两边的头发抓住，比出至下巴的长度，"从幼儿园到高中毕业，都是这样。"

妹妹头，两侧的头发厚重地垂下来，将她的侧脸盖得严严实实，能够"屏蔽"那些多余的带着刺探性的目光。尤其是小学时期，那个年纪的小孩子最是天真、残忍，不懂得宽容那些与众不同，更不可能懂得维持起码的表面礼貌。她留这样的发型，最初更多是为了自保，后来就成了习惯。

方才席樾替她将头发别到了耳后，她干脆就没放下来，在这样四下无人的黑夜里，吓不到旁人。至于席樾，她知道的，他不会说谎，也不会被她吓到。

黄希言将身体朝外再移了一些，侧着头，任由风吹到她的侧脸上，心里有一种憋闷到极点而终于找到出口的畅快。于是，她一鼓作气："其实，还有一件往事，我谁都没有告诉过。我想告诉你，请你不要笑话我。"

"我不会。"

黄希言转过身去，再次把胳膊搭在栏杆上，将脑袋枕上去，好半晌也没开口。席樾不催促，安静地注视着她。

终于，黄希言开口了："我十八岁的时候，谈过一段恋爱。我……不想提到他的名字，就让我叫他 Z 吧……"

某次姐姐在家里办派对，请了同事。同事来的时候，将正在读大三的弟弟，也就是 Z，带了过来。Z 长得很好看，学法律专业的，能言善辩。黄希言就这样与 Z 相识。

后来有一次，黄希言和姐姐在外面吃饭，又碰见了姐姐的那个同事和 Z。四人拼桌，吃饭的时候，Z 加了黄希言的微信。之后，Z 时不时地会在微信上跟黄希言聊聊天儿，话题轻松有趣，从来点到即止，绝不冒犯。这样持续了两三个月，黄希言某天早上起床，发现微信上有条 Z 在凌晨三点发来的消息。他说："能见你一面吗？"

黄希言看到这条消息，心里咯噔一下，不知道该回什么，出于逃避心理，晾了他好久。直到某天她下晚自习回家，在校门口碰到了 Z。他说，他是来等她的，想试试看今天能不能等得到。如果他等不到，说明老天也不站在他这边，那么以后他再也不会联系她。

"那时已是深秋，天气好冷。Z 穿得那么单薄，等了我那么久，我碰到他的手时，他的手已经被冻到快没知觉了。我看着他，告诉自己这样是不行的，但是……"

和 Z 的交往是瞒着家里的，黄希言自小家教甚严，家里不可能允许她这么小就谈恋爱。虽然偷偷摸摸的，但那几乎是她从小到大最快乐的一段时光。如果没有后来发生的事情……

席樾轻声问："后来发生了什么？"

黄希言将两手放在膝盖上，攥紧了，又轻轻地松开："和他在一起的时候，我问过他一个问题——在不在意我脸上有这么大、这么难看的一块胎记。他说当然不在意。"

因为这句话，黄希言才彻底放任自己去相信他，以致当他们独处，他情难自禁，提出更进一步的要求时，她没有拒绝。不如说那种心情如同歃血为盟。

那年春天的周末，Z 提出带她和他的室友吃个饭，定的是 Z 学校附近的餐馆。Z 顺便带她在学校里逛了逛，逛到宿舍楼下，Z 让她在门口等着，他上去喊室友下来。她来时带了一些点心，想要送给 Z 的室友尝尝，忘了交给 Z 带上去。她看男生宿舍门禁很松，一时心血来潮，就混了进去。

她知道 Z 住在哪一层的哪一间，自己找上楼去。Z 宿舍的门掩着，没关紧。她在走廊里听见 Z 和某个男生聊天儿。

男生问 Z："小姑娘的滋味爽不爽？"

Z 说："爽个屁！她哭了一晚上，哄她哄得老子一点儿兴致都没了。而且她那张脸，不关灯能看？我半夜起床喝水，开灯看一眼能被吓个半死。"

男生哈哈大笑，说："忍忍呗，想吃软饭还不得遭点儿罪？"

Z 说："滚滚滚。"

黄希言听见这些话，竟然没有第一时间走掉，而是呆在原地忘了反应。直到 Z 和他的室友收拾好，准备走了，一打开门，Z 与她四目相对，她才赶紧跑了。好在 Z 知道算计落空，没再缠着她。

"我好像还没办法死心，回去之后，在微信上问他：'所以你一开始接近我就是有目的的吗？'他回答我：'世界上永远没有白吃的午餐。'我把他拉黑了，这件事儿就到此结束了。"

黄希言垂着头，声音也很低，几乎被雨声彻底吞没。她的话音落下，随之而来的只有更寂静的雨声。

席樾看着她，很认真地审视。寂静了太久，就在黄希言准备开口的时候，一只手伸过来，轻轻地搭上她的脑袋。席樾说："我理解不了。"

黄希言怔了一下："什么？"

"为什么会有人觉得这很难看？"他抬起手，隔着她的头发，用手指再度轻触她侧脸的印记，"不会有一种美，比美的本身被破坏而更具美感。"

黄希言微微睁大眼睛，过了一霎，笑了："你的理论好绕，我听不懂。"她微微地眯了一下眼睛，看进前方沉沉的夜色里，深深地呼出一口气。

不过，谢谢席樾。她原以为这么一段往事，正视它、治愈它势必需要很大的勇气，但原来说出口就可以释然了，只不过从来没有那样一个人可以让她说出口而已。意识到这一点，黄希言不由得微笑："你会不会觉得我很蠢，竟然被这么低劣的手段欺骗？"

席樾的声音低沉："这么说不是在替伤害你的人开脱吗？"

"我应该有自知之明的……"

"你不相信吗？"

"什么？"

"世界上有太多千篇一律的好看，而你是特殊的。"

"以你奇奇怪怪的艺术家的审美吗？"

"我无法代表别人的审美。"

黄希言笑出声，一歪脑袋，抬起眼，便与席樾的目光对上。许是冥冥夜色的缘故，他的眼睛显得深沉幽暗，她陡然怔了一下，已到嘴边的下一句话顷刻被忘记："我……"

因为这突然的沉默，气氛一时间微妙起来，正像这带着一种黏滞感的昏暗的雨夜。

黄希言移开视线，有几分慌乱。她坐正了身体，又推了一下栏杆站起身："我们是不是该回去了？"

“嗯。”

席樾带来的这柄伞很大，遮挡两个人绰绰有余。黄希言有意离他远了两分。雨水从伞的边缘落下来，有一半滴在了她的肩膀上，即便这样，她还是没有向他靠近。

走路回去需要半个小时，他们选择回到站台等公交车。黄希言手里提着那个装饭盒的帆布袋子，低头看着脚边，只要微微偏一下目光，就能看见席樾脚上的黑色鞋子，被他立在地面上的黑伞的伞尖处，雨珠一滴接一滴地往下滚落。

她正愣怔的时候，席樾用手指轻轻碰了碰她的手臂，轻声提醒：“车来了。”

早就过了下班的高峰期，公交车里空荡荡的。黄希言肩颈处的衣服被雨水打湿了，上车时她被冷气吹得一激灵。车上有空位，但没有两个连在一起的。黄希言在第三排靠过道的空位坐下，指一指后面，让席樾去坐。席樾却说：“不用。”他伸长手臂，抓住吊环，就站在她的身边。

黄希言将帆布袋子搁在腿上，用两手无意识地抱着。公交车起步，晃动了一下，她的肩膀与席樾的手臂碰上，她便不动声色地往里面挪动了一点儿。

车里很安静，几乎没有人交谈。两人像是被闷在了一个空罐头里，顺着下坡路，骨碌骨碌地往下滚落，一头栽入满是青荇的池塘。黄希言好几次抬头去看车里 LED 屏幕（电子显示屏）上显示的站名，总有一种走错了路的错觉。这条通勤线路她再熟悉不过，然而，许是下雨的缘故，此刻窗外的夜景显得陌生极了。

终于到了站，席樾先她一步下车，将伞撑开，向着车门处倾斜，替她挡雨。她一步跨下去，小声地说了一句谢谢。两人还是并肩而行，她依然刻意地与他保持了一点儿距离。

下雨天，餐饮业的生意也不好做。沿路的店铺用蓝色塑料雨布在店门口支起了棚子，牵出一个白炽灯泡，任昏昏黄黄的光倒映在湿漉漉的地砖上，摆三四张桌子，却只有寥寥的食客。

黄希言有些心神不定，虽然注视着脚下，但心思一点儿没在走路上。

“小心。”席樾忽地抓着她的手臂一提。她恍然回神，才发现自己差点儿一脚踩上松脱的地砖，别的不说，要是溅上泥水，脚上的这双帆布鞋一定毁了。

她收敛情绪，往旁边让了让，绕开了那块地砖，又走了没两步，听见身后有人喊她。她转头一看，才发现不知不觉间经过了何霄家的超市。

何霄穿着T恤和短裤，脚上是一双人字拖。他也不打伞，就这么走了过来，看了黄希言一眼，用玩笑的语气说：“说是要辅导我英语的，怎么都逮不见你的人啊？”

黄希言笑说：“这个周末我应该有时间。”

“确定？那我到时候在微信上找你。”

黄希言笑着点了点头。何霄说着又看了一眼席樾：“樾哥，你的肠胃炎好了没？我爸说他在市医院里有认识的人，你需要的话，他可以介绍你过去看看。”

席樾的语气平淡：“好得差不多了。”

何霄往两人的脸上分别瞥了一眼，要笑不笑地说：“雨下得这么大，你们是散步回来的？”

黄希言听出何霄话里戏谑的意味，略有些尴尬，笑了笑，没有出声。然而，席樾却嗯了一声。何霄的脸色一时难看得要命，憋了一会儿，看向黄希言，忽然道：“我下周过生日，请朋友吃饭唱歌，你要不要一起去？”

“你跟你的同学一起玩儿吧，我跟他们也不熟，会不自在。”

“不要紧啊，我全程关照你好不好？你就唱K（在KTV唱歌）的时候去一下行吗？我生日呢。”何霄这最后一句话纯粹是央求的语气了。

黄希言没办法，笑说：“如果那天不加班的话。”

何霄露出个扳回一城的笑容，看了一眼席樾，将两手揣进裤子的口袋里，退后一步，对黄希言说："那就一言为定了。"说着，何霄转身回店里了。

经何霄这么一打岔，黄希言觉得方才那种微妙的气氛已经荡然无存，暗暗地松了一口气。走到楼下，席樾将伞收起，两人一前一后地上了楼。到了自家门口，黄希言顿下脚步，转身看着席樾，犹豫了一霎，说道："席樾哥，后面几天我要跟报社的老师出去采访，中午休息的时间不固定，也不好总是拜托同事帮我打包饭菜，所以……"

席樾说："没关系。"

"你会好好吃饭的吧？"

"不知道。"

席樾的这个回答让黄希言有种进退两难之感。她的手指无意识地捏紧了帆布袋的带子，她又纠结了片刻，还是下定决心。到这里，她和席樾之间的来往是两清的，谁也不欠谁了，不要继续了。她伸手去掏钥匙，笑说："那我进去啦，有事儿微信联系。"她旋动钥匙，停顿一霎，将门推开，走进去的时候没有回头。

席樾待她的房门关上，迈开脚步上楼去。那潮湿的雨水气息好像一直蔓延到了屋里。他去沙发上躺下，点燃一支烟，感觉连烟里都有今晚雨水的苦涩。他被呛得咳嗽了一声，抬手一把将头发往后捋去，用手掌撑着额头，转过目光，看见电视柜上那打包好了的雕塑。黄希言还是没将它拿走。

第三章

可爱的月亮

那个雨夜的对话，仿佛没发生过一样，黄希言再度过回了跟席樾互不碰面的生活。

她这几天比前阵子更忙，因为工作的内容变了。晚报创刊三十周年庆，为了面子上的好看，之前一度停滞的新媒体运营工作又被捡了起来，主编钦点了一个编辑和黄希言负责。

报社的公众号和微博都有，但好像几百年没人打理过一样，已经快长草了，连密码都是通过邮箱找回的。黄希言接手后的第一个重要工作是剪辑一个视频，盘点创刊以来的十大重要新闻。郑老师给黄希言批了素材库的权限，过去的视频新闻都能调用。

为了这个视频，黄希言没少加班，终于赶在限定的日期之前将剪辑完成了。这天恰恰是何霄过生日请客的日子，她加完班就赶去何霄定好的地方，总算没放何霄的鸽子。

KTV（一种以唱歌为主的娱乐场所）包间里，何霄同学已经玩儿嗨（形容兴奋）了。唯独何霄，身为今天的主角，却一直坐立不安。直到手机上黄希言通知他，她已经到楼下了，他一下从沙发上弹起来，下去接人。

何霄一边上楼梯，一边看着黄希言，忍不住笑：“我以为你不来了。”

“毕竟答应过你的。”

何霄走在黄希言的前面把包间的门打开，她一时却步，因为没想到里面会那么吵，而且比她小了好几岁的高中生嘶吼着唱的那些歌，她都没听过。何霄伸手搭着她的肩膀，把她往里推了推，说：“你要唱什么歌？我帮你点。”

“不用不用，”黄希言忙说，“我五音不全，听你们唱就好了。”

她跟着何霄在沙发上坐下，卸下背包，不大自在地看了看四周。有几个人注意到她，一下凑过来，其中一个女生笑问：“你是不是就是何霄说的那个大学生姐姐啊？”

黄希言很是局促，却还是不忘微笑：“何霄说我什么坏话了吗？”

一个男生说道：“何霄夸你可爱。”

何霄立马否认：“我啥时候说过？！”

男生打趣道：“说了不认，屄不屄啊？！”

何霄挠挠头，看了黄希言一眼，强行为自己解释：“我就是随口一说的好吧。”

大家齐齐地喊了一声，又有一人问道：“姐姐有男朋友了吗？”

“没有。”

何霄勾起嘴角笑了笑，下一秒就被他的同学搡了一把，大家发出阴阳怪气的嘘声。

黄希言在留心旁人的情绪方面一贯很敏感，只是关于何霄，她从来没往那方面想过，现在恍然大悟，登时坐立难安，只好保持微笑，假装听不懂他们小孩子的起哄。何霄也怕把黄希言弄得太难堪，将围拢过来的人都哄散了，亲手把果盘拿过来，递给黄希言一把小塑料叉子。黄希言叉了一片西瓜送进嘴里，心情复杂地说了一声谢谢。

何霄看着她：“你真的不唱歌？”

黄希言摇摇头。

“那我去唱一个。”说着，何霄起身去了点歌台那边，点了一首，置顶，不顾这时候有人正在唱，直接切了。唱歌的同学笑骂了一句，倒没计较，把话筒递给何霄。黄希言往屏幕上看了一眼，好老的一首歌，张国荣的《怪你过分美丽》。前奏一过，何霄张口，居然将粤语发音模仿得有模有样，音色也不差。

她感觉到何霄在看自己，便只是低着头吃水果。何霄唱完，重新回到她的身旁坐下，也没多说什么，拿了个小叉子，陪着她吃水果。黄希言本来在盘算着找个理由提前回去，结果知道了其实零点过了才是何霄的生日，大家在等着那时候陪他吹蜡烛，她不想扫他的兴，就决定再等一等。

有人过来喊黄希言和何霄打牌，她因为不会打，婉拒了，何霄也就不去了，陪她坐着。她忙说："你跟他们去打吧，不用管我，我自己玩儿手机就好了。"

"我说了要关照你的。"

两个人不尴不尬地坐了一会儿，何霄问她："你玩儿手机游戏吗，《王者荣耀》？我们可以双排。"

"不玩儿。"

"'吃鸡'（指网络游戏《绝地求生》）呢？"

"也不玩儿……"

何霄挠挠头："那你平常玩儿什么？"

"看书比较多。"

"我一看书就头大……"何霄露出很苦恼的表情。

"所以我说你不用管我啊。我比你大，我们的生活方式也不一样。我平常就是比较无聊的一个人……"黄希言承认自己有旁敲侧击的意思。

"也没有大几岁。"何霄截断她的话。

这时候，何霄的同学喊他："老何，过来打牌！"

"不来。"

"缺人啊，你赶紧过来！不是怕输钱吧？！"

何霄露出为难的神色。黄希言赶紧劝他："你去玩儿吧，我要回复一下我领导的微信。"

“那我去打两把，一会儿就回来。”

黄希言点头：“去吧去吧，不用管我。”

等何霄去了沙发的那一头，黄希言不由得松了一口气。她抱着手机玩儿了没一会儿，就快到零点了。何霄的同学拿出生日蛋糕，点上蜡烛，掐着点儿关上了灯。一群人把何霄推到中间，让他吹蜡烛许愿。

等何霄吹过蜡烛，大家分蛋糕，尝了没两口，传统环节就开始了：不知道是谁先抹了何霄一脸奶油，何霄不甘示弱地抹回去。没一会儿，大家就闹成一团，无一幸免。

黄希言在外围，一直没被“战火”波及。然而有个被大家“欺负”得很惨的女生眼尖，看见了黄希言，立马转移了“战火”，将一手的奶油径直朝黄希言的脸上抹过来。何霄赶紧去拦，然而已经来不及，眼睁睁地看着奶油糊了黄希言一头。他下意识地抓起了黄希言的头发，扯起自己的衣袖去揩。

黄希言前头已经被那个女生的“偷袭”搞蒙了，对何霄的这一下也没反应过来，阻止的动作到底慢了一步。她的头发被何霄抓起来的瞬间，本就注意着他们这边的几道目光，瞬间滞住了。这陡然诡异的沉默，吸引了更多的人转过头来。大家都齐刷刷地愣住，往她的脸上看。

黄希言条件反射地露出个笑脸，而后将头发从何霄的手里扯了回来，笑说：“我去洗一下。”然后她抓上自己的背包，径直朝着门外走去。

何霄拉开门追了上来，在走廊里一把抓住她的手臂，语无伦次地道歉：“对……对不起……我不是故意的……”

黄希言笑着摇摇头：“你让我去洗一下。”何霄不知所措地松开了手。

奶油很难洗，黄希言拿清水试了试，放弃了。一手油乎乎的，难受死了，用水也冲不掉，她拿出一张纸巾擦了擦，只能作罢。她抬头，往镜子里看了一眼，顿了顿，将头发掀起来，侧过脸，看了看，微微蹙了蹙眉，又将头发放下。

她刚要走出洗手间，忽然来了个电话，是跟她一块儿负责新媒体工作的编辑打来的。编辑说，主编又审了一遍片子，觉得其中有一则新闻不合适，得换掉。

“什么时候要？”

“明天上班的时候，主编要发给上头的领导审，希言，能不能麻烦你晚上改一下？原本我应该跟你一起的，可是我的小孩儿发烧了，我这会儿还在医院里陪着。”

黄希言说：“没事儿，我来改就行。”

她接完电话走出门去，何霄还无所适从地等在外面。黄希言笑说：“我得回去了，临时要加一下班。”

“我送你。”

“不用了。”

“让我送吧，行吗？”

黄希言笑着摇摇头：“从这里回去也不远，你不用送了，你的同学还在等着你呢。”

何霄摸不准黄希言有没有不高兴，因为她从来都是笑着的，他连她需不需要自己道歉都搞不清楚。但他可以肯定的是，她拒绝他相送的态度很坚决，虽然语气是一贯的柔和。

他没再坚持：“那……你注意安全，到家了给我发微信。”

“OK。”

从 KTV 打个车回去，也不过十来分钟，但是黄希言的心里焦躁得很，她迫不及待地要洗掉这一头奶油。车在巷口停下，她下车之后飞快地往里走。到了楼下，她刚准备拉开那锁头坏掉的铁门，就听见不远处有一个声音喊她：“希言。”

她愣了一下，转过头去，才发现席樾站在右边的深巷里。他的手指间夹了一支烟，亮着一点忽明忽灭的光。黑暗里，他像一道影子，无声无息，如果不是主动出声，她可能根本不会发现他。

“你还没睡吗？”

“下来散散步。”席樾朝着她走过来。

“这个时间，散步？”

“我一直是这个时间散步。”

黄希言看了他一眼，凭他的语气和表情，她不觉得他是在说谎或者开玩笑，就笑说：“你知道吗？何霄之前跟我说，他一直很纳闷，你是不是从来不下楼，那是怎么倒垃圾的？”

席樾没理她的这句话，走到了她面前，看见她明显打绺的头发，微蹙了一下眉，再往她的脸上看：“晚上玩儿得不开心？”

她下意识地回道：“没有啊！”

席樾看着她，目光沉沉的。她脸上的笑容慢慢地淡去。他的目光让她觉得，在他面前强颜欢笑很幼稚，很没有必要。

席樾问：“发生了什么事儿？”

“没事儿，他们吃蛋糕，把奶油抹到我的头发上了。”

至于刚刚在KTV里的那个插曲，真的不算什么事儿。大家未见得有任何敌意，只是事先不知道她脸上的情况，骤然看见，才不免惊讶，是她自己敏感，一时反应过度。她认为这件事儿没什么跟席樾提及的必要。

席樾又看她一眼：“早一点儿休息吧。”

“休息不了，”她轻叹一声，笑说，“临时要加一下班，我洗完澡还得去一趟网吧。”

“在家里不行吗？”

“我的笔记本电脑可以剪辑视频，但是渲染很慢，网吧的电脑性能好一些。”

席樾沉默了几秒钟，轻声说：“你可以用我的电脑。”黄希言愣了一下。

“应该比网吧的好。”席樾又补充一句，说着，伸手拉开了铁门。自见到黄希言，他就没再抽一口手里的烟。进门时，他将烟在墙边按灭，拿住烟头，扔进拐角的垃圾桶里。

上楼的时候，席樾走在前面，问她：“最近很忙吗？”他的语气平淡，声音清朗。

“还好。”

“我听见你晚上到家开门的声音，很晚。”

黄希言又愣了一下，抬起头，看见他身上的黑色T恤，隐约显出肩胛骨的形状。她垂下眼，笑说：“那你睡得好晚。”

“失眠，一直在画画。”

她张了张口，还是决定不接这句话。到了602的门口，席樾说：“门我不关，你等下上楼直接进去吧。”

她只好说：“好。”

黄希言洗漱完，磨磨蹭蹭地吹干头发，一看时间，已经是凌晨一点了。拿上移动硬盘和笔记本电脑的时候，她依然在犹豫，是去网吧，还是去楼上找席樾。她打开房门，在门口站了好久，还是拐个弯上楼了。702的门果然是虚掩着的。她推开门，走进去，将门轻轻关上，看见门口脚垫上摆着席樾的凉拖鞋，弯腰把自己的鞋脱掉，换上。

书房门半开着，里面有音乐的声音。那是一首英文歌——*Slow Fade*（《褪色》），也在她的歌单里。

Late nights, are you sleepless too?（长夜漫漫，你也难以入眠吗？）

Wide awake in the starless blue,（月明星稀，辗转反侧，）

Staring up at the ceiling,（盯着天花板，）

Do you feel what I'm feeling?（你是否感我所感？）

…………

黄希言走过去，轻轻敲了敲书房的门，推开。席樾用手指点击了一下鼠标，蓝牙音箱里的音乐停止。他从电脑桌前的椅子上站起身，把位子让出来。

席樾的这个书房，毋宁说更像是画室。房内画集、书本和画稿随处可见，地上堆了些石膏像，罗马王的或是小卫的；靠墙的位置摆着两个画架，一旁有一个宜家的小推车，里面装着各种管装的、罐装的颜料；两米多长的一张大书桌上，摆了两台电脑显示器，此外，还有数位屏、iPad Pro（一款平板电脑），三个笔筒被各种勾线笔、填色笔、马克笔等装得满满当当……东西太多，让人一眼看不尽。

上一回进席樾的书房，黄希言就很羡慕，这完全是她梦寐以求的个人空间，每个角落都只堆放自己喜欢的东西。她走过去，往显示器上看了一眼，席樾的画稿进行到一半。她问：“我把电脑占了，会不会耽误你的进度？”

“不会，我乱画的。”他将文件保存，关掉 Photoshop（一款图像处理软件），拿起 iPad Pro 和 Apple Pencil（一款智能触控笔），去了靠窗的沙发上坐下，把电脑让给她。

席樾的人体工学椅也舒服得不得了，她坐下去时，腰和脊椎都能得到很好的支撑。电脑桌面显示的是一张 CG（计算机动画）图，不知道是不是席樾自己画的。两台显示器分屏显示，能同时展示多个窗口。黄希言没空儿感叹更多，将移动硬盘里的 premiere（一款视频编辑软件）的安装包、工程文件和视频素材，一并拖到了电脑里。

席樾靠坐在沙发上，一手端着 iPad Pro，另一只手拿着 Apple Pencil。他此时没什么灵感，随意涂了几笔，只当是做基础练习。蓝牙音箱里突然传出声音，一个女声字正腔圆地播报一条新闻。他抬眼一看，黄希言明显被吓了一跳，正手忙脚乱地调节音量。

她转过头来冲他充满歉意地笑了笑：“抱歉抱歉，忘了你的电脑接音箱了。会不会吵到你？要不要我换成耳机？”

席樾说：“没事儿。”

书桌在斜对面，从席樾的角度看过去，正对着黄希言的侧面。她的身形小巧，仿佛能被电脑椅整个包进去，身上的白色 T 恤板型宽松，更显出衣服下的身形像薄薄的一片；长发披散，在灯光下显出一种深棕的色调，发尾微微地自然蜷曲，随着她点按鼠标的动作，有几缕头发从她的肩头滑落下来。

她忙于工作的时候，不自觉地收敛了时时挂在脸上的笑，嘴唇紧抿，神色严肃极了，和略显幼态的外表很不相称。与此相对，她脚上的动作却没停，像闲不住一样，前脚掌着地，偶尔无意识地勾起来，偶尔踢一踢脚边宽大的凉拖鞋。

席樾挥笔的动作出于下意识，待他反应过来时，一张速写已跃然于平板电脑的屏幕之上。笔尖一顿，他回过神来，用手掌撑住了额头，盯着屏幕看了一眼，呼出右上角的菜单，右滑图层，笔尖在“删除”的选项上停顿了一瞬，点按下去。画面恢复一片空白。他丢了平板电脑和触控笔，站起身往书房外走去。

黄希言抬起头来，疑惑地看了他一眼。他经过书桌时脚步没停，也没对她说什么。她喊了他一声：“我是不是吵到你了？”

已到书房门口的身影顿了一下，他淡淡地道：“没有，我去外面抽一支烟。”

席樾去客厅待了好一会儿才又进来，经过她身边时，她闻到他衣袖上染了烟草的味道，目光随着他到了窗边的那张沙发上。他坐了下来，没再拿起平板电脑，随手从窗台上拿了一本杂志，将其摊在扶手上，把手肘撑在扶手的边缘，低着头，翻得漫不经心。头发垂下来，他随意地捋了一把，整个人好像要融进沙发扶手旁那盏落地灯散发出的昏黄的光里。

黄希言回过神来，赶紧移回目光，专心于手头儿的工作。她从工程文件里抽掉被主编否决的那段视频，替换成了另外一段，重新做了字幕，又从头到尾检查了三遍，然后选定格式，开始导出渲染。剩下的，就是软件和电脑性能的事儿了。

时间已经过了凌晨两点，脚趾勾了勾，黄希言找到凉拖鞋穿上，转了个身：“那个……”席樾抬眼。

“我用完了，就等渲染了。”她站起来，伸了个懒腰。

席樾丢下杂志，起身走过来，一只手撑住电脑椅的扶手，一只手去拿鼠标，点开了软件，查看进度。下一瞬，他转过头去，看向她：“你要休息一下吗？渲染完了我叫你。”

他因为是弯着腰的，和她的距离比他站直时近得多。黄希言心里紧张了一下，屏住呼吸，踩着拖鞋后退了半步，笑着指了指沙发：“我就在这里眯一下吧。”

“好。”

书房的沙发不大，是两人位的，黄希言的个子不高，睡上去倒是刚刚好。席樾在电脑椅上坐下，片刻后，将椅子转过来，看了她一眼：“需要毛毯吗？”

“还好……”

席樾站起身，往书房外去了。黄希言注视着他踩在木地板上的脚，瘦骨嶙峋，皮肤又白得过分，实在有一种……羸弱的美感。用美形容一个男人，是不是不恰当？她想。

片刻后，席樾拿着一张灰色的毛毯回来，是上一回她盖过的。他将毛毯递到她的面前，她笑着说了一句谢谢，抖开毛毯给自己盖上。不仅如此，席樾还随手将沙发旁的落地灯按灭，又特意走到门边，关上了书房的大灯。整个房间独余他书桌上的台灯，但也被他拧到了最低的亮度。他转头又看了她一眼，戴上了头戴式耳机。

黄希言没睡着。房间里台灯和电脑屏幕的光源，将席樾侧面的轮廓勾勒出来。周围安静极了，只有电脑主机运转的声音，还有他手里数位笔在数位屏上滑动的细微声响。他投入的样子，吸引她忍不住深深地凝视着，失神到许久没眨一下眼。

片刻后，她将身体蜷缩起来，拉起毛毯盖过脸。她嗅到毛毯上有洗衣液的清香，又立即将其拉了下去。她怎样都觉得不适，有一种逃避不了的感觉，因为这个空间里，全是席樾的气息。

黄希言被叫醒，是在凌晨四点。一旁的落地灯被按亮了，她睁眼时被灯光刺了一下，又一下子眯起来，缓了好一会儿，再睁开，目之所及，是席樾清瘦俊秀的面庞。

她还是迷糊的，就这么呆呆地看着他的脸，有点儿分不清此时自己是醒着，还是仍在梦里。直到她的肩膀再被轻轻碰了碰，一个清朗的声音提醒她：“好了。”她这才反应过来，立即坐起身，急急巴巴地去找拖鞋，别过脸的时候，连耳朵都红了。

黄希言坐回到电脑前面，打了个长长的哈欠，将导出完毕的视频从头到尾又检查了两遍，确定没什么问题之后，在微信上跟同组的编辑说了一声，约编辑早上提前半个小时到报社，再做一遍验收。这个时间，想必编辑还在睡梦中，因此没回复黄希言的消息。

在这个时间醒来，最是痛苦，她感到头昏眼涩，一闭眼，站着都能再睡过去。因此席樾叫她再去休息一会儿，她几乎没有产生拒绝的念头，将视频拷进移动硬盘，不由自主地起身重新回到沙发上躺下。

理智告诉她这时候其实应该下楼回家，但是身体不听理智的指挥。她实在太困了。她意识到还有事情没做，挣扎着想要睁开眼，自言自语道："我早上七点要起床……"

不远处，席樾的声音回应她："我帮你定闹钟。"这句话，让她彻底放弃挣扎，转念间就睡过去了。

一大清早，黄希言被一阵急促的敲门声吵醒。迷迷糊糊中，她以为是手机闹钟响了，条件反射地向枕头底下摸去，但摸了半天，什么也没摸到。她睁眼一看，自己在陌生的房间，心里咯噔了一下；再一看，这是席樾的卧室。她清楚地记得自己是在书房睡着的。

外面的敲门声一阵急过一阵，黄希言没空儿多想，赶紧下床，穿上拖鞋，跑过去把门打开。外头站着一个提着行李箱的男人，寸头，西装革履，相貌周正。

两人一照面，男人先愣了一下，退后一步去确认门牌号："席樾住这儿吗？"黄希言点头。

"那你是……"话没说完，男人便冲她暧昧地笑了笑，像是觉得自己这话不该问。

黄希言尴尬极了："我是他楼下的邻居。"

男人自我介绍说："我叫蒋沪生，是席樾的朋友，也是他工作室的合伙人。"

黄希言侧身让他进去，自己赶紧往书房走去。蒋沪生放下行李箱，连鞋都没换，也径直大步跟了过去。书房里，席樾趴在书桌上睡着了。黄希言伸手轻轻推了席樾一下："席樾哥，你有朋友来找你。"

席樾没有反应。黄希言又推了一下，终于，席樾缓缓地抬起头来。蒋沪生走过来，直接一巴掌拍在席樾的背上："快给老子醒醒！姓席的，你怎么不跑得更远一点儿，跑到西伯利亚去！"这个人，明明叫

“沪生”，张嘴却是一口北方口音。

席樾揉了一下额头，脸色很难看，他熬夜之后，声音有些沙哑：“你来干什么？”

“工作室你还管不管了？！”

黄希言还想再围观，但时间已经不允许她继续满足自己的好奇心了。她得回去洗个澡，吃个早饭，赶在上班时间前半个小时到达报社。当下，她赶紧将移动硬盘和笔记本电脑往书包里一塞，然后跟席樾打了声招呼：“席樾哥，我先走了，昨天晚上……谢谢。”

席樾：“嗯。”

黄希言又冲蒋沪生点了一下头，当是招呼，就挎上背包离开了。蒋沪生往书桌边缘一坐，掏西服口袋，给自己找了一支烟点上，冷笑道：“你说你遇到瓶颈，得出去找找灵感，招呼也不打就跑了，我忍了；你不告诉我去哪儿，我忍了；害老子满世界找你，我也忍了。可你这是找灵感？我看你是找女人、找乐子！”

“嘴巴放干净点儿。”席樾的神色很冷淡。

“秦澄天天到我那儿去找人！”

席樾不耐烦，推开椅子往外走，却被蒋沪生揪住了衣服。席樾转头冷冷地看了一眼。蒋沪生知道席樾的脾气，松了手，问道：“你是不是忘了还有秦澄这么个人，忙不迭地就把陌生女人往屋里搂……”

席樾打断蒋沪生：“我和秦澄早就分手了。”

蒋沪生一愣：“那是什么时候的事儿？谁提的？”

席樾不理蒋沪生，往门外走。蒋沪生跟过去，好奇地追问：“谁提的？你不会又被甩了吧？”

席樾走进洗手间，一把摔上门。蒋沪生趁席樾反锁之前把门打开了，贱兮兮地堵在门口。蒋沪生本是一肚子的火气，听说席樾被甩了，顿时消了气，甚至幸灾乐祸起来：“秦澄这么一个大气懂事儿的都受不了你，你说说，你做人得有多失败？”

席樾拧开水龙头洗脸，连个正眼都不给蒋沪生。蒋沪生越说越起劲儿：“赶明儿我找人给你算一卦。你这人命格怕不是天煞孤星。”

席樾取下毛巾擦脸，叫蒋沪生让一让，出了浴室，又回书房拿了烟往客厅去，然后坐在沙发上，点一支烟，抽了一口，将两肘撑在膝盖上。蒋沪生去席樾的对面坐下，跷着腿问："准备什么时候回深城？"

席樾多一个字都吝惜："不回。"

"大哥，有大项目等着你回去主持，行行好。大半年了，你散心还没散够？"

席樾不说话。蒋沪生其实拿席樾很没办法，这人一副冷漠孤僻的狗脾气，但才华一等一，不然不可能一毕业就能拿到美国某著名游戏公司的 Offer（录取通知）。蒋沪生自己也是艺体生出身，早些年装模作样地画过几年原画，后来连自己都觉得水平太一般、太流水线，认识席樾之后，就合伙开了个工作室，自己只负责事务性的工作，专业的事都交给席樾。

以席樾的履历和水平，放在业内，他岂止是香饽饽，简直是摇钱树。但这位"财神爷"在事业蒸蒸日上的时候，突然宣称自己遇到瓶颈，手头儿的项目一做完，招呼没打一声，凭空蒸发了。

蒋沪生也知道，艺术家确实需要放空和充电，所以一直没打扰席樾，但席樾消失快一年，这就过分了。最近，国内一家数一数二的游戏工作室即将启动一个 S 级（超级、最高级别）项目，对方点名要请席樾，谈的价钱，是人都没法儿不心动。于是，蒋沪生几经辗转打听到了席樾现在的下落，连夜杀上门来。

蒋沪生动之以情，晓之以理："这样，你回去先领着大家把这个项目做完，做完后再给你半年……不，一年的假？"

"你随便找个人做吧。"

"你以为呢？能找早就找了，可甲方'爸爸'只认你。"

"那就推了。"

"那都是钱！"

席樾真不耐烦再听下去，站起身。

"你去哪儿？"蒋沪生跟了上去。

“逛逛。”

“那我也跟你去逛逛。”

“……”

蒋沪生缠过去，从公文包里掏出一个文件袋，递给席樾：“你看看，你一定感兴趣。不是我吹，这绝对是3A级（游戏制作规模和质量评级中的最高级别）大作的制作水准。”

席樾还是那句话：“不做。”

“你不做，我就在这儿住下。你什么时候答应了，我什么时候回去。”

“没你住的地方。”

“没我住的地方，那有刚刚那个小美女住的地方？”

席樾不想理蒋沪生，拿了挡着自己路的文件袋，随手往茶几上一扔，便往外走。

“你去哪儿？”

“说了，逛逛。”

“去吃早餐？我还没吃早餐呢，咱俩一起去？这么久没见了，你就不想跟我叙叙旧？”

席樾光想想这个画面就觉得怪恶心的，直接掉转方向，往书房走。

“你就不想跟我待一块儿呗！”蒋沪生想着自己哪怕治不了席樾，能恶心恶心他也是好的，“你想吃什么？我给你带。”

“随便。”

蒋沪生出了门，屋里终于清净了。席樾揉了揉额角，叹了一声，自己就没遇见过比蒋沪生更烦的人。但不得不说，工作上的事儿，席樾离不开蒋沪生。蒋沪生是席樾跟一些俗务之间的桥梁，能替席樾挡下许多不喜欢的应酬和人际往来。

蒋沪生是个入乡随俗的主儿，不管到哪儿，都能像在主场一样自如。他去楼下逛了一圈，选定一家早餐店，点了一碗虾皮小馄饨。坐着等餐的时候，他看见收银台有个姑娘在点单，可不就是早上在席樾屋里的那位？小姑娘拿着餐牌，四下张望找位子。蒋沪生适时地招一招手，叫她过来坐。

黄希言听见有人叫自己，转头看了一眼，犹豫了一下，最终还是走过去和蒋沪生拼了桌。蒋沪生殷勤得很，给她斟了茶，托着腮打量她，笑眯眯地问道：“弟妹您贵姓？”

黄希言被一口茶呛住，咳了两声，窘迫地道：“蒋先生平常就喜欢跟人开玩笑吗？”

蒋沪生笑了：“你们还真只是普通邻居啊？”

“不然呢？”

“我这不是也看了一回稀奇吗？以前席樾可从来没让普通邻居在家里留宿。”

黄希言尴尬得不行。她最不擅长应对蒋沪生这种自来熟性格的人，而且他的自来熟跟何霄的还不大一样，不如说，何霄之于他，只是小巫见大巫。

见黄希言不应，蒋沪生也收敛了两分吊儿郎当之气，笑问：“所以姑娘贵姓？”

“姓黄。”

“黄小姐……”

黄希言对他的这个称呼感到很别扭：“你直接叫我‘黄希言’吧。”

“黄希言……”蒋沪生咂摸着这个名字，片刻后，想到什么，“我知道一个人，叫‘黄安言’，你们的名字就差一个字。”

黄希言觉得蒋沪生今天估计就是来治她容易尴尬的毛病的，于是用以毒攻毒的方法：“黄安言是我姐姐。”

蒋沪生愣了一下：“所以你是……那你跟席樾……”

蒋沪生摸摸脑袋，现下这个状况他也有点儿蒙了。他打量着黄希言。小姑娘娇小清瘦，就穿着简简单单的白T恤和牛仔裤，脚上是一双鞋面干干净净的小白鞋。她一副清爽单纯的学生模样，谈不上多漂亮，但皮肤白，说一声小美女是不为过的。她长了一张没吃过苦的脸，但气质里带着三分轻愁，尤其垂眼的时候，眉眼之间总有些散不去的忧郁。

这种类型的姑娘是不是席樾喜欢的，蒋沪生说不准，只知道秦澄的类型和黄希言完全不同。如果说黄希言跟席樾之间真有点儿什么，初恋女友的妹妹，过去的小姨子……蒋沪生乐了。蒋沪生得承认，要说玩儿，还是席樾会玩儿。

黄希言问蒋沪生："你怎么知道我姐姐？席樾哥跟你提过她吗？"

"你觉得席樾是那种会跟别人聊前女友的个性？是有一回，秦澄跟我提起来，说席樾的初恋女友很漂亮，还给我看了那位 Linkedin（一个面向职场的社交平台）主页的照片。至于秦澄是怎么知道的，我就不知道了。"

"秦澄是谁？"

"席樾的女朋友。"

"哦。"

蒋沪生完全是故意的，眼见小姑娘的目光陡然一黯，心里有底了，方才慢悠悠地补充了一句："哦，纠正一下，是前女友。"

然而，让蒋沪生略感意外的是，黄希言并没有因为他纠正了那是"前女友"而振奋多少，不如说，她仿佛陷入另外一种让他看不懂的低落中。蒋沪生笑问："黄小姐对席樾的这些事情都不知道？"

"我已经说了，我和他只是普通邻居。"黄希言的笑意已经很淡了，她低头去拿茶杯。

片刻后，店里服务员将两人各自点的馄饨都端上来。黄希言取了木匣子里的塑料小勺子，低头默默地吃。蒋沪生知道自己再开玩笑估计气氛就彻底僵了，正色三分，问黄希言："席樾在这儿的这段时间过得怎么样？"

"我也才来一个多月，对这个了解不深。他……不怎么会照顾自己吧。"

"他一贯如此啦。他的胃病有没有再犯，你了解吗？"

"听他说过，有时候会胃痛……"黄希言抬头看了蒋沪生一眼，"蒋先生是他的合伙人还是助理？"

"有时候是合伙人，有时候是助理，有时候还兼职老妈子……看情况。”蒋沪生一副“我就这命”的表情。

对这个感叹，黄希言倒是可以跟蒋沪生共情，不由得笑了：“蒋先生过来是找他有事儿吗？”

“带他回深市去，不能老让他这么不事生产下去吧？工作室一群人嗷嗷待哺，地主家也没有余粮了。”

蒋沪生开口，总是少不了插科打诨的腔调，黄希言已经渐渐习惯他的语言风格了，想着他前面的那句玩笑话，可能真没有故意要冒犯她的意思。

蒋沪生感慨：“有才华的人就是有本事摆脸色。他已经狂成这样了，我还不是得屁颠儿屁颠儿地跑来好言相劝？”

“席樾哥狂吗？”

“轻狂的狂。这么跟你说吧，他微博上发自己画的画，随随便便就是万转（形容转发量很大），一群圈内人喊他‘永远的神’。就这样，他还不满足，撂下一句‘我画的东西是垃圾’，就坚持闭关了。若他画的是垃圾，那别人还要不要活？”

“艺术家永远要‘眼高手低’不是吗？如果他觉得自己的画完美得不得了，那不是说明往后只能走下坡路？”

蒋沪生定睛看了她一眼，笑了：“你的这话，席樾跟我说过几乎一模一样的。”

黄希言又尴尬了，低头舀了一只小馄饨送进嘴里，不接他的这句话。蒋沪生也拿勺子吃了两个馄饨，抬眼间，忽然注意到马路对面有个人一直在注视着黄希言：“希言妹妹，对面有个男生在往这边看。你看看是找你的吗？”

黄希言立即转过头去。两人视线一对上，那个男生便大步走了过来，径直将凳子拉开，往黄希言的侧对面一坐，紧跟着看了蒋沪生一眼，蹙眉问：“你是谁？”

蒋沪生笑说：“你又是谁？”

何霄不理他，转身朝向黄希言，一副抓耳挠腮、不知所措的样子：“那个……昨天晚上，我真不是故意……”

黄希言笑着摇摇头："没事儿啊，我知道你不是故意的。"

"我……"黄希言的这个态度，反而让何霄更加如芒在背，他憋了半天也没憋出下一句话。

黄希言问何霄："你吃过早餐了吗？"

何霄说："没有……"

"那你要不要点一碗？"

"我等一会儿吃……"

何霄就这么干坐着，看着黄希言，安静了好一会儿，又说："那个……你晚上有没有时间？我想单独跟你说两句话。"

黄希言微微一笑，说："还不知道要不要加班。"

一旁的蒋沪生看热闹不嫌事儿大："她不加班也轮不到你。希言妹妹被我预订了，今晚我要请客。"

黄希言抬头看了蒋沪生一眼。何霄紧蹙着眉头，问道："你谁啊？"

蒋沪生笑说："那就说来话长了。"

何霄不想理会这个人，看向黄希言，又恳求道："也不要多久，就耽误你几分钟的时间。"

黄希言捏着小勺子，缓慢地舀动浮在汤上的虾皮："今天确实没有时间，晚上要跟席樾哥一起给蒋先生接风洗尘。"

"所以，你还是生我的气是吗？"

黄希言在心里叹了一口气，她真的不喜欢这样被追问。她本来就是被动型人格，遇事喜欢逃避，于是道："我真的没有生气，也知道你想说什么。我可以提前告诉你，我不在意。"

何霄紧抿着嘴，沉默了好一会儿，说道："那你知道，我是想告诉你，我也不在意吗？"

黄希言张了张口，不知道如何接何霄的话。何霄站起身："反正今天晚上关店之后，我去你家门口等你。你什么时候回家，我就等到什么时候。我就跟你说两句话，说完就不会再打扰你了。"丢下这几句话，何霄就转身走了。

蒋沪生笑眯眯地问黄希言："你们在意不在意的，打什么哑谜呢？"

黄希言说："这和你没关系。"

"哟，这句话耳熟，听着怎么像是跟席樾学的？"

"……"

"跟我没关系，那你怎么顺着我的话说要给我接风洗尘呢？"

黄希言叹了一声，抬起眼看着他："席樾哥平常有没有跟你提过？"

"提什么？"

"蒋先生你这个人蛮烦人的。"

蒋沪生哈哈大笑。

黄希言早上到单位，将剪辑过的视频给同组的编辑过了一遍，两人都判定没问题，发送给了主编。主编来了之后，审过视频，给了她们反馈意见——通过了。

黄希言还没来得及松一口气，郑老师就过来找她，说报社跟市辖的一个县级市的当地报社合作，有个为期几天的交流会，包含理论讲座和一些实操性的课程。

"名单上面有你，你中午回去休息一下，下午四点跟社里的车一起过去。有些你负责的报道任务，到时候我在微信上布置给你，记得把电脑带上。"

突如其来的出差任务，完全解救了黄希言，她正好不知道怎么应对今天晚上非要去她家堵门的何霄。她很害怕何霄会对她说出什么无法挽回的话。

中午，黄希言回了一趟家，收拾了换洗衣服和日用品，提上行李箱，回到报社。参与这项任务的，除黄希言之外，还有三个人——两个记者和一个编辑，都是社里相对年轻的同事。原本也应该有赵露璐，不过单位照顾怀孕的女同志，出差的任务一概能免就免。四个人，两男两女，很平均。和黄希言一道去的女记者姓沈，黄希言叫她

“沈姐”。

他们去的那个叫“禹市”的县级市离奚城市里很近，开车过去只要半个小时。禹市的市区范围很小，看着也不甚繁华，给人落后大城市不止五年的感觉。

晚上，那边的招待方统一设宴，黄希言作为实习生，全程处于小透明的状态。晚饭后没有别的项目，大家就回宾馆休息。

招待方为他们安排的宾馆，名称前面虽然缀了“商务”，但条件一般，价格也很便宜。至于卫生状况，若不去细究，也不是住不下去。黄希言和沈姐住一个标间。沈姐先去洗澡，黄希言在这个时候给何霄发了一条消息，告诉他，自己出差去了，有什么事情等自己回去再说。何霄没有回复黄希言，估计是生气了。

这个交流会的会程安排，第一天和第二天是各种讲座和理论培训，第三天和第四天是新闻摄影类的实务培训，第五天早上有个闭幕仪式，仪式结束之后他们就能回去了。老实说，这项任务没有太大的意思，还不如黄希言跟着郑老师实操时能学到的东西多。不过交流会整体安排得很轻松，早上按时点卯，开讲座时，她还能偷偷躲在下面做点儿自己的事儿。

第四天下午的课程结束，大家吃过晚饭，沈姐他们要跟主办方的几个编辑和记者单独出去喝酒，也叫上了黄希言。黄希言知道他们之前就是认识的，而自己跟社里这次同来的同事不过是点头之交，去了也尴尬，就推说自己有点儿感冒，晚上想早一点儿回去休息。

黄希言回到宾馆，洗了个澡，就坐在床上打开电脑，完成郑老师交给自己的任务。不知道过了多久，放在一旁的手机屏幕亮起，她拿起一看，竟然是席樾给她发来一条微信消息。席樾问她：“你出差去了？”

蒋沪生在席樾这里待的这几天，无聊到浑身长虱子，简直坐立不安。小城市可玩儿的地方太少了，酒吧没劲儿，KTV 更没劲儿。

下午，他去做了推拿。那个盲人老医师的手法不知道是太好还是太次，晚饭后他眯了一觉，这时候全身酸痛。他躺在书房的沙发上直哼哼，还不忘问席樾："你到底什么时候跟我回去啊？"席樾对他还是爱搭不理的。

"你可真狠！我搁你跟前待好几天了，你也能忍得下来，就这么不想工作？"

"你要是觉得无聊，可以自己回去。"席樾的语气淡淡的。

不把席樾劝服接单，蒋沪生不甘心回去，毕竟那都是钱。蒋沪生百无聊赖地趴了半天，又问："你就不能抽个时间陪我出去逛逛？好歹你是东道主啊！"

"这几天你也没少玩儿。"

"没良心的。"蒋沪生消停了一会儿，抱着手机玩儿了一会儿，又开始哼哼唧唧，"你一天到晚宅在屋里，也不出去采风，难怪屁都画不出来。"

蒋沪生这话的声音很大，生怕席樾听不见。果然，动作一顿，席樾转过头冷淡地看了蒋沪生一眼。蒋沪生自知失言，笑了笑，转移话题："话说，楼下的希言妹妹做什么去了？这两天没见到她啊！"席樾不理他。

蒋沪生打了个哈欠，把席樾的平板电脑拿过来，点开视频网站，看些萌宠（可爱的宠物）、人类幼崽（婴幼儿）之类的视频打发时间。他这边看了没一会儿，忽听见席樾将数位笔往数位屏侧一放，一把摘下耳机，往桌上一丢，站起身，每个动作都透露着不耐烦。

蒋沪生以为是自己吵到席樾了，忙不迭去调低音量。而席樾根本没往蒋沪生这边看，揣上手机，拿着烟盒和打火机，出门去了。

蒋沪生忙问："干什么去？"

"散步。"

蒋沪生还没爬起来呢，席樾又叮嘱道："别跟过来。"

"信不信老子删你的画稿！"

席樾咬着烟下楼了。他在602的门口停了停，敲了几下门，没人应门。他看了一眼手机上的时间，已经是晚上十点了。到了一楼，他一推门，先闻到深巷里闷热潮湿的气息，拐个弯，出了巷子，吵嚷的人声向他扑来。

一楼蓝玻璃铝合金门紧闭的茶馆里，坐了三两桌的人，烟雾缭绕，推牌碰牌的声音隔着墙依然清晰可闻。靠外的一张桌上，张姐坐在南面，嘴里衔了一支烟。不知道她是不是抓到了好牌，一脸得意之色，神采飞扬。

席樾隔着玻璃遥遥地看了一眼便收回目光，再转个弯，往路边的超市走去。超市一般晚上十点半关门，这时候还开着。何霄坐在收银台后面，正举着手机打游戏。席樾轻轻敲了敲玻璃柜台："一包烟。"

何霄听着声音耳熟，抬起头，看了一眼，没什么表情地从后面的展柜上拿了一包席樾常抽的烟，扫了条形码，再扫席樾手机上的收款码。

游戏里分秒必争，何霄又赶紧拿起手机。席樾没有立刻就走，问道："这几天你见过希言吗？"

何霄一顿，也没抬头："她出差去了。你不知道？"

何霄玩儿了一会儿手机，听见人出去了，方抬眼看了看，撇了撇嘴，心里却隐约高兴着，因为黄希言把下落告诉了自己，却没告诉席樾。

席樾没回家，沿着这条路慢慢地往前走。路边昏黄的灯光下，缭绕着从烧烤摊儿上飘散过来的淡蓝色烟雾。他用一只手夹着烟并拿着手机，另一只手打字。他先从联系人列表里找出黄希言，打开两人几乎没聊过天儿的对话框，给她发了一条消息："你出差去了？"

此时此刻，宾馆房间里，吊顶上的灯散发着冷冷的白光，空调的温度开得似乎有点儿低，能听到很响的运转声。黄希言盯着手机屏幕，有点恍惚。她确认了好几遍，这条消息的确是席樾发过来的，方才回复："是的。"

席樾："去几天？"

黄希言："明天上午开完总结大会就回去。"

席樾："我以为你回崇城了。"

黄希言："没有呢，就是临时出差。"

席樾："哪里？"

黄希言："很近，就在附近的禹市。"

席樾："好玩儿吗？"

黄希言："一般般吧。"

席樾："还没休息？"

黄希言："同房间的同事跟朋友出去喝酒了，我在等她回来，顺便写写稿子。"

这条消息回过去，过了好几分钟，席樾才又回复她。让她意外的是，那是一张照片，拍的是今晚的夜空，虽然噪点严重，但也能看出空中挂着很亮很美的月亮。黄希言立即放下笔记本电脑，穿上拖鞋走到窗边，拉开窗帘，隔着上面有着很重污迹的玻璃窗抬头看去。虽被建筑遮挡了些，但她勉强可以看见那是跟照片上一样的月亮。

她把手机捏在手里，低头看了看，不知道应该怎么回复，也不知道席樾为什么要发来这张照片。或者说，她宁愿自己不要去想为什么。

因她没有回复，席樾也就没再发来消息。她重回到床上坐下。注意力散了，她什么也写不出来，只好抱着手机，随便刷了一会儿微博。

这时，状态栏弹出一条消息，是沈姐发来的，说要晚一点儿回来，让黄希言先睡。黄希言回复了沈姐，退出与沈姐的聊天儿框，准备将手机按灭，定个闹钟休息，却发现列表里有新浮上来的红点儿提醒，是席樾发来的消息。点开消息的时候，她的心脏微微一缩。

席樾："这里离你住的地方近吗？"这条消息后附带了一个地图APP（手机应用程序）分享的定位。

黄希言点开一看，那是一座桥，就在这附近，步行过去八百多米。还没等她回复，席樾又发来一条："如果你还没睡的话，能不能去帮我拍几张照？"

黄希言："画画的素材吗？"

席樾："嗯。"

这时候躺下，恐怕一时半会儿也睡不着，黄希言便答应下来。她起身换了一身衣服，拿上门卡和手机出门了。深夜，温度总算降了一些，但空气仍然有一种黏稠感。黄希言跟着导航步行十来分钟到了那座桥上。

那是一座石拱桥，桥下是一条窄而浅的河。她将双臂撑在石栏杆上往下看，河里倒映着天上的月亮，月亮的倒影被流水揉碎了，水面波光粼粼，很漂亮。她拿手机试了试，拍出来的效果很一般，有些后悔自己这一趟过来没有带着相机。

她拍了两张，发给席樾，问他："这样可以吗？"

席樾："可以。"

黄希言："我去河边再帮你拍几张？"

席樾："谢谢。"

黄希言下了桥，绕着河堤往前走了一段，找到一段很缓的坡道，可以步行下去。好久没下雨，连日的烈日蒸得河水水位降低，露出两边干净圆润的鹅卵石铺就的河床。这条河很清澈，河床几乎没有淤泥。她蹲在河边，捡了几个石子，丢进河里，扑通一声，悦耳极了，月光也跟着漾起的涟漪摇摇晃晃。

玩儿了一会儿，她才拿出手机来拍照。离月亮近了一些，拍摄效果比在桥上好，她多试了几次，拍到两张自己感觉还不错的，赶紧发给席樾。

席樾："谢谢，麻烦了。"

黄希言原本想回复"不客气"，看见"正在输入"的提示，就等了等。

片刻后，席樾发来一句："其实……"

黄希言："其实？"

席樾："其实蒋沪生想请你吃饭。"

黄希言觉得这句话实则构不成一个"其实"的转折关系，显得怪怪的。不过她没去细究，回复道："我和他也不熟，一起吃饭感觉很尴尬。"

席樾："等你明天回来再说吧。"

黄希言："不太想回去。"

席樾："为什么？"

黄希言不知道怎么跟他说何霄的事儿，随便扯了一句："出差这几天蛮轻松的，回去又是一堆的事儿。"

这样聊着天儿，黄希言干脆坐在一块大石头上，河面吹来的风凉爽而舒适，让她一时间不想动弹。这时她的手机屏幕又一亮，席樾的消息回复过来："你实习什么时候结束？"

黄希言的目光在"结束"这两个字上定了一小会儿，回复道："八月底或者九月初吧，还不确定。"

她感觉今晚的席樾有一点儿反常，居然愿意和她这么有来有往地聊天儿，而且两人聊的话题，实在称不上有什么建设性，但她在心里隐约为之开心。在这个没人认识她的地方，深夜桥下的河畔，她可以毫无顾忌地任自己的开心被月亮知道。

黄希言："你要跟蒋沪生回深市吗？"

席樾："还没有这个打算。"

黄希言："他跟我说，你画画遇到瓶颈。"

席樾："嗯。"

黄希言："我好像还没怎么看过你的画。我可以关注你的微博吗？"

席樾："可以。"

黄希言真就打开了微博，碰运气地拿席樾的真名搜索了一下，出来的第一个用户就叫"席樾"，有 90 多万"粉丝"（追星者），认证是 CG 艺术家（以电脑科技进行艺术创作的艺术家）。这应该是他没错了。黄希言点了关注，再翻他的微博。微博经营得简单漂亮，鲜少转发他人的博文，一般隔一两个月分享一幅画作，配上不超过七个字的文案，大多是"小练习""细化练习""尝试新材质"这样交代性的文字，每一张画都好看到值得拿来做手机背景。

她翻得入迷，席樾又发来消息："你在翻我的微博吗？"

黄希言："对啊！"

席樾："以后找个时间你偷偷看吧，现在我有种被老师当面批改作业的紧张感。”

黄希言笑出声，回复：“不至于的啊，我又没真的当着你的面。”

席樾：“嗯。”

既然席樾这么说了，黄希言还是关掉了微博。她抬起头，天色像深蓝色的丝绸，月亮好似拿黄色丝线一针一针绣出来的一样，有种明净的隽永感。她点开手机，又给席樾发消息：“你可以出去散散步，今天的夜色很美。”

席樾：“我在。”

她感觉到心脏又往上浮，便伸手抱住了双腿，拿膝盖顶住胃部。席樾回复的这两个字，给她的感觉很难形容。她好像有种错觉——他们近在咫尺，在一起看同一轮月亮。

月亮照着桥下的人，同样照着桥上的人。席樾仍然一身黑衣，脚上是出门时随意穿的一双人字拖，手里拿着在超市里买的那包烟，现在里面已经少了好几支。

一个小时前，他还在何霄家的超市外面。微信上，黄希言告知出差的城市时，他走到了那条路的尽头。那是一个十字路口，刚好，迎面来了一辆空的出租车。他已经还原不了当时的动机，总之，他伸手将出租车拦了下来。两地离得不远，开车只需半个多小时。到了这边，司机师傅以回去要空车为由，还向席樾多收了一笔车费。

这个县级市的市区，说大不大，说小不小，席樾也不知道黄希言究竟住在什么地方。这桥有一百多年的历史了，是这里的标志性建筑，他走到这儿，碰运气地给黄希言发了个定位。而就在消息发出去的瞬间，他终于意识到自己在做什么。然而，他不甘心就这样折返，好像被一种无法形容的焦灼感不断驱使着前行，因此只好扯谎将黄希言骗了出来。

席樾就在桥头的一棵梧桐树下，看着黄希言上了桥，趴在石栏杆上举着手机拍照，长发被夜风吹得凌乱。她穿着白色T恤和浅蓝色高腰牛仔短裤，束了一条复古的细牛皮腰带，脚上是浅色的高帮帆布鞋，很明净的一抹色彩。

她从桥的那一头儿走过来，往河堤那边去找向下走的路时，他们相距不过一二十米。只要她回一下头，就能看见他，也会撞破他的谎言，撞破他今天很不应有的冲动。好在她没有回头。

等黄希言到了河边，席樾就走回到桥上，用手臂撑着石栏杆，垂眼即能看见她坐在桥下，面前是波光粼粼的小河，映着那么可爱的月亮。他抽着烟，一句一句地回复她的微信。时间有种凝固感，把他和她，还有天上的一轮月亮，都裹进半流质的琥珀里，好像他们能一直这样聊下去。

然而，毕竟时间已经不早了。黄希言先提出来自己该回去休息了，同屋的同事估计也要回去了。席樾垂眼往桥下望去，看到黄希言站起身来，伸了一个长长的懒腰。他收回目光，打字回复："路上注意安全，到宾馆跟我说一声。"

他缓缓地走回桥头的树下，将烟灭掉，扔进垃圾桶，不希望火光引起她的注意。他和静默的树影融为一体，看着黄希言从那道缓坡上来，她的目光似乎有一瞬间从他这边掠过。他不肯定自己希望被她发现，还是不被她发现。

黄希言终究还是没有多留意，转个弯回到了桥上。他又点燃一支烟，拿在手里，偶尔抽一口，隔着绝对不会被她发现的距离，遥遥地跟着她过了桥，走过一条街，拐了一个弯。她停在了一家宾馆的门口，抬头看了看，走了进去。他也就停下脚步，站在路口处，一边抽烟，一边等。

凌晨，路上寥寥几辆车，数个喝得烂醉、喊胡话的路人，红绿灯自顾自地变换着红、黄、绿的颜色……尘世仿佛在飞快地离他远去。终于，他的手机屏幕亮起。黄希言发来消息："我到了，准备睡觉了，晚安。"

席樾向着宾馆所在的地方看一眼，回复："晚安。"他吸一口烟，连同深夜薄雾的苦涩，一并吞入。

第四章

不会有故事

蒋沪生等席樾散步回来，一度等到怀疑人生，直接在沙发上睡过去了。

开门的声音响起时，蒋沪生的手指动了一下，手里的手机滑下去，将他弄醒。他有点儿蒙地捞起手机，坐起来，探头往书房门外看了一眼，然后打着哈欠爬起来，看时间，快到凌晨一点了，也不知道这位哥儿是不是去火星散了一趟步回来的。

蒋沪生揉着脖子往外走："我还以为你又跑了。"

席樾没说话，往浴室去。蒋沪生点了一支烟，坐在客厅的沙发上，等席樾洗完澡出来，说："我买了后天下午的机票。"

席樾擦着头发，顿了一下，看了蒋沪生一眼："哦。"

蒋沪生对席樾的这个反应一点儿也不意外："过来确认你还活着，我也就放心了。你真不想接单，我也不能勉强你，这么耗着也不是个事儿，我先回去了。"

"谢谢。"

蒋沪生笑了一声："你晓得欠了老子人情就好。还有一件事儿，虽然你和秦澄已经分手了，但是你还是给她回个电话吧。她好像有事儿跟你说，前前后后找了我好几回。"

"你转告她，不要找我了。"

“懒得转告，要说你自己跟她说。惯得你，当我是传话筒呢？”

席樾没什么表情，往卧室走去。蒋沪生问道：“你今天不画画了？”

“嗯。”

“也好。那你早点儿睡，别成天跟自己过不去，当在熬鹰呢？”蒋沪生起身往浴室走，想到什么，又停了一下，“那个黄希言，到底去哪儿了？我还想请她吃饭呢。”

“她明天回来。”

“哦……难怪你这会儿神清气爽呢，终于又能见到人家了，高兴了？”

席樾直接把卧室门摔上了，蒋沪生笑骂了一句。

黄希言次日中午回到家，郑老师准她休息一下午，第二天再回报社。她回来先洗了个澡，饱睡两个小时，起床之后，换了一身衣服下楼去找吃的。今天照例是艳阳天，午后气温高得吓人，烈日晒得水泥路面白花花的。黄希言找了一家小餐馆，随便点了一份盖浇饭，吃过之后，去超市找何霄。

午后超市里没什么人，她一推门，袭来一阵凉风。收银台后面空着，黄希言去货架那边找，看见何霄在那里理货。她喊了一声，何霄动作一顿，站起来，转过身。

黄希言笑说：“今天真热。”

何霄看着她，表情淡淡的。片刻后，他拉开一旁的冷藏柜门，拿了一瓶冰水递给她。

“能直接喝吗，不用扫码出库？”黄希言问。

“你喝吧。”

何霄又蹲下去。剩的东西不多，他摆完了再站起身，把塑料推篮归置好，方问黄希言：“你回来跟席樾碰头了吗？”

“没有。我是中午才回来的，刚吃了饭。”

何霄勾了勾嘴角：“去出差没给我带礼物吗？”

“带了一点儿特产，在楼上，我晚上给你拿下来。”

黄希言说话的语气、神情都如常，她希望何霄能够领会，自己不愿现在的一切发生任何改变。然而，何霄走回收银台后面，将手臂撑在玻璃柜台上，看着她，下一秒便说："你过来找我，是愿意给我机会说两句话吗？"

在燥热的空气中，冰水瓶子周围浮了一层薄薄的白雾。她没有拧开喝，把它搁在玻璃台面上，笑了笑，轻声说："我过来找你，是不希望我们因为这么一点儿莫名其妙的小事儿闹得这么僵。你是我来这边认识的第一个朋友……"

"黄希言……"何霄看着她，目光坚定，显然他已做了某种决断。

"何霄，"黄希言截住他，"你可以为你说的每句话的结果负责吗？"

何霄愣了一下。

"我是个蛮虚伪的人。很多时候，只要当下的日子过得去，我不会有什么动力去改变它。"黄希言坦诚地道，"所以，不管你想说什么，都要先考虑好。"

何霄紧紧地抿住了嘴。安静了好一会儿，黄希言笑着将那瓶冰水往他跟前推了推："请我的也要扫码啊，不然你们家库存对不上怎么办？"何霄抄起水瓶，举起条码枪扫了一下，颓然地将水瓶往她跟前一推。

回到楼上，黄希言打开行李箱，拿出一部分今天早上跟几个同事一起去买的当地特产，上楼去找席樾。来开门的是蒋沪生。蒋沪生见到她后，很夸张地打了一声招呼："希言妹妹，你怎么消失了这么多天？"

"我出差嘛！"

"还好你回来了。我订了明天下午的机票，准备走了，还说请不了你吃饭呢。"

"你这么快就走吗？"

"我是奈何不了那位祖宗，随他去吧。"

这时候卧室的门开了，被议论的人从里面走了出来。黄希言与席樾对上，一时间都沉默着，气氛有些微妙。黄希言笑了，先开口："素材用上了吗？"

"嗯。"

蒋沪生满脑袋问号："什么素材？"没有人回答他。

席樾似乎刚睡醒，头发被压得有些乱，声音也有些哑。席樾揉了一下额角，打了个哈欠，说："进来坐吧。"

黄希言摇摇头："我是来给你们送东西的，就不坐了，等一下还要把稿子整理出来，发给我的带教老师。"

蒋沪生说："晚饭我来安排？"见黄希言有些犹豫，他又说，"赏个光嘛，我明天可就走了。"

黄希言笑了："好吧好吧。"

她就站在门口，连屋里的地砖也没沾一下。待蒋沪生接了东西，她就退后一步，轻轻看了一眼席樾："我先下去了。"

蒋沪生说："五点半准时出发，OK？"黄希言笑着比了个"OK"的手势。

黄希言走了之后，蒋沪生瞥了席樾一眼："你们两个非要装不熟、装普通关系？"

"本来也不熟。"席樾往浴室去，语气平淡。

"嘁。"

五点半，蒋沪生和席樾下楼去敲黄希言的门。房内一个声音应道："来了来了！"

大约五分钟后，门开了，黄希言一边低头找鞋子，一边说："抱歉抱歉，稍微耽误了一点儿时间。"

席樾的目光在她的身上停了一下。大约是因为要出去吃饭，她难得地不是平常那样休闲的学生装束，而是穿了一条黑底的碎花连衣裙，还带一点儿泡泡袖的设计；脚上是一双黑色的帆布鞋，中和了裙子过于甜美的气质；脸上化了淡淡的妆，梅子色的浅淡唇膏衬得她的皮肤更加白皙。这身打扮如同黑加仑气泡水般甜美清爽，很适合夏天。

微一打量，席樾立即偏过头去，心里有隐约的不适感，因为这顿饭的发起者是蒋沪生。三人一块儿下楼，蒋沪生给黄希言介绍了今天晚上要去的餐馆，问她合不合心意，不行再换。

黄希言说："我都可以。"顿了顿，又问，"这家的菜会不会很辣？"

"你不能吃辣？"

"席樾哥不能吃辣吧……"黄希言说着声音渐低，感觉自己这话显得太关切了。席樾是走在最后的，她忍住，没有回头去看一眼席樾的表情。

蒋沪生笑了一声："管他的，他可以全程吃白饭。"

到了楼下，黄希言先将给何霄买的特产送去，再跟蒋沪生他们会合。吃饭的地方还有些远，蒋沪生拦了一辆出租车，自己很自觉地坐了副驾驶位。

席樾拉开车门。黄希言一抬头，与他四目相对。她微微笑着，几乎没出声地说了一句谢谢，而后弯腰上了车。席樾也坐上去，关上车门。他的腿很长，后座空间一下显得局促。黄希言有意坐得离他远了一些，把两只手放在膝盖上，不自觉地将斜挎包的带子在手指上缠绕又松开。

在这狭小的空间里，气氛似乎又有些尴尬，好在有蒋沪生活跃气氛："希言妹妹是在实习？"

"嗯。"

"结束以后留这儿吗？"

"不留，要回去写毕业论文。"

"才大四啊？"

"嗯。"

"真年轻。我们已经是毕业好多年的老菜皮（老男人）了。"

"但是你已经事业有成了。"

"成什么啊！骨干不干活儿，公司已经要散伙了。"蒋沪生满腹牢骚。

黄希言笑了，用指节轻轻地碰了一下鼻尖，微微偏过头，偷偷看了席樾一眼。席樾一脸完全置身话题之外的淡然。

蒋沪生找的餐馆，是近郊的一处农家乐，进去之后是宽敞的院子，院中支着方桌和条凳。黄希言叫他们先坐，自己要去一下洗手间。等她出来时，蒋沪生和席樾面对面坐着，桌上上了一些瓜子、花生之类的零食。她走过去，席樾站起身，往左边让了让，空出了条凳右边的大半部分。

这是四方的桌子，另外两面都是空着的。黄希言犹豫了一瞬，还是去席樾的身旁坐了下来。她取下肩膀上的小包，包带在头发上挂了一下。她伸手捋了捋头发，微微湿润的橙花的香味散开。席樾闻到香味，不动声色地偏了一下头。

主菜是一整锅的土豆焖鸡，红烧口味，没什么辣度。蒋沪生要了两瓶啤酒自己喝，一边吃着饭，一边聊些自己跟席樾当年留学时候的事儿。当然，蒋沪生聊的多半是自己的事儿，因为席樾到哪儿都只醉心画画，留学生圈子里再有戏剧性的、再恶俗的爱恨情仇，都跟席樾没有半毛钱关系。

听说黄希言家里有意安排她去留学，蒋沪生问："想申请哪所学校？我虽不才，但还是认识些在国外的朋友的。需要准备什么资料、写什么推荐信之类的，你尽管开口。"

黄希言笑说："先谢谢啦。不过还没定，我没有那么想要出国。"

"出去了你就知道还是祖国好，真的。那时候我跟席樾住一个公寓。有一回他生病了，特想吃一口中国菜，大雪天的，我开车去中国超市给他买食材，半路回来车还抛锚了，被困了两个小时……"

席樾不客气地纠正道："是你女朋友想吃红烧肉。"

蒋沪生连眼都没眨一下，继续胡扯："是吗？我怎么记得是你？可能是我总被你折磨，已经记忆错位了。"黄希言笑出声。

一顿饭，三人边吃边聊，花去了近两个小时。买单之后，蒋沪生要去一趟洗手间，黄希言就和席樾先出了院子到门口去等。两人并肩站着，都没有说话。

黄希言抬起头，看见半空中月亮依然高悬，和昨晚所见的一样清亮。她刚准备开口，手机响了。她掏出手机一看，是姐姐黄安言打过来的。

黄希言愣了一下，小声对席樾说："我接个电话。"

席樾应了一声："嗯。"

黄希言背过身去，走到一旁，确定不会被听见，才将电话接起："姐姐。"

"还在加班？"

"没有，跟朋友在外面吃饭。"

随便聊了几句近况，黄安言说：“我过两天要去你们省里开个会，顺便过去看看你。”

“不用的……”黄希言莫名心慌。

“你去了这么久，也不经常给家里打电话。我过去看看，别叫妈妈和大哥放心不下。”

“好。”

“你不想我去？”

“没有，只是这边条件不太好……”

“我顶多过去待一晚，你到时候给我发个定位。”

讲完电话，黄希言叹了一声，片刻后，方转身走回席樾身旁。

席樾点了一支烟，夹在指间，袅袅散着灰蓝色的烟雾。他低下头，看了她一眼，问道：“怎么了？”

黄希言从对刚才那个电话的忧虑之中回过神来，赶紧摇头，笑说：“没事儿。”

话音未落，忽觉席樾的手指向着自己探过来，她愣住，眨了一下眼，本能地想往后退，而席樾屈起手指，指节已经轻轻地触碰到她的面颊靠近嘴角的位置，又轻轻地往下做了一个擦拭的动作。

他看着她，目光幽深沉静：“没必要。”

“什么？”话问出口的瞬间，黄希言就反应过来，席樾的意思是——在他的面前强颜欢笑没必要，他看得出来。

她无措地退后一步，避开了席樾的手：“真的没事儿。”

席樾没说什么，将手收回去。两个人还是并肩站着。黄希言低头看着脚尖前方，不去看席樾，气氛一时间有几分凝滞。

片刻后，蒋沪生回来了，伸手便将席樾的肩膀一揽，说道：“要不再去酒吧坐一会儿？”话里有些意犹未尽的意思。

黄希言说：“我不会喝酒。”

席樾说：“不去，吵。”

“你们两个可真会扫兴。”

黄希言笑说：“可以去超市买点儿酒，在家里喝。”

“我又不是缺这么一顿酒喝，是想喝那个气氛。”蒋沪生瞪着席樾，“你讲点儿义气！老子已经不勉强你了，你陪老子喝顿酒都不行？我知道你喝不了，给你点个旺仔牛奶总行吧？”黄希言听得忍俊不禁。

“别顾着笑，希言妹妹，你去不去？”

“我……”黄希言犹豫了，抬眼看去，见席樾正看着她，便道，“那好吧。”

到了酒吧，蒋沪生包了一个有最低消费的卡座，点了酒、饮料和果盘。黄希言点了一杯无酒精的鸡尾酒，觉得味道很一般，喝两口就放下了，拿小叉子叉西瓜吃。蒋沪生非常善谈，喝了酒更是如此，像说单口相声似的滔滔不绝，不知怎的就说到他读大学时网恋的一桩糗事。

蒋沪生跟喜欢的“女神”在 QQ 上了聊了三个月，送了人家三个月的礼物，最后把人家喊出来约会，才知道一开始找人帮忙要 QQ 号时就搞错了，聊了三个月的人，其实是他想追的“女神”的室友。

黄希言听得好奇：“那后面你是怎么处理的？”

“我好面子，也不喜欢让别人难堪，能怎么办，硬着头皮跟那个女生把那顿饭吃完，回去之后就删了对方的 QQ 号。那个女生当然觉得我是在欺骗感情，和她宿舍的三个人一起去公共教室堵我，把我骂了个狗血淋头……‘女神’是骂得最狠的那个。”

黄希言不由得笑起来：“好惨。”

“知道我惨，还不也讲个更惨的安慰我一下？”

“席樾哥也没讲。”黄希言端起杯子，喝了一小口，瞥了一眼席樾。

蒋沪生说：“他啊，谈的每一段恋爱都是女生甩的他。你说，他是不是比我还惨？”

席樾将手指间夹着的烟在烟灰缸上轻轻地磕了一下，并不说话，神情也很平淡。蒋沪生凑近黄希言，故意小声说道：“你要是对细节感兴趣，回头我偷偷地告诉你。”这位卖朋友卖得一点儿都不客气。

黄希言笑了笑，不置可否。蒋沪生又问她：“那你呢，遇到最惨的事情是什么？”

蒋沪生的话音一落，席樾便朝黄希言看了一眼，轻轻地摇了摇头。

黄希言能领会席樾的意思，是告诉她如果不想的话，可以不用非得回答。

她想了想，说道："我从小到大，遇到太多太多很惨的事情，一时半会儿说不完。非要说最惨的话……嗯，有一回，家里筹备我大哥的订婚宴，所有人都把我的生日给忘记了。所以后来每次要过生日之前，我都会故意一遍一遍地提醒他们——我的生日要到了，你们可以准备礼物了。"

蒋沪生愣了一下："真的假的？"

黄希言展颜一笑："当然是假的。"

然而，余光触及席樾的目光，她忽地一顿，笑容瞬间僵住。那目光仿佛还是在说——没必要。

黄希言顿时又有几分无措，于是叉了一小块儿西瓜，咬了两口，问蒋沪生："是不是该走了？我明天要早起上班，不能熬得太晚。"

蒋沪生看了看时间："差不多了，走吧。"

回去的路上，黄希言紧挨车门而坐，全程看着窗外，没有和席樾有过任何的对视。到了楼下，蒋沪生叫席樾先上去，自己想跟黄希言单独说两句话。

席樾淡淡地问："你们有什么可聊的？"

蒋沪生道："怎么没有可聊的？我跟希言妹妹的体己话，跟你没关系。你快上去吧！我跟她就聊十五分钟，十五分钟后我保管给她送回去好吧？"

席樾没再说什么，拐进巷里。蒋沪生指了指前方，笑着对黄希言说："咱们往前走走？"

蒋沪生去路边的小卖部里买了两瓶水，递了一瓶给黄希言。两人到了灯火通明的地方，蒋沪生的脚步慢下来，逐渐停在路灯下。他蹲下身，把矿泉水瓶搁在路面上，起身点了一支烟，吸一口，方才笑说："其实吧，一路上我都在想这话到底该不该跟你说，挺矛盾的。"

黄希言不解地看着他。

"不是自抬身价，席樾估计就我这么一个亲近点儿的朋友。我跟他认识也好几年了，既是合作伙伴，又是能两肋插刀的好兄弟。他的性格你也知道，我当然免不了要操心他的事儿。”

黄希言没有插话，静静地听着。

“席樾狂有狂的资本。工作上的事儿，这瓶颈他迟早能突破，我不怎么担心。我担心的是他工作之外的事儿……”蒋沪生笑了笑，看向黄希言，以很难得的严肃的口吻道，“我这做朋友的，自然应当撮合你们……”

黄希言尴尬地说：“我……”

“你听我说。”蒋沪生摆摆手，“我想，黄小姐你不是自欺欺人的人。你放心，我不会越俎代庖地替你去坦白些什么，毕竟这是你们自己的事儿。”

黄希言不作声了。

“我很矛盾。我自然很希望席樾能有个人陪着，但是我也得说句实话，或者，不如说是忠告。席樾，他不是一个多好的选择。”

黄希言将目光别开，很轻地笑了一声：“恐怕是蒋先生你多虑了。我跟席樾，原本就不存在什么可能性。”

“因为你姐姐？”

见黄希言不应，蒋沪生笑了笑，又说：“我是从很实际的层面想要告诉你，席樾过于醉心于自己的事业，势必会伤害到身边的人。”

黄希言低下头，笑容很淡：“是不是交浅言深了？”

“可能是有一点儿吧。喝了酒的人嘛，说话肯定会失些分寸。”蒋沪生抽了一口烟，“说这些话，可能会得罪黄小姐，黄小姐就当我是在护短吧。”

黄希言说：“你说吧。”

蒋沪生又思索片刻：“除了你姐姐，席樾还谈过两个女朋友。你姐姐的事情我不了解，后面这两个，我多多少少见证过……”

黄希言再度打断蒋沪生：“席樾哥会同意你代替他跟一个外人交代他的过往经历吗？”

“同意不同意的，这些话我也得说，”蒋沪生的神色很严肃，“请原谅我。”

黄希言不再说话，低头捏紧了矿泉水瓶。

蒋沪生说："席樾留学那年，交过一个女朋友。那女生活泼外向，很善于社交，跟整个留学生圈子都玩儿得来，她跟席樾可以说性格完全互补。我想，席樾之所以答应跟她交往，肯定因为她身上存在一些他特别羡慕的点。但两人一个赤道一个北极的，注定没什么好结果，在一起没多久，女生就对席樾成天把自己关在屋子里画画，不出去玩儿，不去 social（社交），感觉很不满。席樾弥补她的方式也很简单粗暴，卡给她，随她怎么刷。女生隔三岔五地去刷一个奢侈品包，把自己包装成了白富美。

"后来我去参加一个派对，撞到了那个女生跟其他男人搞暧昧。而席樾知道之后，并没有立即与她分手，想要再跟她聊一聊，想跟她确定两人之间到底有没有什么误会。你知道搞笑的是什么吗？那个女生反倒直接提了分手，说：'还有什么可聊的？你这人无聊死了，谁受得了你？'"

黄希言听得愕然，心里五味杂陈："她既然觉得跟席樾不合适，早点儿分手再去找其他人不好吗？"

"分手了谁给她钱花？她原本家境也就一般。"

黄希言一时无言。

蒋沪生继续说："第二个，就是秦澄，我上回跟你提过的。秦澄这个人，和前一个不一样，在她身上挑不出什么大毛病。她跟席樾之间最大的问题，就是性格不合。她自己家里是开公司的，她大学毕业就在帮父兄做事，性格要强。她家里一直很不满意席樾，想要一个长袖善舞的姑爷，能在生意场上有所助力。秦澄顶了很大压力，一直希望能够改变席樾。但是，生活习惯能改，性格层面的东西不是那么好改的，他能改掉自己昼夜颠倒的作息，但一定变不成一个能说会道的人。

"席樾没跟我说，所以我也不知道他俩具体是什么时候分手的，据我猜测，多半是他来这里之前，秦澄带他去正式见家长之后。秦澄跟席樾大吵了一架——其实是她单方面在吵，基本是她在数落席樾这个人作为男朋友的种种失职之处。老实说，她说得都对，作为朋友，我也知道席樾的性格有致命缺陷。但我也得说句公道话，席樾不欠她的……那回见家长，为了不让秦澄失望，席樾破天荒地陪着她的父兄喝了酒。你也知道他那个破胃，沾了酒还了得？回去就胃出血，还是我送他去医院的。这事儿秦澄到现在都不知道，席樾不让我说。"

蒋沪生看着黄希言，问道："你觉得席樾这种人，会有伤心这种情绪吗？"

"当然。"

蒋沪生耸耸肩："但是他不会表达，憋在心里把自己憋死都说不出口。那时候他说要闭关，远远地离开深城，要说没有一丁点儿秦澄跟他分手的原因，我是不相信的。不过还好，他现在已经走出来了。"

黄希言低着头，看见自己的影子在前方被路灯的光拉得长长的。明明是潮湿闷热的风，吹到身上却让她感觉到一丝凉意。她有些能够领会蒋沪生的意思了，但还是想问清楚："你到底想说什么？"

"我想说，席樾不是一个传统意义上的合格、适合婚恋的人。他会伤害到对他寄予期望的人，也会被对方伤害。我不希望黄小姐你变成他这种性格的受害者。站在席樾朋友的角度，我也不希望他变成另一个层面的受害者。"

蒋沪生要说的话到这儿就结束了，他转头看着她，像在等她发表感想一样。

黄希言此时心乱如麻，哪里有什么感想？她沉默好久，轻轻地笑了笑："我自己都过得这么狼狈，自认没能力去参与另外一个人的人生。我们各自都面临现实的困局。蒋先生你大可以放心，我跟席樾……不会有故事的。"

蒋沪生叹了一口气："所以我说自己心里很矛盾，听你这么说，我又觉得非常惋惜。总之，我就只有这几句规劝，别的我不会再掺和。我比任何人都期望能有那么一个人一直陪着席樾。"

黄希言笑了笑："超过十五分钟了，走吧。"

蒋沪生又叹了一声，说："对不起。"

"你不用为不会发生的事情而道歉。"黄希言先一步转过身，往回走。

沉默了好久，直到上楼的时候，蒋沪生方恢复素日插科打诨的模样：“挺让我惊讶的，希言妹妹，你的性格比你的外表成熟多了。”

“这听起来不像是什么夸人的话。”

“你以后去深城玩儿，尽管找我啊！不是自夸，我这人做朋友还是靠谱的。”

“我姑且这么相信一下吧。”

两人走到602的门口。黄希言在开门之前，对蒋沪生说：“拜拜。明天你离开，我就不送了。我跟你还没有那么熟。”蒋沪生哈哈大笑。

关上门的瞬间，黄希言脸上的笑容消散得一干二净。她取下肩上的小包扔在沙发上，拿上睡衣，先去卸妆洗澡。待她洗漱完毕回到床上，微信上多出席樾的消息。

席樾问：“蒋沪生跟你说了什么？”

黄希言回复：“没说什么啊！他就是问我一些媒体宣传方面的事情，扯了一些有的没的。”

席樾：“如果他说了什么不合适的话，你别当真，他的性格就是这样。”

黄希言：“真的没有。还好的，他其实是有分寸的人。”

她实在不想继续聊下去，率先把话题结束了，于是又回复道：“我今天好累，想早些睡。”

席樾：“晚安。”

黄希言：“嗯，晚安。”

放下手机，黄希言翻身把脸埋进枕头里。四周一片黑暗，属于夜的寂静令细微的痛楚之感变得越来越清晰，她又赶紧爬起来，穿上拖鞋，把灯都打开了，从房间的这头儿走到那头儿，排遣情绪。她不想让自己哭出来。她为席樾而心疼、唏嘘，更痛恨自己的无能为力。

第五章

幽微人心

第二天，蒋沪生走了。黄希言在报社上班，微信上收到蒋沪生的好友申请，她通过了申请。蒋沪生跟她道别：“昨天晚上我喝醉了，说了些冒犯的话，希言妹妹别放在心上。我走了，有空儿去深城玩儿，我负责招待。”

黄希言一直不擅长跟左右逢源的人打交道，因为他们说话永远那么滴水不漏，好的歹的，道理都能占尽，退身还能退得片叶不沾。黄希言漠然地打字：“蒋先生一路平安。”之后，她将手机翻了个面儿，倒扣在桌子上，不理会了。

赵露璐上午请了假，下午才来报社。黄希言出差带回来的特产也给赵露璐留了一份，见赵露璐来了，拿上东西去赵露璐的工位。赵露璐夸黄希言贴心，然后打量着黄希言，问道：“你没睡好？黑眼圈好重。”

“昨天晚上有一点儿失眠。”

“遇到什么事儿了？”

黄希言笑着摇头：“没有。”

“是感情方面的事儿吧？”赵露璐却很笃定，又对黄希言打趣道，“上回你送饭的那个邻居？”

“不是……”

“你看你急了，就是吧？”赵露璐笑眯眯地拍拍黄希言的肩膀，“我老公最近被派出去学习了，你今天晚上要不要去我家里留宿啊？我妈最近学了一道菜，你去尝尝。”

下班后，黄希言回家去收拾了一身衣服，去了赵露璐家。赵露璐的房子是结婚那年买的新房，三室两厅，装修风格是最近很流行的北欧风。自赵露璐怀孕之后，赵露璐的妈妈就搬过来跟女儿和女婿同住，帮着照顾女儿。晚饭是赵妈妈亲自下厨做的，除了有几个菜稍辣，味道没的挑。

到睡觉的时间，赵露璐让黄希言先去洗澡。黄希言洗漱完出来，卧室的床单和被罩已经被赵露璐换了一套新的。赵露璐洗完澡，做完烦琐的护肤流程，去黄希言身侧躺下，给老公发了两条微信，然后将手机一放，关上了灯。

黄希言侧躺，朝向赵露璐，笑说：“上回来你家吃饭，我就觉得好羡慕你。”

“羡慕我什么？”

“有自己的家庭，还有无微不至地照顾你的妈妈。”

“我还羡慕你呢，出生在那样的大城市里，未来也还有很多机会去更远的地方看一看。我毕业就回了老家，没多久就结婚。小城市的日子，小富即安，确实很惬意，很有安全感，但是有时候我也会不甘心，也会幻想，当时如果下定决心去一线城市闯一闯，会不会有不一样的结果。”

“现在也可以……”

“现在已经来不及了。”

黄希言微微地笑着：“希望你不要觉得我是在故意炫耀或是什么……我宁愿和你换一种生活。”

“为什么？你不是有姐姐、有哥哥吗？我还一直想有个兄弟姐妹呢。”

“因为我比起他们，实在太平庸了，”黄希言以开玩笑的语气说，“有时候会觉得自己是生下来凑数的。”

“瞎说！你要看跟谁比。郑老师偷偷夸过你呢，说招过那么多实习生，你最靠谱。如果不是知道你注定不会留在我们报社，郑老师一定马上给你转正。”

黄希言一时间默然，片刻后，轻声说：“其实，我有时候偷偷想过，如果能一直留在这里就好了。”

“这里有什么好的……哦，为了你的邻居是吧？”

“不是……”

“别狡辩了。你跟我说说呗，我连他是谁都不知道，不会告诉其他人的。”

赵露璐一再催促，黄希言终于说道：“我和他没有可能。”

“为什么？莫非他有家室了，或者有女朋友了？”赵露璐的脑洞大开。

黄希言笑了：“那倒没有。”

“那就没有什么不可能的，年龄、身份这些都不是问题。”

“我不应该喜欢他。”

“屁话！哪里有什么应该不应该的？照我说，世界上只有不能原谅的错误，没有不可以去爱的人。”

黄希言笑了笑，不置可否。

“你别只是笑，详细说说啊，为什么不应该？”赵露璐搡搡黄希言的手臂。

黄希言仍然不肯说。赵露璐笑骂道：“下次不带你来我家里玩儿了。”

“以后……以后再告诉你吧，露璐姐。”

“以后是什么时候？”

“我觉得可以说得出口的时候。”

赵露璐笑着打了黄希言一下：“等于没说。”

黄希言将脑袋枕在手臂上，看向窗外，灰色的窗帘透进一些天光，灰蒙蒙的。为什么不应该？因为，懦弱的人不配做这么勇敢的事情。

黄安言在之前约定好的日子来了，是当天晚上七点到的。黄希言没有留在报社加班，把没完成的工作带回了家。黄希言怕姐姐找不到住处的位置，发给姐姐的定位是附近的公交车站。姐姐在微信上说快到了，黄希言下楼去接。

黄希言在站牌下等了没多久，一辆出租车开过来。黄安言自后座下车，向着黄希言招了一下手。黄希言笑着走过去唤了一声“姐姐”，然后去后备厢处，帮忙提行李。

“我自己来，你这么点儿力气。”黄安言将手提包递给黄希言，自己拎起行李箱。

一边往住处走，黄希言一边问姐姐：“坐车过来是不是很累？”

“你住的地方我早知道偏，但哪里想到有这么偏。”黄安言一路低着头，注意着脚下，小心地避开人行道上随处可见的垃圾。

黄希言笑了笑，安抚道：“权当体验生活也不错。”

“我哪有什么闲心和时间体验生活？”

黄希言顿了一下，又笑说：“找个餐馆吃了饭再上楼吗？”

“这附近有什么好餐馆？”黄安言这话明显是怀疑的语气。

黄希言来这儿一个多月，早就习惯了报社食堂和周遭的苍蝇馆子，但显然黄安言是接受不了这些的。黄希言想了想，说：“附近没有，远一点儿有。”

“那肯德基呢？总有吧。”

“有。那我们回家点吧。”

经过何霄家的超市，黄希言让姐姐稍等一下，自己过去买点儿东西。黄安言说：“洗漱用品我自己带了。”

黄希言的脚步顿了一下：“那我买几瓶纯净水。”

黄希言进去的瞬间，何霄探头往外看，笑问：“那是谁？”

“我姐姐。”

“我都不知道你还有个姐姐。”

何霄难捺好奇心，多看了两眼。站在门口的女人穿着绸制宽松衬衫、休闲款西裤，脚上一双细跟高跟鞋，长发微鬈，用一截儿白色丝带束成马尾，耳朵上戴着造型简约的金属耳环。这一身装束很休闲，又不失女人味。与黄希言清甜的长相全然不是一个路数，这个女人的五官大气明艳，精致得和这随意、嘈杂的小城市格格不入。

黄希言从货架上拿了一双凉拖鞋、几瓶矿泉水、几盒酸奶到柜台去结账。何霄一边扫条形码，一边说：“你姐姐好漂亮。”

黄希言笑笑。何霄赶紧说：“不……不是那个意思。就……你也很漂亮，你们是不一样的风格。”他脸都快红了，瞥了一眼黄希言，转移话题，“你姐姐过来探望你吗？”

“嗯。她出差，顺便过来。”

“是不是……想让你回去了？”

“我实习结束了才回去。”

何霄点点头，拿个塑料袋子将黄希言买的东西装起来，递过去，目送黄希言出了门，终究没那个勇气说出想请她的家人吃顿饭。

黄希言回到黄安言的身旁，从塑料袋里拿出一瓶冰水，拧开盖子递过去：“喝吗？”黄安言接了，稍稍喝了一口。

从超市走到楼下大门的这一路，黄安言紧蹙的眉头就没松开过。黄希言一把拉开了铁门，楼道里一股潮湿的霉味扑面而来。黄安言终于没忍住，说道：“家里没给你零花钱吗，怎么就住在这种地方？”

“这里离工作的地方近。”

再往里走，黄安言又问：“没电梯？”

“我来提箱子吧。”黄希言笑说。

“那也要你提得动啊！”黄安言拎着行李箱，爬了几级台阶，放弃了。脚下穿的是高跟鞋，行李箱又重，黄安言实在不想为难自己，便道：“我还是去住宾馆吧。”

“这边的宾馆可能条件都不太好。”

“那你说怎么办？”

黄希言想了一下，说：“我去找人帮忙。”

黄希言去超市那边请何霄帮忙，何霄二话没说就跟过来了。进了楼道，他局促地上前，笑了笑，向着站在楼梯中间的黄安言拘谨地打了一声招呼：“你好，我是黄希言的朋友。”

黄安言微微地点了点头，往上迈了一步，给何霄腾出空间。何霄拎着行李箱爬上六楼，累出一身汗。黄希言把塑料袋里的冰水拿出一瓶给他，笑说：“谢谢，改天请你吃早饭。”

何霄扯着T恤领子扇了扇风：“没事儿。还有需要帮忙的吗？没有我就下去了。”

"暂时没有了，谢谢你。"

何霄点点头，走出去。门刚关上的一瞬间，黄希言忽然想到什么，又赶紧打开门："我差点儿忘了，等一下你可不可以帮忙送一瓶洗衣液上来？不着急，你有空儿再送。"

"汰渍？"

"都可以。"

何霄比了个"OK"的手势便下了楼。黄安言换上拖鞋，在屋里转了一圈，对黄希言这个简陋到只能基本满足居住需求的出租屋不怎么满意，开玩笑地说："你倒是有随遇而安的天赋。"

黄希言笑了笑，拿起遥控器将空调打开，温度再调低一些："姐姐，你先洗个澡吧，我点外卖。"

黄安言将行李箱打开，拿出自带的洗漱用品进了浴室。黄希言点开外卖 APP，走到浴室门口，问黄安言想吃些什么。

"看着点吧，我也没什么胃口。"

黄希言知道姐姐最不喜欢吃汉堡，于是只点了一些小食。待黄安言洗完澡，换了一件浅灰色的真丝睡衣从浴室出来，黄希言找来吹风机递给她。

没多久，有人来敲门。黄安言穿的是睡衣，有外人来不太方便，便将吹风机拔下电源放在洗漱台上，自己往卧室走去。黄希言转头看了一眼，确认卧室的门关上了，才去把房门打开。

来的是何霄，是给她送洗衣液的。黄希言接过洗衣液："谢谢。这个多少钱？我在微信上转给你。"

"我也忘了，等一会儿微信上告诉你吧。"他指了指脚边的一箱水，"我还得给席樾送水去。"

黄希言的心里咯噔一下。下一秒，卧室的门就被打开了，黄安言问："谁？"

黄希言赶紧给何霄使眼色。何霄却没有领会，挠挠头，有点儿蒙。黄安言直接看向何霄，问他："你刚刚说给谁送水去？"

何霄无措地看了一眼黄希言："席樾。"

“哪个xí，哪个yuè？”

黄希言闭了闭眼，知道不可能继续跟姐姐打马虎眼了，干脆说道：“就是那个席樾。”姐妹俩一下子都沉默了。何霄自感气氛不妙，抱起那箱水就走。

门关上了。黄安言抱着手臂，站在卧室门口，语气平淡地问黄希言：“席樾也住在这儿？”

“楼上。”

黄安言看着黄希言：“你来这儿一个多月了，一次也没有跟我提起这件事儿。”

黄希言沉默了一瞬，为自己辩解：“你一直不高兴听到他的名字，所以我才没有提过。”

“这是两码事儿。”

黄希言不知道该说什么了。黄安言说：“等吃完饭，我上去跟他打个招呼。”

黄希言心目中的姐姐是这样一种人：哪怕眼前着火了，她也能在一秒钟之内想出九十九种解决办法。不过，姐姐并不是从小就修得这样处变不惊，也有被人气得跳脚的时候。

和席樾交往的经历，是姐姐不愿提及的“黑历史”。那段时间，姐姐几乎天天生气，从大事儿到小事儿全都如此。大事儿，诸如两人约好了一起跟朋友出去玩儿，席樾在宿舍里画画，将约定忘得一干二净，放一群人的鸽子；小事儿，诸如她要求席樾每晚道晚安，他基本从来没有履行过。还有种种，例如，席樾不记得特殊节日；两人约会，他也是自己双手揣兜，从来不主动牵她的手；两人看电影看到一半，他直接睡着；对他家里的情况守口如瓶……

姐姐常常说，简直难以想象，一个人怎么可以同时集齐这么多缺点，除了好看和有才华之外，他一无是处——绝对意义的一无是处。

压倒这段关系的最后一根稻草，并不是席樾执意不肯和姐姐去同一个国家留学——这是结果，不是原因。原因是，姐姐提出让席樾以她为模特画一幅画，席樾拒绝了。姐姐追问为什么，席樾说，画画需要灵感。那天姐姐回到家，被气得摔东西：他这是什么意思，对着我没有灵感是吗？！

姐姐是父母的掌上明珠，从来都是被捧在手心的大小姐，怎么甘愿一再为一个男人受委屈？于是她直接提出分手。

姐姐后来在职场上雷厉风行，情场上宠辱不惊，每段恋爱的对象都是同样的天之骄子、业界精英。唯独跟席樾的初恋，是她最不体面的一段。她全程委曲求全，最后却只得到对方一句几同羞辱的否决。哪怕她早就不再喜欢他了，却也依然对此耿耿于怀，就像 GPA（平均绩点）3.8，而自己对唯一一门 85 分以下的科目耿耿于怀。席樾是她唯一不及格的那门课。

“想什么呢？”黄安言伸手在黄希言的面前一挥。

黄希言恍然回神：“没什么。”

肯德基的炸鸡，总是第一块的滋味最令人满足，多吃就变得腻味，难以下咽。点的小食只被消灭了不到三分之一，黄希言是没胃口，而黄安言是本身若非逼不得已，绝对不会碰这些高热量的垃圾食品。黄希言将吃剩下的食物丢进冰箱。虽然多半最后还是要将其扔进垃圾箱，但多走一个扔冰箱的过场，等隔天扔出去时比较没有负罪感。

黄安言去刷了牙，花了半个小时处理工作，又打了近一个小时的工作电话，然后才对黄希言说：“走吧。”

等着黄安言的这段时间，黄希言觉得难挨极了，将一本书拿在手里，反反复复地就绕在前三页，根本看不进去：“我也要去吗？”

黄安言以玩笑的语气说：“你现在是他的邻居，不引荐一下？”但黄希言一点儿也笑不出来。

黄安言换了一身衣服，是运动款的上衣和长裤，头发束了一把马尾。这么休闲的装束，也掩不住她身姿的挺拔、轻盈，她的素颜不同于上妆，是另一种无攻击性的清丽。黄希言经常会看姐姐看得出神，姐姐的确无论怎样打扮都那么美。黄希言揣上钥匙，在门口慢吞吞地换鞋：“我还是不去了吧。”

“你怕什么？”

黄希言苦着脸，无声地叹了一口气。黄安言打定主意要让妹妹打头阵，推妹妹走在前面去敲门。黄希言有一种骑虎难下的感觉："姐姐，你还是自己敲吧。"

"你敲。"

"我……"

"敲啊！"

黄希言只能硬着头皮抬手叩门，心里比任何时候都希望席樾此时正沉迷于画画，无心察觉周遭的动静。然而，不过片刻，门开了。

席樾一只手撑着额头，脸上犹有不耐烦的神色，但目光一与黄希言的目光触及，紧拧的眉头微微松开。他轻声说："你来了。"

"嗯……"

"昨天晚上我敲过你的门，你不在家。"

"我去朋友家了。"

"进来坐一下吗？"

黄希言如芒在背。自己怎么从来没发现，与席樾之间说话的语气已经如此熟稔？心里有点儿慌，黄希言不想跟他有更多的对话："那个……"

"嗯？"

黄希言往旁边让了让，神色尴尬："我姐姐……过来探望我，听说你住在楼上，想跟你打一声招呼。"

黄安言从黄希言的身后走出来一步。席樾愣了一下，看了黄安言一眼，神色平淡地说："请进。"

黄安言往地板和鞋架上打量，没有多余的拖鞋，只有一双深色凉拖，像是席樾自己穿的。于是黄安言问："就这么进来？"

席樾回头看了黄安言一眼，顿了一下才做出反应："进来吧。"

黄希言也跟着姐姐穿着鞋子进了屋，目光从那双自己穿过好几回的凉拖上掠过。席樾领她们到了客厅，指了指沙发："请坐。"然后他转身往厨房去，从冰箱里拿了一瓶冰水，走过去，放到了黄安言面前的茶几上。

黄安言看了看自己面前的水，又看看黄希言面前空荡荡的茶几。

席樾好像也意识到了，又起身，再拿了一瓶水，这回是给黄希言的。黄希言接过水的时候尴尬得快要不能呼吸，自己也理解不了，席樾为什么独独给姐姐拿了水。

席樾在旁边的单人沙发上坐下，跷着腿，微微斜着身子，将一条手臂撑在沙发扶手上。他并未曾看黄安言一眼，微低着头，头发垂落下来，挡住半张脸。他抬手将头发往后捋了一把，脸上没有丝毫情绪。

黄安言可能是在座唯一能在这尴尬的气氛里气定神闲的人。她拧开水瓶，喝了一口水，盖上瓶盖，将瓶子拿在手里，偏头看向席樾："什么时候回国的？"

"忘了，两三年前吧。"

"还是在做原画？"

"嗯。"

"在哪里工作？"

"这里。"

"这里？"

"暂时在这里。"席樾以并不愿细谈的口吻说。

"我们有六七年没见了吧。"

"好像是吧。"

黄希言敏感地觉察到姐姐有微妙的不爽的感觉，这一问一答的，话题好难展开，尤其全是姐姐在主动提问。然而，现在的姐姐毕竟已经不是当年的姐姐了。

黄安言问他："我明天晚上回去。你明天中午有空儿吗，赏光吃顿饭？"

黄希言明白姐姐过来打招呼的目的。姐姐是希望这一次和席樾能够捐弃前嫌，就像姐姐和其他历任前男友一样，一别两宽，轻描淡写，哪怕往后再不联系，变成微信里躺着的人脉也好。这才是成熟理性的大人的处理方式。今天，是姐姐给不及格的那门课补考的机会。

席樾没说行不行，而是看了黄希言一眼："希言也一起去？"

黄希言连呼吸都快没了，佯装要喝水，伸手去拿水瓶，赶紧笑说："你跟姐姐叙旧，我就不打扰了。"

席樾不作声。黄安言拿着水瓶的手指收紧了一霎，她看了一眼低头拧瓶盖的妹妹。黄希言好像觉察到了姐姐的注视，立即抬头，向着姐姐笑了笑。这笑意很不明所以，又有两分的故作镇定。

黄安言微微眯了一下眼睛，又抬眼看了看席樾。片刻后，黄安言注意到对面电视柜上有一个雕塑，便站起身走过去，不再纠结席樾会不会答应吃这顿饭："这是你的作品？"

黄希言朝那边看去，是那个睫毛带金粉的"肤浅的漂亮"的长角少女。自己记得席樾把它包起来了的，不知道什么时候又被拿出来了。

席樾："嗯。"

"挺漂亮的。"黄安言抬起手来，用手指轻轻地碰了碰，"能卖给我吗？我婚房里缺这么一件装饰品。"黄希言立时抿紧唇，手也悄悄地握紧。

"这件不卖，已经送人了。"席樾说，"你再挑一件吧，我送给你。新婚快乐。"

"谢谢，那我就不客气了。"在黄安言看来，这个人到现在总算是说了一句人话。

席樾指一指前方书架旁的角落："那边的，你随便挑。"

黄安言走过去，背着手，弯着腰，挑了半天，都不大满意，又走回电视柜前："还是这个漂亮。送谁了，能商量吗？"

心脏提到嗓子眼儿，黄希言紧张地猛眨了几下眼睛，在席樾张嘴的瞬间，忽然开口："确实蛮漂亮的，和姐姐房子的装修很相称。"

黄希言以恳求的目光看向席樾。然而，席樾坚持："她很喜欢，给她留着的。"席樾说完站起身，走到黄安言的身边，伸手将雕塑轻轻地转了一个面，朝向墙壁，全然一副护短的、不容他人染指的姿态。

黄安言看得有些无语："我不是横刀夺爱的人，你不至于这样。"她是这样的人，得不到就得不到，不会去将就那些不喜欢的。

席樾看了黄安言一眼，斟酌着说道："明天中午我请客。"

黄安言以意味深长的目光打量他："你定地方？"他宁愿为此参与进最厌恶的人际往来，那他要送东西的人对他得多重要？

席樾："我定。"

黄安言转头看向黄希言，后者似乎有些惶惶不安。黄安言问："希言，你去吗？"

"我不去了……我午休的时间短。"

到此，黄安言就说不叨扰席樾了，走过去牵黄希言的手。黄希言却被吓了一跳，下意识地缩了一下手指，待反应过来，又立即抬头朝姐姐一笑，主动将姐姐的手一挽："走吧，姐姐。"黄安言微微蹙眉。

席樾将她们送到门口。黄安言转过身，原想跟席樾确定一下明天大概几点去，却发现席樾的目光是落在黄希言身上的。黄安言顿了一下，说了一句："我们走了，明天会面的时间和地点微信上定吧。"

"好。"席樾这才收回目光。而黄希言没有回头，也没跟他道别。

到了楼下，黄希言掏钥匙开门，身后的黄安言忽然问："你平常跟席樾来往很多？"

黄希言下意识地否认："没有啊！"

"是吗？"

进了屋，黄安言再去洗了一把脸，边走边说："那他昨天晚上来敲你的门做什么？"

"我也不知道。"

黄安言若有所思地瞥了黄希言一眼："明天中午，你一起去吧？"

"什么？"黄希言转过身来，一脸为难的神色，"我中午下班晚……"

"等你，你什么时候到，我们什么时候开饭，可以吧？"黄安言以不容拒绝的口吻说道。

第二天中午，黄希言磨蹭到最后一个离开办公室。姐姐发来的餐厅的定位，打车过去要二十分钟。黄希言很不想去，但姐姐说菜都已经点好了，等她一到就能直接吃饭。黄希言当下的心情，如同赴鸿门宴。

出租车停在餐厅外面，黄希言下车之后往里面看了一眼，一下便看见靠着落地窗的座位上，姐姐和席樾面对面地坐着，菜好像已经上齐了。

黄希言踌躇着走了进去，黄安言一眼看见她，招了招手。黄希言条件反射地先露出笑容。黄安言往里面坐，给黄希言让出位置。

黄希言坐下之前，目光与席樾的目光短暂地交汇。席樾依然是一身黑衣，脸色呈现出病弱感的苍白，瞳孔在自然光下显得颜色很淡，近于琥珀的一种色彩。黄希言一时间没有想到合适的跟他打招呼的措辞，只淡淡地笑了一下，然后把遮阳伞收好，放在一旁，拆开湿纸巾擦擦手，转头去打量黄安言。

姐姐上身穿了一件七分袖的衬衫，下身是裸粉色的半身裙，同样色系的平底鞋；头发今天没有扎起，往后披散着，露出耳朵上三角形的金属耳饰；妆容浅淡，但很提气色。这一身装扮素雅端庄，又不失妩媚。

反观自己，适合夏天的白T恤和牛仔热裤，方便随时可以出去跑新闻的帆布鞋，黄希言在心里暗叹了一声。

黄安言道："动筷子吧。"拿起黄希言面前的碗，帮黄希言盛了半碗豆腐鱼汤，"尝一下这个汤，据说是店里的招牌菜。"

黄希言听赵露璐提过这家餐厅，说是本地最好的融合菜餐厅也不为过。但是此时此刻，黄希言食不知味，尝一尝汤，微笑着说："好喝。"

周围几桌都坐满了，人声嘈杂，更显得他们这一桌安静得诡异，只有筷子轻轻碰上白瓷碗盘的轻响。好几分钟过去了，三个人没有一个开口，气氛比昨天晚上还要尴尬。就在黄希言觉得自己是不是应该说点儿什么缓解这个状况的时候，黄安言出声了。

黄安言笑问席樾："希言来这儿一个多月，多劳你照顾了。"

席樾的语气淡淡的："没有，是她照顾我。"

黄安言瞥了黄希言一眼，笑说："是吗，她已经会照顾人了？"黄希言的鼻尖冒出冷汗，连脸都开始烧起来。

又一时安静，黄安言开了旁边的一瓶纯净水，喝了一口，问黄希言："菜是不是有点儿咸？"

"还好吧，我没尝出来。"

这一桌菜好像都不合黄安言的胃口，她挑着尝了些，就放下筷子了，只喝汤；而席樾从来都是吃饭困难户，也不怎么动筷；黄希言则味同嚼蜡。这一顿饭对这三位来说，仿佛还没开始就已经结束了。

但是这顿饭的主角是黄安言，得等着她提散席。黄安言慢条斯理地喝汤，并不着急，忽然往身旁瞟了一眼，见黄希言一副如坐针毡的样子。而对面的席樾，有一种游离尘世之外的疏离感，却总会时不时地回神片刻，且无一例外地轻轻往黄希言所在的地方瞥去。

黄安言忽又开口问黄希言："准备什么时候回崇城？"

被姐姐突然点名提问，黄希言觉得猝不及防，愣了一下："实习结束就回去。"

"那不得到月底，还要叨扰席樾这么长时间？"

对面的席樾说："没有，还好。"

黄安言笑笑："希言很不懂事儿。"这是很模糊的一句话，不知道具体指什么。

黄希言的一只手在桌下悄悄地攥紧了桌布，原本如临大敌般紧绷着的情绪，瞬间崩塌，一泻千里，变成无从挣扎的灰败。她知道姐姐看出什么来了。

终于，黄安言放下了汤勺，拿纸巾擦了擦嘴："吃完了，走吧。"

席樾率先起身去收银台结账。黄希言起身时碰落了放在一旁的遮阳伞，又慌张地俯身去捡。姐妹两人走到门口，等了片刻，席樾便从里面出来了。

三个人都往一个方向，就打了一辆车一起走。回去的路上没人说话，直到临近目的地，黄希言方才小声地问姐姐："下午几点走？要不要我请假送你一下？"

黄安言道："飞机改签了，我明天早上走。"黄希言闻言怔了一下。

出租车先到了住处，等黄安言和席樾下车，再开去报社。黄希言回到工作岗位上，一下午都心神不宁。郑老师给她布置了一点儿任务，她忙到晚上八点才下班，晚饭没吃，也忘了通知姐姐自己解决晚饭问题，而姐姐也没有在微信上催促一句。

半个小时后，黄希言回到住的地方，经过何霄家的超市时，何霄喊她。她一边走，一边发呆，根本没听到。何霄从里面跑出来，直接将她拦住："喊你呢！魂丢了？"

黄希言停下脚步："哦。你叫我什么事儿？"

"你姐姐下午那会儿过来，问了我一些关于你的情况。"

"问了什么？"

"她问我，你跟楼上的邻居是不是很熟。"何霄撇了撇嘴，"我说还行。"

"哦。"

何霄注意到黄希言的脸色很不好："怎么了？"

"没事儿。"黄希言笑了笑。

"是不是热的？中暑了？"

"没有没有。我没吃晚饭，有点儿饿。我上去了，姐姐还在等我。"

"去吧。"

黄希言爬上六楼，在门口站了一会儿，直到头顶的声控灯灭掉，她才如梦初醒。跺了一下脚，灯亮起来，她拿出钥匙开门。

黄安言抱着笔记本电脑坐在客厅的沙发上，门被打开的时候，她抬头看了一眼："回来了。"

黄希言一边换拖鞋一边问："吃晚饭了吗？"

"没有。"

"我点个外卖吧。"

"不饿。"黄安言注视着电脑屏幕，手指快速地敲击着键盘，一副无暇分心的模样。

"我点个粥？"

"随便。"

黄希言放下背包去洗了一把脸，倚在浴室的门上将外卖点了，然后才走回客厅。见姐姐好像在忙工作，黄希言不好打搅，自己也从包里拿出笔记本电脑去餐桌那边坐下。

电脑启动，黄希言对着空白的文档发呆。不知道过了多久，她听见那边敲键盘的声音停止了，才回过神，看向姐姐。然而，姐姐没有要和她交谈的意思，又拿出手机来。黄希言判断，姐姐没有在聊事情。依手指滑动的动作看，姐姐要么在看朋友圈，要么在看订阅号。无法判定这是不是一种向旁人施加压力的策略，总之，黄希言很不喜欢。

“姐姐，”见黄安言抬眼，黄希言继续道，“有什么话就直说吧，如果你现在不忙的话。”

黄安言一顿，把手机按灭，丢到一旁，将一只胳膊撑在沙发的扶手上，向黄希言看过来：“你记不记得你小时候很喜欢学我？”

黄希言小时候总犯错，不管做什么，袁令秋都不满意。后来黄希言想到一个办法，既然姐姐那么完美，跟着姐姐做，总不会有错吧？于是，大到读什么学校，小到平常穿什么颜色的袜子，黄希言都力求跟姐姐一模一样。那时候大哥还笑黄希言是姐姐的小跟屁虫。

这种情况持续到高中，黄希言准备跟姐姐一样学理科，却发现自己学不动了。黄希言跟在姐姐身后的那些年，姐姐一直是完美的、从不出错的大小姐，而自己形式上学到与姐姐九成九的相似，也不是另一个黄安言，只是永远笨拙的、无法让妈妈满意的黄希言——黄家最不起眼的幺女。

“上的兴趣班要学，用的护肤品要学，看的书要学，写字的字体要学……”黄安言看着黄希言，“现在，连喜欢的人也要学了吗？”

黄希言像是挨了一记闷棍，姐姐的话远比自己预期的更直接……也更残忍。

“我不知道这一个月来你跟席樾发生过什么。你亲眼见证过他是个什么样的人吗？你身边没有更合适的男生吗？为什么要选择他？”

黄希言垂下头，用一只手的手掌撑住椅子的边缘，脸烧得通红：“你反对吗？”

“你觉得呢？”

“是因为你觉得他性格不好而反对，还是因为你们曾经……而反对？”

“你什么意思？”黄安言的语气陡然一冷。

黄希言咬紧下唇。黄安言冷笑一声：“搞得好像两姐妹争一个男人一样‘狗血’。我已经要结婚了，你还问这种话？再者，他配吗？就他这种言而无信、极度自我的人，他配吗？”

黄希言深深吸了一口气：“姐姐只记得他的缺点，是不是不记得，他跑遍全城帮你找一张你喜欢的歌手的黑胶唱片；你跟他吵架的第二天是你的生日，他等了你一晚上，只为把生日礼物送给你；还有，他发着高烧，还陪你去听三个小时的音乐会……”

“你倒是记得比我还清楚。怎么，你这是在替他平反？”

“我没有。只是席樾没有你说的那么差劲儿。”

“黄希言，你是不是把过日子想得太简单了？席樾是可以跟你在柴米油盐里打滚的人吗？他是艺术家，可能这辈子都不知道什么是烟火气。”

“甲之砒霜，乙之蜜糖。如果我说，我能接受他所有的缺点，后果再糟糕也自己承担，姐姐还会反对吗？”

黄安言沉默片刻：“那个雕塑，他要送给你？”

“嗯。”

黄安言冷笑。黄希言抬起头，用噙着泪水的眼睛直视着黄安言，追问道：“姐姐还会反对吗？”

黄安言早就坐直了身体，此刻看着黄希言，面沉似水，目光格外冰冷：“你觉得呢？”

黄希言笑了，眼泪却在眼眶里打转：“我们再回到最开始的问题。姐姐，你反对，是因为你觉得他的性格不好，还是因为你们曾经在一起过？”

黄安言紧抿着嘴唇，没有出声。黄希言站起身：“所以，你一开始就有答案了，不必拿为我着想当挡箭牌。或许……其实姐姐应该先问问我，我会不会跟席樾坦白，会不会跟席樾在一起。我会告诉你，我喜欢他，但是我不会告诉他，更不会跟他在一起。”

“……”

“因为你是我姐姐。”黄希言往浴室走去。

黄安言的声音追过去：“你倒也不必说我不关心你。换任何一个人都可以，但席樾不行，他绝对不是恋爱或者结婚的最佳人选。”

黄希言进浴室之前，最后看了黄安言一眼：“姐姐如果真的关心我的话，那知不知道我曾经被郑哲轩骗过？”

“谁是郑哲轩？”

黄希言没有回答。黄安言从沙发上起来，走到浴室门口，伸手一挡，再问：“谁是郑哲轩？”

黄希言笑着摇摇头：“不重要了。”然后伸手将黄安言挡在身前的手臂挪开，关上门，赶在眼泪落下前，拧开水龙头，浇了一捧水在脸上。

两个人之间的冷空气，到睡觉之前都没有消退。黄希言关上灯，在靠近窗户的那一侧躺下。黑暗里还有暗淡的光，是姐姐在看手机。黄希言其实睡不着，但也不想找点儿什么消磨时间，喉咙里如被砂石摩擦般的疼，像感冒的症状。

暗淡的光也消失了，窸窣声响起，姐姐躺下来。紧跟着，有一只手碰了碰黄希言的肩膀。姐姐问：“睡了？”

“没。”

姐姐说话的音色是偏冷的，吐词又清晰，不带语气词，很多时候话语听起来理智到不近人情，就像现在：“我没有指望我们可以互相理解。我阻止你与席樾发展当然有我的私心，但是你可以去问，大街上一百个人，九十九个都不会不介意自己的亲姐妹和自己的前男友谈恋爱。都不用说姐妹，哪怕是关系普通的朋友，也不会不介意。我也只是普通人，你不要高看我。退一步讲，你们在一起，不怕大哥他们也跟着尴尬？”

“我已经说过，我和席樾不会有下一步。”

“那你就不要表现得好像是我在逼你。不管你怎样想我，未来你遇到什么难关，我这个做姐姐的会给予你支持，还有大哥。这种亲缘关系，你抹除不掉。”

黄希言想说：“可是姐姐你根本不懂。就好像考第一名的好学生，从来不会懂吊车尾的同桌为什么解不好分明简单到理应一学即会、一点即通的二元一次方程。你体察不到那些幽微的人心。”

不过黄希言什么也没说，只是自鼻腔里闷闷地嗯了一声。黄安言也没再说什么，沉默之后，道了一声：“睡吧。”

第六章

绝对的死寂

第二天，黄安言一大早就走了，没留下多余的话，只让黄希言实习结束就早点儿回去。

黄希言忙了一整天，没空儿多想。下班回家时，她特意避开了何霄家的超市，走在路的对面。她不想被何霄拦下，因为今天她实在笑不出来。

黄希言在爬楼梯的时候，意识到自己好像对这里已经很习惯了。老街道，旧楼房，她早起刷牙的时候走到窗边远眺，能看到街道早早就热闹起来，对街楼上的小孩儿吵闹着，防盗网上晾晒着一水儿红红绿绿颜色鲜艳的衣服……在这里，大家默默无闻地活，又放肆热烈地生，谁也不比谁低贱。

黄希言停在602的门口，钥匙在锁眼里停了好久，她始终没有扭转那一下。最终，她将钥匙拔出，揣进裤子口袋里，上楼去。她敲门后等了片刻，门开了。

与她四目相对的那一刹，席樾的脸上便浮现出淡淡的笑意。他问："找我有事儿？"他的头发胡乱扎着，些许散下来，有几分凌乱，看样子，可能给她开门之前又在伏案画画。

"没有。"黄希言也笑了，"我可以进去坐坐吗？"

席樾侧身一让。黄希言低头看了一眼，自发地穿上了席樾的那双凉拖鞋，踢踏着进了屋。

“你姐姐回去了？”席樾一边往厨房走，一边问。

“嗯，她一早就走了。”黄希言抬眼看见电视柜上那尊雕塑还在“面壁”，走过去轻轻地将其转过来朝向自己，用手指小心翼翼地触碰了一下少女的睫毛。

黄希言收回手，指尖上沾了一丁点儿的金粉。她吐吐舌头，偷偷在自己的T恤上擦掉了。她往厨房里看了一眼，席樾从冰箱里拿出一个三明治丢进了微波炉里。

她将背包放在沙发上，也走过去："你还没吃晚饭吗？"

“忘了。”席樾看着她，“你吃了吗？”

“其实也没吃。”黄希言不好意思地摸摸鼻尖。

席樾转身，从冰箱里又拿出一个三明治，放在料理台上。两个人并肩站着，都盯着微波炉，等它运转结束。黄希言意识到这样有点儿傻，轻轻地笑了一声。片刻后，微波炉叮的一声停止了运转。席樾将热好的三明治取出来，递给黄希言，再把另一个丢进微波炉，定了时。

手里的三明治有点儿烫，黄希言先把它放下了，拧开水槽的水龙头洗手。在她关掉水龙头的瞬间，席樾也凑了过来，将手伸过去。黄希言怔了一下，又将水龙头打开了。

席樾洗手的时候，肘部碰到了她的手臂，她没有避开。她的目光落在他的手上。他的手指细长，关节分明，好像除了适合画画，也适合弹钢琴，或者拉提琴。

席樾洗完手，伸手去关水龙头。黄希言也预备去关，两个人的手指撞在一起。黄希言把手撤开。水声停了，两个人却都没有动，肩并肩站在水槽前方。黄希言用余光看到他皮肤偏白的小臂，流畅的线条延伸至手腕处，到骨节凸起的地方拐了一下，再顺之往下……其实只要目光再往上几分，她就能看见他的脸，但是她没敢。她猜想着，在灯光之下，他的皮肤呈现出脆弱感的苍白，眼神干净得如澄澈的湖水，给人一种易碎之感。

她听见身侧浅浅的、平稳的呼吸声，自己的心跳却在加速。两人沉默的这几秒，她有种时间被什么东西抻长了的感觉，而且每一秒之下都像藏了一颗炸弹似的，令她焦躁地想离开，又必须异常谨慎，一脚也不敢往下探。

“希言。”

黄希言听见他唤自己，心脏往下沉了沉。她嗯了一声，并没有转过身去，垂着头，似乎想要藏进自己落下的影子里。而席樾仿佛只是无端地想叫她一声，迟迟没有下文。微波炉再次叮的一声响，黄希言偷偷地出了一口长气。两个人像小学生放饭一样，一人拿上一个三明治出了厨房。

黄希言正要往餐厅去，席樾却指了指自己的书房。他先一步进去，抬手拂开了书桌上的东西，腾出一些空间，又抓住无线鼠标，点击一下音乐软件的播放键，蓝牙音箱里淌出歌声。

There's not many people（没有人）
I'd honestly say（说真的）
I don't mind losing to,（让我甘愿服输，）
But there's nothing（但没有什么比）
Like doing nothing（和你一起消遣时光）
With you.（更加幸福满足。）

音量没有很大，刚刚好，不会显得吵。这首歌黄希言也听过，叫作 *Nothing*（《没什么》），也在她的歌单里。她暗暗感到两人听歌的喜好十分默契，但没有说出口。

黄希言往电脑屏幕上看了一眼，席樾好像在做场景氛围练习，令她好眼熟的桥和月夜。她收回目光，要往沙发那边去。席樾却将椅子拉开让她坐，他自己去了窗边的沙发上坐下。她用脚尖点着木地板，将座椅转了个方向，朝向席樾。

三明治是培根芝士蛋口味，在冰箱里冻过，再用微波炉加热，鼓囊囊的，口感不太好。咬下去的时候，嘴角沾上了芝士，她害怕吃相不好看，又将椅子转了回去。

她听见身后的席樾说："你不要背对着我，像是不认识的同学一起在食堂吃饭一样。"

她闻言笑了，只好再转回来，顺手从他放在桌角的纸巾盒里抽了一张纸巾，拿在手里，以备不时之需。然后，她伸手指了指电脑屏幕："是之前我帮你拍的照片？"

"嗯。"

"能派上用场就好。"

席樾顿了一下，抬起眼看着她，好像在思索什么。黄希言觉得他的这副表情表示他分明有话要说，然而她等了好一会儿，他都没有开口。

三明治也就巴掌大小，无论快慢，几分钟之内都能吃完。黄希言把包装袋折了折，低头去找书房的垃圾桶。席樾走过来，拿走了她手里的包装袋，与自己手里的一并扔到外面的垃圾桶里。

等席樾丢了垃圾回来，黄希言自觉地站起来："你是不是要画画了？"

"现在可以不画。"

黄希言眨了一下眼睛。席樾看着她："你好像不开心。"他似乎不那么完全笃定，于是又加了一句，"是不是？"

黄希言怔了一下。

"做点儿什么？"席樾环视书桌，"看电影吗？或者……画画？"

黄希言一笑，眼睛如同两个弯弯的月牙："我不太会。"

席樾抓了一盒 48 色的彩色铅笔给她。她打开来，那里面的颜色按照色阶渐变排列，简直是强迫症患者的福音。紧跟着，席樾又找了一圈，从堆在角落的一沓画稿里随便抽出一张，摊在她的面前。那是一张复杂又细致无比的线稿，画着某个花园的一角，各种花朵密密匝匝地堆积着，却层次丰富，杂而不乱。

黄希言笑了："这是《秘密花园》那种填色画吗？"

“差不多吧。”席樾也笑了。

“我不会配色，要是毁掉你的线稿怎么办？”

“是废稿，你随便玩儿。”

席樾拿上平板电脑去沙发那边坐下，把书桌的空间都让给她。她转头看了他一眼，黑色的T恤勾勒出他宽而平阔的肩膀的轮廓，皮肤被黑色映衬得更白，他垂眼时，睫毛的阴影落在脸颊上……他实在有一种过于清冷的美感。但是，她知道他其实有多温暖。

席樾意识到她的打量，一下抬起头来，视线与她的视线对上：“怎么了？”

黄希言摇头：“随便涂也没关系吗？”

“嗯。”

黄希言捏着彩色铅笔，一笔一笔地将封闭图形填满。她不懂配色，干脆随心所欲。音箱里的歌一首一首地往下播放，她身后是席樾执着手写电容笔画画的沙沙声。那个被所有人视为沉默寡言又极度自我的人，却是唯一一个关心她的情绪变化，用自己的方法哄她开心的人。

她过去二十年所有的压抑、自卑和仓皇，比不上此刻的感受更令她难过。她想她可能会永远记得此刻。他们近在咫尺，却远到哪怕自己向他靠近一点儿也不可以。

她在一瞬间，想到那个和他困在公园凉亭的雨夜。她知道自己不会再主动找他了，这是最后一次。她的心脏变成注满水的海绵，压抑又沉重。

清早被生物钟叫醒，黄希言摸着找到手机，眼睛扫过手机锁定界面上显示的日期，愣了一下。面部识别成功，手机自动解锁，她又特意打开日历APP看了看，时间确实已经到了八月中旬，距她实习结束离开这里只剩下半个月的时间。

然后，接下来发生的很多事情在不断地提醒黄希言这一点：郑老师告诉黄希言可以去行政部门拿实习证明的模板，因为主编马上要出差，最好提前找主编签字；赵露璐问黄希言需不需要带一些土特产回家，这两周自己可以帮忙采买一些，如果看中了赵家祖传的辣椒酱，自己会委托妈妈再做两瓶；何霄像霜打的茄子一样没精神，每天与黄希言见面总要问一遍离职的日期到底确定没有；至于席樾……黄希言没有再找过他，所以不知道他对此会不会有什么反应。

夏天好像很快就要过去，只是一眨眼。

席樾醒来时头痛欲裂，形同宿醉，这是近几天熬夜太过的后遗症。他看了一眼时钟，不过才趴着睡了半个小时。他起身去洗了澡，拿干毛巾擦了一把头发，去厨房找吃的。

冰箱里有吐司片，拿出来塞进烤面包机里，然后他刷干净杯子，倒入一杯巴氏牛奶。入口之前，他回想了一下这牛奶是什么时候买的，但想不起来了。再次打开冰箱门，里面的寒气和冷冷的白色灯光一并扑向眼睛，他拿起牛奶纸盒看了一眼生产日期，好像过期一天了。尝一口牛奶，似乎并未变质，他也就懒得管，照常喝下去。

烤面包机里弹出来两片烤出焦香的吐司，席樾咬了一片在嘴里，端着牛奶去书房。他拿手机查看了一下微信，有一条蒋沪生发来的消息："那啥……我把你现在的电话号码告诉秦澄了。她估计要给你来个电话，你俩好好聊聊呗。别怪兄弟出卖你啊，秦澄的性格你也知道。"

席樾没有回复。吃过东西，头痛的症状稍有缓解，他理应回卧室好好地补个觉，却烦闷得毫无睡意。他看了一眼电脑右上角的时间，八月十八日了。最近一周，他都在磨手头儿的画，除了下楼去倒垃圾，都闭门不出。

他起身去找烟，想起傍晚时就抽完了最后一支，思考片刻，拿上手机和钥匙出了门。敲了一会儿602的门，无人应，他又给黄希言发微信，问她在不在家，没得到回复。他下楼去何霄家的超市，径直去柜台拿了一包烟，顺便问何霄这几天见没见过黄希言。

何霄捏着扫码枪，觉得这一幕怪熟悉的，分明不久之前就发生过一次，嘲讽道："樾哥，这种消息您老还需要问别人？是真关心还是假关心啊？"

席樾默然。何霄报了价格，把烟往席樾的面前一扔："她跟她老师出任务去了。这是她实习期的最后一个项目，结束就离职回家。”

席樾一怔。何霄撇了撇嘴，嘟囔道：“真是不上心……”

席樾出了超市点上一支烟，掏出手机，黄希言还没有回复他。回到家，他原想再等等回音，却被连日熬夜的疲惫击败。

睡到凌晨三四点，他无端醒来，拿出手机一看，终于有黄希言的回复：“我和郑老师在乡下采访，这边信号不好。我过两天就回去，有什么事情到时候再说？”

席樾回复：“好，你注意安全。”

席樾的睡眠质量一贯堪忧，醒来之后很难再入睡。最后，他还是爬起来，坐到了电脑前，新建了一张空白画布。最近画画手感奇怪，他总觉得再差一点儿就会有所突破，但是差的这一点儿究竟是什么，他也弄不清，只能没日没夜地画，害怕错过一闪而逝的灵感。

不知过了多久，席樾又睡着了，再次醒来时，已经是十八个小时之后。他去找手机，才发现手机早已没电自动关机了。他给手机插上充电器，又去浴室冲了个澡，回来时，手机自动开机了。

席樾点开微信，照例有蒋沪生催促自己的消息，但席樾没管，然后看见黄希言的头像也有红点儿提醒，便先将其点开了。黄希言发来两条消息，都是语音，除此之外，还有一个位置分享。

第一条消息发于十二个小时之前，他点开来，见上面写着：“我现在跟郑老师在镇上的医院。可不可以麻烦你找张阿姨拿一下备用钥匙，然后去我家拿几件换洗衣服送过来？”

第二条消息比第一条晚了两三个小时：“不用了席樾哥，我找我报社的同事帮忙了。”

席樾感觉心脏一直往下沉。他拨语音电话给黄希言，她没有接。他想直接打电话，发现自己根本没有存她的手机号，只能去问黄希言的房东——小姨，小姨那里应当有她的电话号码。

小姨很快给他回复过来，又问他，早先黄希言的同事来找自己拿备用钥匙了，是不是小姑娘出了什么事儿。席樾难得耐心地回复了一句：“没事儿。我过去看看。”

他一边打电话，一边拿上钱包和钥匙下楼，走到五楼，才发现脚上还穿着凉拖鞋，他也没管。拨了两次电话，无人接听，他步行到路边拦下一辆出租车。司机听他报的目的地那么远，干脆拒载。

席樾问："包车多少钱？"

"三百元。"司机觑了他一眼。

这分明是宰客。席樾却直接扫了贴在副驾驶座位靠背上的二维码，付了三百元。司机没话说了，将车启动。

盛夏落日的余晖自车窗照进来，投射在席樾的脸上，尤有烧灼的热度。车开了近一个小时，他完整地目睹了天色一分一分变暗的过程。车抵达目的地时，整个小镇已被冥冥暮色笼罩。

席樾在医院门口又打了一个电话。这一回，电话响了十来声，终于被人接通。"喂……"他发出的第一个声音很嘶哑。他感到非常渴，或许是心焦的缘故。

"你好，请问你是……？"

"席樾。"

那边静了一下，继而传来轻轻的笑声："你是不是看到微信消息了？我没事儿……"

"住在哪一间？"

"啊？"

"我在医院门口。"

"我已经没在医院了，在镇上的宾馆。"

"在哪里？"

"我在微信上分享定位给你？"

"嗯。"

来到宾馆，找到黄希言的房间，席樾抬手敲门。片刻后，房间里传来黄希言的声音："来了。"

他听到房内有脚步声向着自己而来，然后停下，下一瞬间，门被打开了。她还是不变的T恤和高腰牛仔热裤的装扮，只是脸颊、胳膊和小腿上都贴了大小不一的纱布，还有些擦伤就露在外面，擦过碘酒，一片姜黄色。

席樾不知道应该先查看她哪里的伤口，身体先于意识有了行动。他伸手抓住了她的手腕，目光落在她粘着纱布的左边脸颊上。黄希言受惊似的一下便挣脱了，退后了半步。席樾愣了一下。她的眼神慌乱，其中更含有隐忍，而她却还是不忘露出笑容，说道："因为你和张阿姨最熟，所以当时想到拜托你帮忙，不知是不是给你添了麻烦。"

席樾不自觉地蹙起眉头，因为她的语气客气得过分，和她上一回在他家里时完全不一样。他问："伤得重吗？发生了什么事情？"

"我跟郑老师暗访，被人发现了。他们找了几个人，抢了我们的相机。郑老师要报警，被他们打伤，我也跟着稍微受了一点儿伤。郑老师稍微严重一些，鼻骨骨折了。他还在医院休养，我的同事在那边，他的家人也过来了。我还好，我的伤在门诊就处理了，所以我不用住院。"

"对不起。"席樾颓然地道歉，头发一霎滑落下来，遮住了他的眼睛。

黄希言笑了笑："没事儿的。我猜想你应该是在画画，没有看到消息。露璐姐——我同事把衣服给我送到了。"

席樾的神情中带着一些自责和苦涩："吃过晚饭了吗？"

"没有，我下午一直在睡觉。你是不是给我打过好几个电话？我睡着了，没有听见。"

"走吧，出去吃点儿东西。"

"那我先跟露璐姐说一声。"说着，黄希言往里走，去拿放在床边的手机。

席樾立在门口，一步也没有往里面踏。黄希言转过头来看了他一眼："你可以在门口等我一会儿吗？我要稍微收拾一下。"

"嗯。"

席樾转了个身，背靠着走廊墙壁，微微仰头，整个人沐浴在清冷的白色灯光下。他伸手去摸口袋里的烟盒，反应过来这里不能抽烟，手上的动作停下来。他顿了顿，抬手按住了额头，长长地叹了一口气。

片刻后，黄希言出来了，手里没拿其他东西，只有手机："就在附近吃可以吗？等一下露璐姐要过来，她手里没有房卡。"

"嗯。"

顾及伤员，他们选了附近的一家粥铺。很逼仄的一间铺面，四张桌子都坐满了人，能听到喁喁的交谈声。

席樾想到黄希言刚来奚城时，他们一起吃的第一顿饭也是在粥铺。他微微垂眼看向她。她是面朝门口坐的，这个时候目光越过他看着外面，脸上带着些许微笑，但细看，这笑容里并没有太多的内容。席樾不清楚此时此刻自己脸上的表情是怎样的。他找不出合适的表情来表达情绪，言语抵不上歉意的重量，他只好长久地沉默。

两份粥、三个清淡的炒菜被端上桌。黄希言点的是百合山药粥，熬得又稠又浓。她好像很喜欢一口一口慢咽，吃得鼻尖冒汗。席樾毫无胃口，只是看着她。偶尔一个瞬间，夹菜的动作好像牵扯到手臂上的伤口，她轻轻地牵一下嘴角，将出声而未出声地轻嗞了一下。

等她吃完，他起身去买单。两个人往回走时，她那边来了一个电话，是同事打来的，问她回宾馆没有。她说正在回去的路上，马上就到。

席樾将一只手揣在兜里，和黄希言并肩而行："你什么时候回市里？"

"明天早上就走，跟露璐姐一起。你是坐大巴过来的吗？晚上最后一趟好像是七点半发车……"她看了一眼手机上的时间，"你今天应该回不去了。"

"明早跟你们一起回去。"

宾馆很近，两人说着话就到了。席樾到前台去再开了一间房，又送黄希言回她的房间。走廊里有个小腹微隆的女人等在那里，他想应该就是希言所说的"露璐姐"。

他打了一声招呼："你好，我是希言的朋友。"

"你好你好，我是赵露璐，希希的同事。"赵露璐打量他，似笑非笑地问，"你跟希希是邻居？"

席樾有点儿不明所以，点点头。不能说他见到黄希言就心安了，因为更有一种无法安定的情绪，那是不断拉扯着的对自己的失望和无力感。他也没什么立场对赵露璐说些托付的话，毕竟他才是那个漏掉了消息又迟到的人。缄默许久，他只说了一声让黄希言好好休息。黄希言微笑着点点头。

席樾的房间在楼上，他与黄希言约定好明早出发的时间，就转身进电梯了。进到自己房间，他先洗了个澡，出来时，听见床上的手机在振动，拿起来一看，是归属地为深城的某个号码，眼熟的186开头。他知道是谁打来的了，点击按键拒接了。

电话又打来，再拒接，再打来……有暗暗较劲儿的意思。当电话第五次响起时，席樾在是直接关机还是接通讲清楚之间犹豫片刻，选择了后者。

电话里，秦澄的声音听不出情绪："终于联系上你了。"

席樾与秦澄很久没联系了，她的声音听起来已经有三分陌生。他走到窗边去点燃一支烟，语气平静地问："找我有什么事儿？"

秦澄开门见山地说："朋友的朋友跟我表白，我打算接受了。"

席樾还没出声，秦澄又说："你是不是想说，我们已经分手了，我打算跟谁在一起关你什么事儿？"

席樾把已经到嘴边的一句"恭喜"咽回去，转而垂下目光，说："对不起。"

"你知道你在为什么而道歉吗？"

"所有。我是一个令人失望的人。"

"不但令人失望，而且无可救药。"

"嗯。"

席樾听见那端有细细的吸气的声音。秦澄道："我一直在想，是不是和你在一起之前，'我觉得自己一定能够改变你'的这个想法就是错的。我怎么能把生活在水里的水草拔出来，还指望它在陆地上也能成活？最后，搞得你不开心，我也挫败。"

烟被他夹在指间，静静地燃烧。他说："抱歉。"

“你别再道歉了。蒋沪生告诉我，那天你喝了酒，胃出血，进了医院。这件事情你为什么不告诉我？如果当时我知道，或许……”

席樾不知道该说什么。秦澄好似自嘲地笑了一声：“算了……就这样吧。知道你还在世界上的某一个角落活着就行。你好好照顾自己吧。”

在对面将要挂断电话的时候，席樾出声：“等一下。”

漫长的沉默，对面像在等他继续往下说。席樾抬起头，透过脏兮兮的玻璃，看见外面深蓝的天空、隐约暗淡的月光：“我习惯了昼伏夜出，而你是活在阳光下的人。会有人比我懂得怎么照顾你，祝你幸福。”

好长时间，电话里都没有声响。席樾以为对方已经挂断了，从耳旁拿下手机看了一眼屏幕，通话时间还在继续。

过了好久，秦澄终于再次开口：“不久之前我还在想，如果你回头来挽留我，我会不会考虑再给你一个机会。真可笑……我居然幻想你会主动回头挽留我，而更可笑的是，我觉得，只要你开口，我多半还会同意。直到朋友劝我说没有必要，我们哪怕和好，最终结果必然是彼此折磨，直到筋疲力尽。我真想不带任何世俗期待，单纯地爱你的才华，维持当时被你吸引、不管不顾一头扎进去的初衷，但是我做不到。我是一个俗人，还是更适合符合普世标准的普通人，哪怕他和你相比，显得太平庸。”

她重重地抽了一下鼻子，继续说：“找蒋沪生拿到电话号码之后，我犹豫了好久，要不要给你打这个电话。想了想，我觉得还是应该给这件事儿画一个句号。你真是一个令人深感挫败的人……但是我确确实实爱过你。爱恨相抵，一笔勾销吧。我应该祝你事业有成，还是祝你找到能和你一起生活在水底的另外一半？”

她自顾自地笑了一声，语气一时轻松得多：“恐怕后者很难吧，哪有正常的女人受得了你这种性格？那就还是祝你艺术家的事业更上一层楼吧。”

“谢谢，也祝你幸福。”

电话挂断。席樾维持着低头的动作，许久没动，时间随他手里的烟燃尽成灰。

赵露璐终于亲眼见到黄希言口中的“邻居”，忍不住八卦之心：“他长得好帅，而且帅得很不俗气，气质非常吸引人。我从来没在生活中见过这一款的。”

黄希言无力地笑笑。赵露璐又问：“他是做什么的？看起来像艺术家。”

“就是艺术家。”

“艺术家确实普遍有点儿个性，但也不至于不应该喜欢吧？他已经过来找你了，难道不是对你也有意思？”

黄希言走进浴室去挤牙膏，准备洗漱：“他过来找我，是因为我在微信上找他帮忙。”

赵露璐倚着门框看着黄希言：“我觉得没有这么简单，他明显很关心你。”

黄希言往镜子里看了一眼，自己的脸上没有笑容：“我知道。但是……”

“但是？”

“下次再告诉你吧。”

“妹妹，你马上就要走了，还下次？下次什么时候？咱俩还有没有机会见面都不一定。”

黄希言笑了一下：“等你生宝宝时，我一定过来看你。”

“别想当玩笑话搪塞过去，我可记住了。”

身上有伤，不是很好洗澡，黄希言只尽力地擦洗了一遍。赵露璐孕中期，精力明显不如之前，熬不了夜。差不多晚上十点半，两个人就关灯睡觉了。

黄希言还没有睡意，在黑暗里睁着眼睛。她那天就决定不再主动找席樾，但这次遇到事情，第一时间想要依赖的人还是他，和他是不是最方便拿到备用钥匙的人无关。

觉悟和潜意识总是互相背叛。席樾也是在意她的，她当然可以感觉到。但这远远不够，不够构成巨大的推力，将她从惯性的轨道上推离。她是个太害怕改变的人。

清早，黄希言收到席樾的消息，询问她们起床没有，要不要先吃早餐。黄希言在刷牙，咬着牙刷打字回复他："起来了，在洗漱，一刻钟之后可以出门。"

大约二十分钟，席樾来敲门。赵露璐去开门，见面笑眯眯地跟他打招呼："早啊！希希在换鞋，马上就好。"黄希言坐在床边，往门口看了一眼，动作加快，三两下就系好了鞋带。

有赵露璐在，黄希言感觉和席樾相处要自在许多。他们找了一家早餐店，吃过早餐，再回宾馆收拾东西。离开之前，黄希言跟赵露璐去镇上的医院跟郑老师打了一声招呼。郑老师的妻子过来陪护了，且郑老师过两天就会出院，回市里再做骨折牵引手术，因此黄希言她们留在这里也帮不上什么忙。

郑老师用玩笑的语气嘱托黄希言，回去之后先把这次暗访的稿子写出来，有这么一段差点儿被"毁尸灭迹"的传奇经历，这新闻一出来铁定很有可读性。师母打他的手臂，说他已经伤成这样了，还记挂什么稿子。

三人自医院离开之后，就去了镇上的客运站。大巴车可随时买票，半个小时一趟，流水发车。上车后，赵露璐以孕妇需要宽敞的座位为由单独坐了一排，让黄希言和席樾一起坐。

走到赵露璐的后面一排，黄希言问席樾："你坐里面，还是……"

"你坐里面吧。"席樾将黄希言的背包举起来，放在车顶的行李架上，稍一低头，在靠过道的座位上坐下。两人都沉默着。黄希言瞥了他一眼，他的眼睛下面有因长期熬夜形成的淡淡青色，脸色显得很疲惫，明显睡眠不足。

不久之后，车子发动。微微颠簸之中，两个人的手臂挨在一起。黄希言不动声色地往里避开了一点儿。日光照进来，黄希言嫌刺眼，拉上了窗帘。车里几乎没有人交谈，头顶有冷气吹拂的呼呼声。真是令人昏昏欲睡的一程。

黄希言不知道是不是应该和席樾有所交谈，为了避免尴尬，干脆闭上眼睛假寐。席樾盯着黄希言看了很久。颠簸中，那被拉起的窗帘已经滑开了一线，日光照入，落在她的手臂和膝盖上，映得皮肤如月光一样明净。窗帘在她的脸上投下一片浅蓝色的阴影，一缕头发被压在耳后，露出部分青黑色的胎记。

下一瞬，席樾伸手，轻按住她的脑袋，往自己这边轻轻一扳，让她枕在自己的肩上。黄希言被吓得差一点儿睁开眼睛。她听到他近在头顶的均匀的呼吸声，感觉自己的脸颊被他肩头的体温熨烫着，像被太阳炙烤过一样温度升高。她浑身都僵硬了，但是没有动，只是心下慌乱，动作倍加小心，如履薄冰。她希望这一路没有终点。

到了市里的客运站，他们打了一辆出租车，先将赵露璐送到家，然后黄希言和席樾一同回住处。两人下车以后，途经何霄家的超市。何霄好像等待已久，立即跑出来："张婶说你的同事……"目光一落在黄希言的身上，何霄先愣了一下，紧跟着将她的胳膊一抓，凑近细看，"这是怎么了？怎么还挂彩了？"

黄希言笑了笑："没事儿，遇到一点儿小麻烦，已经解决了。"

何霄的眉头拧成一个疙瘩："那你怎么不跟我说啊……"

"这不是已经回来了吗？都是皮外伤。"

何霄抬头看了一眼跟在她身后帮她提行李箱的席樾，脸色很难看。何霄还有一肚子话要说，但听得何父喊他赶紧进去帮忙，只好先憋回去："我等一会儿去找你。"

黄希言和席樾一路沉默地上了楼，停在她家门口。席樾问："中午想吃点儿什么？"

黄希言笑笑："我等下可能还要去一趟报社跟领导汇报事情的经过。你不用管我啦，真的只是皮外伤。"

席樾看着她，沉默片刻，点了点头，说道："有事儿找我可以直接打电话……"话音却是渐低的。说到最后，他背过脸一叹，沉重极了的一声叹息。

黄希言进屋之后，将脏衣服丢进洗衣机里，休息了一会儿就去了报社。主编出差去了，管事的副主编告诉她这事儿不用再管，回去休息。她想到郑老师的嘱托，回到工位上开了一个文档，想把此次事情的前因后果都写下来。删删改改，加上润色，花去一天时间，晚上她没有加班，在食堂里吃过晚饭，到点儿就回去了。

黄希言刚到家没多久，有人来敲门。她打开门一看，是何霄。何霄提了一个不锈钢的保温桶，说是给她熬的鸡汤。

她哭笑不得："太夸张了！我没有伤到这个程度。"

"反正你尝尝，专门叫人帮你熬的。"

黄希言盛情难却："我只收这一次，但是后面你不要再费心了。"

"行。"

黄希言指一指屋里："要进去坐坐吗？"

"不了，我说两句话就下去。"何霄挠头，"你什么时候走，定了吗？"

"月底，二十八日吧。"

"那不是只有一周多了？"

"嗯。"

何霄陡然焦虑起来："问你个问题。"

"嗯？"

"今天你是跟席樾一块儿回来的，你跟他说了受伤的事儿？"

"我请他帮忙送换洗的衣服。"

"那怎么张婶说去的是你的同事？他们一起去的？"

"不是……是我同事先去的。"

何霄瞬间了悟："他没及时看到你的消息？"

"他在画画嘛，没看到是正常的。"

"你干吗替他说话？"

"我……"黄希言莫名其妙，感觉到何霄的语气突然有点儿冲。

何霄不悦极了："你为什么不找我？我甭管在做什么，肯定不会错过你的消息。"黄希言不作声。

"席樾哪里好？"

“何霄……”

何霄盯着她，又指了指她手里的保温桶：“我还知道给你送鸡汤呢！他呢？”

“何霄……”黄希言感到很无奈，不知道怎么哄突然发脾气的小朋友。

“黄希言，我装不下去了。”何霄伸手抓住她的手臂，把她往后轻轻地推了一把。身高一米七五的他并不算高，但比起堪堪一米五八的黄希言，还是足够具有居高临下的优势。

黄希言心慌，第一反应是挣扎着想逃，但何霄抓得很紧。他的语速很快：“你不让我说，我非要说。我喜欢你……”

“何霄！”

“我喜欢你！我喜欢你！我喜欢你！”他的声音大到响彻楼道。

黄希言已经傻掉了。何霄盯着她：“我确实比你小，学习成绩也不好，但是我会长大，也会把学习搞好。还有一年，我考到你的城市去找你。你也看看我吧……”

黄希言不知道如何反应：“我……你先松开手好不好？”

何霄顿了一下，卸下力道。黄希言又退后半步，背靠住门框：“何霄，你听我说。你是个很好的男孩子，很真诚，很热情。你不了解我，我跟你想象的不一样……”

“席樾就了解你吗？”何霄打断她，很是不忿，“可是你找他的时候，他在哪儿？我绝对不是说大话，换成是我，只要你找我，只要你需要我，我一定第一时间赶到你的身边。席樾做得到吗？他做不到！他眼里、心里只有他的画！”

黄希言没有选择在小朋友正在气头上的时候和他硬碰硬，虽然她有充足的理由：她对席樾没有过分的期待，所以不介意席樾的心里是不是只有画，是不是也有她。

等何霄把气话都说完，安静了好一会儿，她才说：“现在，可以听我说几句话吗？”何霄怔了一下，好像终于意识到自己的咄咄逼人，乖顺地退后半步。

黄希言说："如果说，现在你是在对我表白的话，那么这件事儿就是你和我两个人的事儿，和别人无关，对不对？"何霄点头。

"所以，这和席樾，或者和其他任何人都没有关系。"黄希言真诚地注视着何霄，"你这样认真地告诉我你喜欢我，我不会拿别人，或者拿你的年龄、你成绩好不好这些外在因素去敷衍你……"

何霄听明白了："你只是单纯地不喜欢我。"

"抱歉。"

何霄一手叉腰，一手抓挠后脑勺，背过身，无所适从地踱步："我……"他清了一下嗓子，"鸡汤你喝掉吧，路过超市的时候把保温桶送去就行。"他没有说"回见"之类的话，闷头走了。

就在黄希言准备转身进屋的时候，咚咚咚往下跑的脚步声停了下来。何霄大概是在五楼或者四楼半的位置冲她喊道："我还是会考去你的城市！下次你再拒绝我，我才会死心！"

第二天，黄希言将洗干净的保温桶还到超市，何霄嘻嘻哈哈的，还是平常的模样，除了黑眼圈和眼里的血丝十分显眼。她买了一盒西瓜味的益达木糖醇，递给何霄结账的时候，顺便笑说："考去崇城还蛮难的，你要加油。"

何霄的声音闷闷的："我会努力的。"

实习即将结束，黄希言没有再被派什么工作，每天坐在工位上喝茶看报，好像退休老干部。郑老师已经回到市里，要等炎症消了再做手术。他顶着歪掉的鼻梁，也要请她吃顿饭。吃饭时，郑老师好感性，一改黄希言对他死板无趣的印象。

他先是吟了一句诗："莫愁前路无知己，天下谁人不识君。"黄希言笑说太抬举自己了。

他又敬她一杯茶："这杯是为了致歉。你一个小姑娘来我手底下实习，我却没有保护好你。"

黄希言笑说："您要是没保护好我，现在等着住院的就是我了。"

郑老师感慨极了："可惜我们这小地方留不住人，希望你毕业以后还能留在行业内发光发热。”

这一句黄希言可以保证：“一定的。”

吃完饭，黄希言和郑老师在公交车站分别。她站在站牌下，闻到浓烈的草木气息，不知道属于哪一种植物，她似曾闻过，也是在夏天结束的时候。

之后，是做实习总结、办离职手续、结算工资、吃送别宴……八月二十七日上午，黄希言归还了工牌，正式离职。

回家需要从这里坐车至省会城市，再搭乘飞机，黄希言订的是二十八日下午的机票。她抱着自己不多的东西离开报社，途经何霄家的超市，自然被何霄拉住。小朋友要请她吃晚饭，话说得情理兼备，不容拒绝。

黄希言把东西送回家中，先去找张姐退租。张姐和了一手好牌便不打了，离席时被牌友骂不厚道，于是张姐厚道地免了他们今天的茶位费。张姐招了招手，叫黄希言到后方去说话。黄希言来过好几次茶馆，却不知道后面还有个房间是跟楼上打通的。这个房间是张姐的起居室，摆放着红木茶几、博古架、摇椅，角落里还有一缸睡莲在夏日里幽幽地开着。

张姐给黄希言倒了一杯凉茶，感叹道：“两个月倒是过得很快，转眼你就要走了。你以后还来吗？”

黄希言笑说：“同事生宝宝的时候，我可能会过来看一下吧。”

“这段时间，席樾难为你费心照顾了。”

“没有的……也就上次他生病，举手之劳的事儿。我后面工作忙，就没怎么能管得到他。”

“还是谢谢你。”张姐笑说，“那我晚上请你吃个饭吧。”

黄希言不好意思地说：“已经跟朋友约好了。”

“那我给你发个红包，路上买点儿水喝，不准推辞啊！”

黄希言笑说：“让您破费了。”

“你什么时候走？”

“明天上午。走之前，我把钥匙给您送过来。”

“那行。你以后有什么事儿，就在微信上找我。”

离开茶馆没多久，黄希言在微信上收到张姐发来的二百元红包。

白天一整天，黄希言都在收拾行李。东西不算多，但零零散散的，她怕漏掉。到了傍晚，她已经收拾得差不多了，只留下一身换洗的衣服和洗漱用品在外面。

何霄在微信上催她，说可以出发去吃饭了。他们来到附近的一家餐馆吃酸菜鱼。何霄蔫头耷脑的，自顾自地喝啤酒。

黄希言笑着劝他：“你还未成年，别喝酒了。”何霄似听非听的。

两个人吃着东西，有一搭没一搭地说话。何霄问她：“跟楼上的那位道别了吗？”

“还没。”

“那你们以后……”

黄希言低头夹菜，没有出声。

“你不告诉他吗？”

“告诉什么？”

“你对他……”

黄希言笑了：“你到底站在什么立场？”

何霄撇了撇嘴：“不告诉最好。凭什么要你主动，就他最金贵？你都要走了，他也没点儿表示，哪怕给你画幅画呢，他不是画家吗？”

黄希言笑笑：“你可能不知道，席樾哥不怎么拿身边的人当模特。”

“毛病真多！那至少也应该请你吃顿饭吧？”

“其实不道别最好。”黄希言低声说。

何霄没听清楚：“你说什么？”

黄希言摇摇头：“没什么没什么。”

吃完饭，两个人往回走。何霄十指交叉抱住后脑勺，走得很慢，时不时踢一下路边的塑料瓶或易拉罐。

何霄问她：“以后还会来这边玩儿吗？”

“如果没什么特别的事儿，估计就……”

“你回去了，还会跟我保持联系吗？”

“如果你需要帮忙的话，当然可以在微信上找我。”

“没事儿就不能找你吗？”

黄希言笑了笑，不置可否。

“你这个人，看起来又乖又好欺负的，实际上原则性那——么强。”何霄拖长了声音，带一点儿当地方言的腔调。

黄希言笑说：“久了你就知道，都是些没什么意义的原则。”

何霄又撇了撇嘴：“反正我承认你比我成熟一些，不过我会很快追上你的脚步的。”

“我相信没有我，你也可以变得更好。”

何霄才不理她的套话：“明天要我送你吗？”

“不用，我自己坐出租车去客运站就行。你千万别送，我好怕这种分别的情景。”

“我对你又不重要。”

“可是你是我来这里交的第一个朋友啊！”

何霄哼一声，不怎么满意这个 title（头衔），却又好像受用于她的言辞。说话间，两人到了超市门口。何霄站定，对她说：“我不送你上楼了，你早点儿休息。明天早上我去帮你搬行李？”

“如果我自己搬不动的话，就叫你。”

何霄比了一个“OK”的手势。

黄希言爬到五楼半，转个弯，一探头，愣了一下。靠近 602 的门口，往上数五级台阶，席樾弓着腰坐在那里，手里夹着一支烟。在她冒头的一瞬间，席樾看过来：“希言。”

黄希言微微一笑：“我跟何霄吃晚饭去了。你在等我吗？”

“嗯。”

走到近前，黄希言发现他的脚边有三四个烟蒂，他应该等了很久。他仍然是不变的一身黑衣，但两个人不过是一周没有碰面，他更加苍白清瘦，简直有些形销骨立的感觉。黄希言不禁蹙眉，关心的话到嘴边，她犹豫了一下，又咽回去。

席樾站起身来：“到楼上去吧，我跟你说两句话。”

“就在这里说吧。”她害怕那个处处打着“席樾”烙印的空间。

席樾低头看着她：“明天几点走？”

“上午九点。”黄希言感觉自己一整天都在对不同的人回答这个问题，但是此时此刻，对眼前的人说出来，才恍然有一种一切真的结束了的失落感。

“下午的飞机？”

“嗯……”

“落地崇城，有人接你吗？”

“大哥说会开车去接我。”

“什么时候开学？”

“九月一日至三日去学校注册。”

“该着手准备毕业论文了。”

“嗯。”

席樾沉默着，目光低敛。他想不到还该问她什么，即便把她余生的安排都问清楚，又能怎样？

“需不需要我去送你……”

“不用。”黄希言拒绝得干脆利落。

席樾顿住，抬眼去看。头顶暖黄的灯光在她低垂的睫毛下方投下小片阴影，白皙的皮肤被照出类似于落日时分的色调。她很像过分美好又更过分易逝的黄昏。

两人沉默之间，声控灯灭掉了。好像因着心里那一点儿幽思，没有谁弄出声响将灯唤亮，也没有人说话。只有席樾指尖夹着的燃烧的烟忽明忽灭，成为唯一的光源。他觉得它亮得有些吵，伸手在铸铁的栏杆上将烟按灭。彻底的黑暗，彼此的呼吸声清晰可闻。

“希言……”

“嗯。”

他好像在黑暗的水底，在虚无之中待了好久，本能地寻求暗流、氧气、光芒……或是其他能搅动这种死寂的一切。水面落下一片光亮，或许是月亮的，或许是行经的某种鱼类的。他想要靠近，可是又害怕，怕那片光亮是幻影，更害怕自己身上蔓生的青荇缠住它，叫它也窒息。他太擅长这种本性流露的“绞杀”，即便每回都是出于无意识。

沉默过于漫长，席樾已经丢失了时间的概念，只知道对面的人安静地在等待他的下文。然而，然而……

“祝你一切顺利。”终于，席樾开口。

一时间没有回应，片刻后，轻轻的笑声传来，黄希言说：“那我也祝席樾哥一切顺利吧。”

她跺了一下脚，灯亮起来。席樾下意识地眯住眼睛。黄希言指了指门：“我得进去了，还有东西没收拾好。”

“嗯。”

她伸手去掏钥匙，动作很缓慢。然后她转头看了他一眼，还是微笑着：“还有什么要跟我说的吗？”

“没有了。”他偏过头，错开与她对视的目光。

黄希言转过身去，将钥匙插入锁眼，旋动一下。门开了，她再次转过头来，看着他：“我明天一早就走，就不再专门跟你道别了。我到家后，会在微信上跟你们报平安……”她偏了一下头，好像在思考是否漏下了什么，片刻后，以玩笑的语气说，“我走了，你要好好吃饭啊！”

她发出很清亮的笑声，但是他没有看见两瓣月牙的形状。

“嗯。”

目送黄希言进门，席樾退后一步，站在紧闭的门扉前一动未动。过了一会儿，灯又熄灭。四面潮湿的气息袭来，似寒冷的水流向他涌来，将他紧紧地包裹。他再次陷入漫长的，没有光芒、暗流和氧气的，绝对的死寂。

第七章

浮冰和浮冰相触

大哥黄秉钧开他的奔驰S级座驾来接黄希言，黄希言赶在手机电量只剩下4%的时候上了车。她一面说“好险”，一面把手机连上充电器，掰正了冷气的吹风口，对准自己。

黄秉钧一身正装，清正儒雅。他帮黄希言把行李箱放进后备厢之后，折回前面上了车，坐入驾驶位，然后转头看了她一眼，注意到她脸颊上结痂脱落后的红印，问道：“这是怎么了？”

“不小心摔的。”

“这么大的人了，还这么不小心。”

黄希言笑了笑。在回去的路上，黄秉钧问她：“实习好玩儿吗？”

“还好，挺有意思的。”黄希言以为大哥难得对她的事情感兴趣，刚准备和他详细说一说，却被打断了。

“玩儿开心了，回来了就收收心，好好准备留学的事儿，别再气爸妈了。”

“嗯。”黄希言将头转过去看窗外，笑容渐渐淡去。

车开了不到五分钟，就有电话打进来，黄秉钧开始忙公事。在黄希言的印象里，大哥从来没有闲下来超过半天，永远不是在工作就是在出差。

黄秉钧大她十二岁，她读小学的时候，他已经去北城读大学了。这个年龄差，注定两个人很难发展出如同平辈的兄妹关系，更多的时候，黄希言觉得大哥是家里的另一个长辈，只是没有父母那么严厉。

大哥和姐姐只差了五岁，至少他们两个亲厚无间且平等得多。在能力方面，如果说姐姐是接近于完美，那么大哥就是完美的代名词。大哥一路全班第一，进入全国最好的高等学府，再顺理成章地去藤校（美国常春藤大学联盟）留学，回来后，进入崇城的红圈所（中国顶级的律所），七年不到的时间就坐到合伙人的位置。

这个电话结束后，没一会儿，下一个电话打来。在从机场到家里的四五十分钟里，黄希言没能和黄秉钧说到超过二十句话。黄秉钧把她送到家，没进屋喝一口水，就立即掉头回去加班。她推着箱子进了屋，偌大的客餐厅里只有住家保姆的身影。

“他们都不在吗？”

保姆说：“安言在楼上。”

黄希言拜托保姆帮自己把行李箱送回房间，便上楼去找姐姐。黄安言在房里聊工作电话。黄希言推开门看了看，没打扰姐姐，又下楼去了。

厨房里米饭和汤都是煮好了的，炒两个菜就可以开饭。现在是晚上八点多，早就过了饭点儿，长餐桌上只有黄希言一个人吃饭。

过了一会儿，姐姐打完电话下楼来，倒了一杯水，去黄希言的对面坐下。黄希言问：“爸妈呢？”

“爸有应酬。妈跟她的朋友约好出去玩儿了，说了会回来吃夜宵，你可以先少吃一点儿。”

“嗯。”

黄安言托腮看着黄希言：“哪天去学校注册？”

“九月一日。”

“那趁着还有两天休息，你帮我挑礼服吧。”

“好。”

“你脸上……”黄安言扬起下巴示意了一下。

“不小心撞到了。”

两人之间一阵尴尬的沉默。黄安言说：“你慢慢吃吧。”然后端着玻璃杯，起身到客厅的沙发那边去了。

吃完饭，黄希言回到自己的房间里收拾东西。她去时，行李箱只装了大半，而回来时，多了些赵露璐和其他报社同事硬塞给她的礼物，把箱子撑得满满当当。她将东西一样一样地拿出来，搁在床上或者地板上。门口有脚步声，黄希言转头看了一眼，是姐姐过来了。黄安言抱着手臂倚着门框，看着黄希言收拾，也不说话。黄希言有点儿摸不着头脑：“姐姐有什么话要跟我说吗？”

“没。”黄安言随手一指，“你同事送你的？”

“嗯。”

目光在那些东西上扫了一圈，黄安言又转身走了。黄希言把所有的东西归置完毕之后，突然意识到姐姐刚才过来究竟是想做什么，可能是想看看行李箱里有没有那件雕塑。

晚上十点多，母亲袁令秋和父亲黄仲勋分别回来了。夫妻俩碰面没有一句话，各自换了衣服坐到餐桌边。保姆端来夜宵，一人小半碗阳春面。

黄希言在浴室里洗了一把脸，将出去时，又折回，从浴室柜里寻到一根发圈，把头发绑成马尾，然后走去餐桌边，拉出椅子坐下。

袁令秋的目光扫过来，落在黄希言左边的脸上，微微地蹙了蹙眉：“屋里也不热。”黄希言当然明白袁令秋的下一句话是什么，因此什么也没说，但也没把头发放下来。

一会儿，姐姐也过来了。人到齐，大家动筷。黄仲勋面无表情，不怒自威。他先问黄希言留学的事儿准备得怎么样了。黄希言说：“我不想出国。”

“不出国，以你的这个第一学历，找得到什么好工作？”

黄希言垂着眼，默默地吃面。

“你已经快毕业了，对自己的未来一点儿打算也没有。安言在你这么大的时候，早就只等录取通知书了。”

大家一时无话，只有筷子碰到碗上的轻响。片刻后，黄仲勋又问："雅思过了吗？"

黄希言道："还没报名。"

"胡闹。"黄仲勋的声音平静得很，但自有一种压迫感，"这还来得及？"

一旁的袁令秋接腔了："来不及就来不及，大不了 gap 一年（在西方国家，中学毕业生推迟一年读大学而去旅行或体验生活）。你们黄家这么大的家业，还怕养不起她？"语调里透着三分嘲讽。

黄仲勋丢了一记冷眼："就是你惯出来的。"

袁令秋嗤笑一声："你趁早退休，自己管去。"

黄希言食难下咽。回家后的这一切——忙碌的大哥，从不亲昵的姐姐，相敬如"冰"的父母——过去二十年，黄希言与他们朝夕相处，已习以为常，今天黄希言却觉得出奇地难熬，迫切地想逃离。

黄希言将最后一口面囫囵吞掉，放下筷子："我吃饱了。爸、妈，你们慢吃。"她推开椅子，起身下桌。

袁令秋的声音跟过来："两个藤校生摆在家里，你硬是没有一点儿危机感。赶紧去把语言培训班报了，给我省点儿心。"黄希言当没听见。

开学后，大家一面忙毕业论文，一面担心起了前程。宿舍四人，除黄希言外，一人准备出国，一人备战考研，一人准备校招。准备校招的女生叫丁晓。这阵子，黄希言都在跟丁晓同进同出。

丁晓是普通家庭出身，家里有个弟弟，父母多少有点儿重男轻女。她性格内敛，是个不怎么爱笑的人，实则外冷内热。她的个子高挑，身材清瘦，五官生得不是很漂亮，但是组合起来让人感觉很有气质。三年来，学校里不乏追求她的人，但是她一次恋爱也没有谈过。

那一阵子，宿舍的另外两个舍友恋爱了，同是单身的黄希言和丁晓时常一起活动，也就渐渐走得更近一些。找工作不难，但是想找到心仪的工作不简单。两人忙了一个多月，皆无所获，时间一晃就到了国庆节后。

这天是周六，黄希言和丁晓去参加了一个校招的宣讲会。宣讲会到傍晚才结束，两人一起去校外吃东西。有一家鸭血粉丝汤味道不错，平常宿舍的姐妹们经常去吃。

点单之后，等待上餐时，两个人闲坐聊天儿。丁晓忽然想到什么，说道："我记得你以前不怎么喜欢跟我们出来到这种小餐馆吃饭。"

黄希言笑说："这次出去实习，吃习惯了，感觉还挺好吃的。"

不一会儿，服务员将两碗鸭血粉丝汤端上来。黄希言从手腕上取下发圈，将头发一把扎起。丁晓看了黄希言一眼："你最近好像扎头发比较多。"

"是吧？"黄希言笑着掰开方便筷，"扎起来方便。"

"你……不在意了吗？"

宿舍里大家同吃同住，都知道黄希言有胎记的事儿。大家很礼貌，好奇归好奇，但毕竟是大学生，又是同学，不会对此有异样的目光。

"没以前那么在意了，甚至在考虑要不要去做激光手术去掉。"

丁晓端详着黄希言："我觉得你实习回来之后变化很大。"

黄希言开玩笑地说："变黑了？"

丁晓难得地被黄希言逗笑了："说实话你别介意。你以前，除非是洗头洗澡，否则不会当着我们的面把头发扎起来。"

黄希言微一恍神："因为有人说，这很特别。"

"是挺特别的。有句俗套的话你听过吗？这是上天亲吻过的印记。"

黄希言笑着搓了一下手臂："我身上连鸡皮疙瘩都起来了。"丁晓耸耸肩。

"如果它长在其他地方，我就考虑去文身。脸上的话……好像太特立独行也不好，是不是？我怕找工作没人要。"

"那你去做激光手术吧。"丁晓挑了一箸粉丝，"我陪你去？"

"我想找到工作再去，当奖励自己的。"

"我一直以为你会选择出国。"

"家里是想让我出国。"

“家里支持的话，你为什么不去呢？这种末流 211，新闻又不是学校的优势专业，我们出去以后不是很好找工作。”

“我想先独立，自己挣钱。少挣一点儿也没关系，我可以吃苦。”

丁晓顿了一下，正色道：“你家是不是破产了？”

黄希言笑了：“那丁晓姐姐会资助我吗？”

“我也养不起你啊！”丁晓又问，“你想没想好去哪里工作？”

“反正不留在本地。”

“为什么？大家挤破了头，就想留在崇城。”

黄希言笑说：“家里破产了，一堆债主，我当然要跑得远远的。”

“谁信呢！”

吃完饭，两人步行回宿舍。一进门，一位室友对黄希言说：“希希，有你的一个快递。我拿快递的时候正好瞟到了，就给你带回来了。”

黄希言道了一声谢，走过去，看见自己床下的桌子上有好大的一个顺丰速运快递箱。她感到疑惑，自己最近并没有网购什么啊，于是低头去看，看见寄件人的名字，瞬间愣住。

丁晓顺口问了一句：“网购的化妆品？”

“不是……”黄希言从笔筒里抽出美工刀，沿着缝隙划开透明胶带，拆开了纸箱。

里面的东西上包裹着好多层泡沫纸，黄希言一层一层地拆，拆了好半天，终于拆完泡沫纸，结果里面还有一层夹棉的绸布。等她将绸布也揭开，终于露出“庐山真面目”——那个“肤浅的漂亮”的少女雕塑。

雕塑的角、手指和关节这些容易破损的地方，额外单独包了一层。那么远寄过来，雕塑分毫未损，只洒落了一些金粉，沾在了少女的脸颊上。黄希言把它关节各处的包装也拆除，小心翼翼地将它拿出来。丁晓瞥到了，赞叹道：“好漂亮。”

黄希言用两只手轻轻地托着，将雕塑放在台灯旁边。她在椅子上坐下，交叠着双臂，趴在桌沿上，静静地观赏。

丁晓凑过来："你买的？"

"不是，是别人送的。"

另外的室友也被吸引过来，围着雕塑欣赏，问黄希言："能在淘宝以图搜图找到同款吗？我好喜欢啊！"

"应该搜不到，是他自己做的。"

"哇！太厉害了！"

黄希言将下巴抵在手臂上，微微笑着。回来一个多月，她很少让自己闲下来去想席樾。离开前的那一晚，那阵短暂的黑暗里，他们相对沉默时，自己的心脏所承受的灼痛感，她每想起一次，就会再经历一次。自看到快递单上的那个名字时，她就开始难过。难过到除了微笑，她摆不出其他的表情。有多想他，她没办法对任何人说。

国庆节前后，蒋沪生接到席樾的电话。席樾准备回深城了，委托蒋沪生帮忙叫个保洁，把自己租住的公寓打扫一遍。蒋沪生嘴上吐槽这位祖宗会使唤人，实际上挂断电话后立即行动，请了两个保洁，买断六个小时，亲自监工，确保把公寓打扫得跟新的一样。

席樾回来的当天，蒋沪生抽出时间亲自去机场接人。席樾穿了一件黑色的连帽卫衣，推着一只同样黑色的行李箱。高挑，清瘦，一张清俊出尘的脸，又是寻常男性群体中少见的中长发，席樾走在人群里很难不显眼。但席樾的气质太过清冷，旁边虽有女人在看他，但不敢招摇地目视，只是偷偷地瞄着。

蒋沪生站在到达口，远远地就看见席樾，招了招手。两人上了车，蒋沪生问席樾："离吃晚饭还有一会儿，要不先把你送回家去歇歇？我还得去一趟工作室。"

席樾没什么异议。蒋沪生将手腕搭在方向盘上，转头看席樾，笑说："怎么就想通了回来了？我还以为你就打算在那穷乡僻壤待一辈子呢。"

席樾这一路舟车劳顿，本来就疲乏，不想搭理蒋沪生的调侃。蒋沪生也不在意。跟席樾相处了这么多年，蒋沪生很了解席樾的脾气。

上车的时候，蒋沪生的手机就自动连上了carplay（一款车载助手），续播音乐软件的歌单，他跟着哼了两句，对席樾说：“哦，我上回出去吃饭碰到秦澄了。她好像脱单了，你知道吗？”

“知道。”

蒋沪生很惊讶：“你是怎么知道的……哦，秦澄给你打过电话了？”

席樾瞥了蒋沪生一眼，一副“你还有脸说”的表情。蒋沪生哈哈大笑：“这不挺好吗？我也算是解救了一位苦主。”

席樾住的公寓离他和蒋沪生合伙的工作室不远，是两居室的大套间。其中面积更大、方向朝南的那一间是书房，有一扇很大的落地窗，经人打扫，窗明几净。

进屋后，蒋沪生指着堆在书房地上的二十来个大大小小的瓦楞纸盒：“你寄回来的东西全给你堆在这儿了，点一点缺没缺。下回您老出去散心归散心，带个速写本就得了。带这么多东西，跟搬家有什么两样？”

蒋沪生在屋子里逛了一圈，继续说：“水电费、燃气费、网费都给你续上了。你把东西收拾好，有那个心情了，最好还是去工作室瞧一瞧。我们招了几个新人，你有空儿搞两节培训课程吧。你自个儿呢，什么时候想接单了就接，我不催你，但工作室肯定得运转下去，那么多人等着吃饭呢。”他伸个懒腰，又道，“好了，我回去了，这半天净给你鞍前马后了……”

席樾喊住蒋沪生：“等等。”

“咋了？”

“上回你说的那个项目，对方跟谁定了？”

“还没定呢。中途他们游戏中的世界观设定改了，耽误了一些时间。”

“你去问问。”

蒋沪生愣了一下：“什么意思？你准备接了？”

“嗯。”

蒋沪生大喜过望："怎么，还是觉得钱多心动吧？"

席樾懒得理他，从裤子口袋里掏出手机，低头操作了一会儿，又将手机按灭揣回去，自己进浴室洗澡去了。

蒋沪生的手机响了一声，是微信提示，他解锁滑开一看，席樾给自己发了一幅画，署名下面的日期是一周前。蒋沪生匆匆扫了两眼，不由得赞叹了一声。

席樾是业内公认的顶尖水平原画家，但要说他的作品十全十美，那也不是。绝大部分人认可他扎实的功底和高超的技巧，但也不乏觉得遗憾的声音：有人觉得他的画就是太工于完美，缺乏一点儿随心所欲的缺憾或留白。

用一些人的话来说，席樾像个通过了图灵测试的绘图 AI（人工智能），他的画里所展现的情感，像是一种用算法演算出来的结果，模仿人类，但并不是真正的人类。当然，这些"反调"只在少数，且都是善意的，是对席樾精益求精的更高要求。单就席樾的技术而言，业内能与之比肩的也就寥寥数人。

蒋沪生知道这些论调，也认同他们的说法，但没怎么在意过。他以为席樾也并不在意，但从刚才发给自己的这幅画来看，席樾是在意的。并且，可能席樾的瓶颈，就是技术臻于化境，再无更进一步的余地，只能从其他层面寻求突破。

这幅画是场景大图，废土朋克风格：一个身背火箭弩、一条腿是机械义肢的女孩儿站在高高的烟囱上远眺。其目之所及，是工厂的废墟，四周是黑压压的尘雾，不见天日。唯一的亮色，是明显违背常理但极具艺术美感的一束光。那束光打在女孩儿的身上，光里尘埃飘浮。女孩儿戴着简易的防毒面罩，只露出一双眼睛——也是整幅画的"眼"——是倔强到极点的野兽般的眼睛。

席樾在这幅画里，舍弃了过去一些过于追求细节完美和写实质感的技法，只用色块表现素描关系和固有色，真正点睛的地方在于做了更精细一些的刻画，比如眼睛。

蒋沪生对这幅画第一眼的整体感觉，是它有很强的呼吸感、流动感和情绪性，这是席樾之前的画作所没有的。蒋沪生惊叹之余，也很感慨，天才就是天才，一旦突破瓶颈，就能再度将那些质疑自己的人远远地甩在后面，一骑绝尘。

蒋沪生的声音追过去："你这突破也太大了！牛啊席神！"他乐得吹了两声口哨，"我再去跟'甲方爸爸'谈谈，问问他们的意思。我先走了啊，晚饭的时间过来找你。"

蒋沪生了解席樾。席樾在工作方面一贯有始有终，不会撂挑子不干，绝对百分百按对方的要求完成任务。可能这是席樾唯一不那么艺术家脾气的地方，能把服务他人和个人创作的界限分得很清晰。

下午六点，蒋沪生来找席樾，请他吃饭，给他接风洗尘。附近就是写字楼的商圈，不缺各种食肆。蒋沪生其实不怎么喜欢跟席樾一起吃饭。这人对美食没概念，多好的餐厅，多美味的佳肴，摊上席樾也是浪费。但蒋沪生是个不愿意委屈自己的人，首要还是得自己吃得开心，于是慷慨地选择了最近私藏的一家素食餐厅与席樾分享。

这家餐厅没有菜单，按节气做主题菜，最近刚更新了"寒露"的主题。餐前茶点是铁观音、乌梅饮和店里自创的"醍醐三味"，凉菜是鸡枞菌、竹毛肚，餐前一道椰青秋润汤，主菜分辛、咸、酸、辣四味，甜品是蜂蜜桃胶炖雪莲。

蒋沪生喝着乌梅饮，闲散地坐着和席樾闲聊："住在你楼下的那个小姑娘实习结束了吧，也回家了？"

"嗯。"

蒋沪生笑说："该不是因为她不在那儿，你也就不待了吧？"

席樾的睫毛颤动了一下，神情中透出些许黯然。蒋沪生瞥了一眼，揣摩席樾这个表情的意思："不是吧，还真是因为她？"席樾的神情好像介于懒得理他和默认之间。

蒋沪生略感心虚地笑了笑："兄弟，罪过。早知道你陷得这么深，我就不该多管闲事儿。"

席樾蹙眉看着蒋沪生："什么意思？"

蒋沪生就把上回自己回深城之前规劝黄希言的那件事儿告诉了席

樾："我真没恶意，就是希望小姑娘知道你是个什么情况，最好想清楚一点儿再做决定。"

席樾的声音清冷，里面没什么情绪："你也没说错。"

如果说前面还是玩笑调侃，但席樾的这一句，蒋沪生是真的品出了很不一般的意思："那你们现在是什么情况？"

席樾没作声。蒋沪生是个人精，看表情就知道两人多半没成，估计再问下去，席樾就得不耐烦了，但自己又架不住好奇心："你跟她表白被拒绝了？"

果真，席樾老大不耐烦地皱眉："跟你吃顿饭怎么这么烦？"

蒋沪生耸耸肩："老子出钱，你烦也得忍着。"

席樾不说，蒋沪生也不能拿他怎么样，但是看热闹不嫌事儿大，拱拱火也是好的："我看你们楼下开超市的那个小子也挺喜欢她的。他俩怎么样了？"

"……"席樾这一下是真的不高兴了，"我请客，你闭嘴行吗？"

蒋沪生哈哈大笑。过了一会儿，凉菜先端上来。蒋沪生等着席樾点评两句，因为这家餐馆的摆盘都极富禅意，自己喜欢得紧，可没想到，席樾很没情趣地直接动筷了。

"啧！艺术家。"蒋沪生嘲讽道，自己也提了筷。

蒋沪生抬眼，注意到席樾拿筷子的手："你手指上的是什么东西？"

席樾手顿了一下："这儿？"

蒋沪生凑近一点儿，看清楚了。席樾右手食指的指背，靠近第二个指节的地方，文了很简单的两个小写字母——xy。

蒋沪生嘲笑道："你可真自恋，还文自己的名字……"

笑着笑着，蒋沪生笑不出来了。他恍然大悟，这不是席樾的名字。

宿舍十一点熄灯。熄灯之后，大家都没睡。一个室友誓将笔记本电脑的电量耗尽，一个室友在阳台和男友聊语音电话。黄希言和丁晓已经爬上了床，两人的铺位在同一侧，两张床挨着，用床帘隔开。

黄希言在床帘制造的完全的黑暗里睁着眼睛，毫无睡意。她小声地问："丁晓，你睡了吗？"

"没。"

"我可不可以过来找你说话？"

丁晓笑了一声，揭开了自己这边的床帘。黄希言越过床头的护栏爬过去。丁晓的床帘里放了一盏充电台灯，枕头边盖着一本翻开的书。她将台灯放到脚的那一边，腾出一点儿位置。不过八十厘米宽的单人床，很挤，两个人只能坐着，像挤在帐篷里。

丁晓问："你想说什么？"

"我问你一个问题。假设有个你很喜欢的人，但你和他没有可能，你会选择和他彻底断绝来往吗？"

丁晓看着黄希言，一副思索的模样："是送你雕塑的人？"

"嘘！"黄希言笑了，"有这么明显吗？"

"你收到快递就开始魂不守舍。"丁晓沉吟了一下，说道，"你问的问题在我的知识盲区啊，我又没谈过恋爱。要不你问她们？"丁晓朝着床帘外扬了一下下巴。

"我说不出口。"

"那我帮你说。"

黄希言赶紧拦下："别别，就当我没问过好了。"

"那你还要听听我的建议吗？"

"你说吧。"

"如果是我，会保持普通朋友的正常联系，毕竟朋友圈点赞又不要钱。"

"他没有朋友圈……"

"他是老古董吗？比你大很多？"

黄希言笑了："不是……不用管他，你继续说。"

"说完了。"

黄希言睁大眼睛："有更具实操性的建议吗？"

"给他发个微信，说你收到快递了。"

黄希言夙成一团："我发过誓，不会主动找他，主动发消息很打脸。"

"这是基本的礼貌。"

"丁晓姐姐，你再多说两句，你快要说服我了。"

丁晓笑了："眼一闭，消息就发出去了，你越想越犹豫。你现在就把手机拿过来。"

"不不不，我还是再想想吧。"

丁晓耸耸肩："恕我多嘴问一句，你们是因为什么不可能？他有女朋友了？"

"没有……是我家里的一些原因。"

"哦，世仇？"

黄希言笑了："这么说吧，假如我跟你前男友在一起了，你会跟我绝交吗？"

丁晓几乎没思考就回答："虽然我是'母胎 solo'（指没谈过恋爱的人），但是，会。"

"所以……"

"每个人的想法不同吧。如果爱情和友情注定只能二选一，我会选理论上比较长久的那一个。我更相信友谊。"

"那……亲情和爱情呢？"

丁晓看着黄希言："恕我直言，无意冒犯，你不是和我一样无所谓亲情不亲情吗？我找男朋友不会管家里同意不同意，因为他们不配。"

黄希言沉默了。

两天后，黄希言还是没有给席樾发消息。丁晓说得对，越想越犹豫。错过了刚收到快递的最佳时间，拖延了两天，黄希言彻底没勇气发了。

周三，丁晓有早课。她大二有一门选修课挂科，大四重修补学分。黄希言也被丁晓的闹钟吵醒，下意识地摸枕头边的手机，眯着眼睛看时间，才早上七点。黄希言想再睡一会儿，但丁晓起床之后，陆陆续续的各种声响让黄希言睡不着了。

黄希言再度拿起手机，通知栏里有新微信消息的提醒。她解锁后点进去，以为自己看错了，愣了一下，揉一下眼睛，确定浮在消息列表最上面的，仅次于被置顶的“文件传输助手”的，是席樾的名字。她拉起被子盖过头顶，低着头，把手机藏在被窝里，手指在屏幕上停了一下，才点开来。

只有一句话，发于凌晨十二点半，席樾问她：“快递收到了吗？”

其实那个快递的收件地址很不详细，填的是“新闻学院”。他们学校的新闻传播学院院楼和宿舍很近，快递点都在同一个地方，因此席樾的快递才能顺畅寄达。

黄希言不知道席樾是不是担心没有精确到宿舍楼号，以致寄丢快递，才要跟她确认。或者，她能不能把这个问题想得更复杂一点儿？

黄希言好久没有动作，在犹豫该不该回复的过程中把被子里的氧气耗尽了。她探出头来，呼吸新鲜空气，心里平静不下来。好半天，她才再度解锁手机，回复道：“收到了！你费心了。”

黄希言上午没课，眼下彻底睡不着，干脆爬起来，想做一点儿论文的文献综述。丁晓已经洗漱完，背上背包，小声说：“我上课去了。我们中午一起吃饭？”

“好，等你回来。”

丁晓挥挥手，开门走了。另外两个室友也陆续起床，一个出去跟男朋友约会，一个去泡图书馆刷题。

上午九点，宿舍里就剩下黄希言一个人。她一手捏着打印出来的参考论文，一手执荧光记号笔，三心二意地看两行画一行，实际上并没有看进去。她用手指不断地在手机屏幕上滑动，刷新聊天儿界面，但一直没有新消息。席樾是不是还在睡觉？她心浮气躁得不行，干脆将手机调成静音，反扣在桌面上。

总算勉强看完整篇论文，黄希言把有用的信息复制进文档，记载了来源。目光一斜，她看到手机，犹豫了一下，将手机拿了起来。通知栏有新消息了，一时间她如受到鼓动一般，赶紧解锁。

此时是十点半左右，十分钟前，席樾回复：“没寄丢就好。”俨然没有多余的话。

她有点儿不知道怎么回复。席樾的这条消息好像不需要她回复一样，是话题结束式的语句。她叹了一口气，把脑袋轻轻地靠在桌沿上。头发滑落下来，将眼睛遮住，即便如此，她还是从发丝的缝隙间看见手机屏幕亮了。她愣了一下，赶紧再拿起手机。

席樾问："有损坏吗？我保价了。"

黄希言在这边不自觉地笑了一下，回复道："没有，完好无损。"

她顿了一下，又发过去一句："谢谢。我走的时候完全忘记了这件事儿。"

她看见"正在输入"的提示，等了一下。席樾又问："在上课吗？"

话题没有预警地转入日常生活领域，黄希言瞬间犹豫起来。她在对话框里删删改改，好一会儿才回复："我今天没课，在做文献综述。"

席樾："是不是开始准备申请国外的大学了？蒋沪生说答应过你，在这方面可以帮你的忙。"

黄希言："没有。我在参加校招，想要直接工作了。你帮我谢谢他，好意我心领了。"

隔了一会儿，席樾才回复道："好，我帮你转达。"

这即是丁晓所言的普通朋友的正常联系吗？黄希言不知道，只知道和普通朋友之间自己才没有这么字斟句酌的谨慎感。

好像话题已经结束了，若再往下聊，是该由自己继续吗？黄希言没想到该说什么。正当她犹豫的时候，去图书馆的室友来了一个电话，问她可不可以帮忙把书架上的某本专业课教材送过去。

黄希言被这一打岔，就先没回复席樾的消息，找到书给室友送去。而丁晓也下课了，黄希言就和丁晓会合去吃中饭。可能是黄希言没有回复的缘故，席樾也没有再给黄希言发消息。

十一月，发生了两件好事儿。一件是黄希言和丁晓相继找到了工作，丁晓进了本地的电视台，黄希言签了南城的一家很具规模的自媒体工作室，薪资待遇相对可观。另外一件是赵露璐生宝宝了，是一个女孩儿。赵露璐在微信上报喜，黄希言答应等孩子办满月宴时过去看她们母女。

找到工作，签订了三方协议，黄希言心里的一块大石头总算落地了。工作室那边问她要不要先去实习，可以直接抵试用期。如果实习期间表现好，等她毕业，就可以以正式员工的身份入职。黄希言只有周一和周二有课，南城离崇城不远，乘高铁两个多小时，这样每周来回一趟，负担并不重，她就答应了那边实习的事儿。

黄希言花掉一周多的时间去南城找好了房子，离工作地点的地铁站只有五站，是一个面积不大的一居室，房租每月三千元。实习期工资不高，不够抵扣房租，如果跟人合租，负担能小一些，但黄希言不习惯跟陌生人一起住。她从小到大存下来不少零花钱，哪怕暂时没有进项也没关系，宁愿住得贵一点儿。

和工作室定下入职日期后，黄希言就搬过去了，走的时候，特意将那尊雕塑细心打包寄过去，摆放在出租房卧室的书桌上。

住的地方面积很小，但她花了很多心思收拾，更换桌布、地毯、台灯……一切自己喜欢的大小物件。她每天最期待的，就是下班回家，拧亮落地灯，点燃茶几上的香薰蜡烛，窝在沙发上听歌单上自己精挑细选的歌，腿上架着笔记本电脑，处理未完成的工作。

十一月底，到了黄安言订婚的日子，黄希言不得不回家一趟。黄希言打小就不喜欢这种全家齐聚的场合，每次都要看父母在众人面前演技精湛地表演鹣鲽情深的戏码，而更免不了的是，三兄妹总要被放在一起比较，她也总能感知大人的话语里没有明言的，对黄家老幺泯然众人的惋惜或嘲讽的深意。不过，她终归不是主角，话题只在她的身上打个转，她忍忍也就过去了。

订婚宴在一家星级酒店的宴会厅举办，来的人不多，只有两家最交好的亲友。黄希言最近借口写论文比较忙，很少回家。袁令秋逮到碰面的机会，当然要过问黄希言申请留学的进度。黄希言不想在这种场合跟家人争吵，又不想撒谎，只说还在准备。

袁令秋很不满意，盯着黄希言看了一眼："参加你姐姐的订婚宴，你也不知道把头发放下来。是有多热，非得把它露出来？”黄希言怔了一下。另外一边黄仲勋喊了一声，袁令秋顷刻换上笑脸走过去了。

衣香鬓影，觥筹交错，这样的场合，黄希言混在其中，总有打量的目光落在她左侧的脸上。黄希言勉强维持微笑，直到姐姐也端着一杯红酒过来，将手搭在黄希言的肩膀上，笑容满面地凑到她的耳边，低声说：“希言，你要不要换个发型？”

黄希言不动声色地避开了姐姐的手，笑一笑说：“我去一趟洗手间。”

洗手间的镜子里映出一张黯然的脸。黄希言的头上绑了一根墨绿色的发带，搭配她今天穿的礼服。她微微侧了侧脸，踌躇地伸出手指，轻轻地在上面触摸了一下，有片刻失神。

她抬起手，准备将发带拆下，手包里的手机响了。她拿出手机来看，是一个归属地显示为深城的号码。电话接通的瞬间，她又不由得将手机拿远了，因为对面的声音实在太吵。

“希言妹妹，在学校吗？出来吃夜宵啊！”这是蒋沪生的声音。

黄希言很意外：“你来崇城了？”

“我过来参加个讲座，这边离你们学校不远，你出来碰个面呗。”

“我现在不在学校，跟家里人在外面吃饭。”

“出不来？”

“可能是的。”

“太可惜了。”

黄希言顿了一下，问道：“只有你一个人吗？”

对面传来笑声：“不然还有谁？”

黄希言沉默，又听到那边笑得更开心了。蒋沪生笑了片刻才说：“不逗你了。在电话里打个招呼呗？”

黄希言愣住，心脏停跳了一拍。在她沉默的一霎，电话里的声音已然是不同的音色：“希言。”

黄希言短暂失神。她的名字被席樾喊出来，似乎有不同的意味，不知道是不是她的错觉。她回过神来，忙问道：“你们过来工作吗？”

这简直是问了一句废话。席樾却耐心地回道："蒋沪生在这边做校招，我来帮忙。"

"崇城美院吗？"黄希言笑说，"那离我们学校确实蛮近的。"

"嗯。所以你有空儿出来吗？"

从这语气，到言辞，再到他这个人，她想不出拒绝的理由，然而她还是犹豫了，有种想见又不敢见的情怯之感。

"姐姐今天订婚，我擅自离开可能不太好……"

"没关系，下次有机会咱们再见。"

"你们什么时候离开崇城？"

"明天。"

"哦……"

好像无意使她为难，席樾又说："我们没提前问过你，不知道这么不凑巧。那先不打扰了。"

"嗯……"

那边安静几秒，道了一声："拜拜。"

黄希言说："拜拜。"

她一直将手撑在洗手台的大理石台面上，因撑得太久，待电话挂断，后知后觉地感觉到从掌心传来一阵凉意，这才收起手。她走出洗手间。华丽耀眼的水晶灯将金碧辉煌的宴会厅照出一种没有温度的浮华。

黄希言满场巡睃，找到大哥黄秉钧，走过去跟他说自己身体不适，想先离开了，可否等宴会结束的时候，请他帮自己跟姐姐说一声，自己不想现在打扰，怕扫了姐姐的兴。

"我派个车送你回去？"

"我……我不回家。明天有早课，我直接回学校。"

黄秉钧不甚在意地点点头："那你自己叫车？路上注意安全。"

向来不缺礼数的大哥要送她到门口，她婉拒了，笑说："你多陪陪大嫂。"

大嫂七月有身孕了，此时正是孕早期（前三个月）。大哥和大嫂没有声张，加上黄希言开学以来很少回家，且对家里的事情疏于关切，因此今天和大嫂碰上面才知道此事。

黄希言取回自己来时穿的一件御寒的兔绒外套罩在礼服外，去门口打车。十一月底，崇城入夜已是相当寒冷，黄希言坐在出租车里，寒气沿着高跟鞋往上蹿。她将两手团起来，呵着气。

到了学校，黄希言先回宿舍换衣服。推开宿舍门时，随着里面温暖的空气而来的，是三位室友好奇的打量。

一位室友笑说："原来希言真的是富家小姐。"

黄希言窘迫地道："不准嘲笑我。"

黄希言从衣柜里找出一身暖和的衣服换上。丁晓问黄希言："还要出门？"

"嗯。"黄希言凑到丁晓身边，小声问，"你去吗？吃夜宵。"

丁晓拿"你不对劲儿"的眼神看着黄希言："跟雕塑家？"

黄希言一副默认的表情。丁晓笑着揶揄道："那我为什么要去？外面那么冷，我那么亮。"

黄希言笑了。丁晓眨了一下眼睛："那你今晚还回来吗？"

黄希言笑着打了一下丁晓的肩膀："给我留门，你不许睡！"

"好冷的！你自己带钥匙，乖。"

黄希言出了宿舍楼，看了一眼时间，现在是晚上十点，宿舍十一点熄灯。她站在楼前的檐下给席樾发了一条消息："你们夜宵吃完了吗？我回学校了。"

很快，席樾回复："还没。你过来还来得及。"他发给她一个定位，是和崇城美院一街之隔的某家烤鱼店，步行一千五百米。她考虑了一下，决定打车。

司机把黄希言放在路口。从这里走进去就是美院的美食街，她以前和室友去美院看毕业展的时候来过这里，跟着手机的导航走，不难找。

长长的路把沿街的灯火连起来，她好像回到了夏天，从报社到出租房回家的路，也是这样的灯火，让人感觉亲切又温暖。

导航显示离目的地只剩下十米，黄希言抬眼张望，没有费力就看见了在闪烁的霓虹灯招牌下的席樾。他一只手拿着烟，一只手拿着手机，正低头看屏幕。他穿着一件很宽松的黑色防风夹克，下身是工装风格的黑色收脚裤，脚上是一双黑色马丁靴。他整个人似乎从繁华和热闹中抽离，清冷得很醒目，唯独偏白的皮肤被灯光染上一些暖色。

黄希言刚准备打招呼，席樾突然抬起头来，两个人隔着灯火相望。过去一个很漫长的瞬间，黄希言笑着招了一下手，走过去。席樾将手机揣进外套的口袋里，又灭了烟，低头看她的时候，脸上有笑意。

黄希言在离他几步远的地方停下，指一指里面："蒋沪生在里面？"

"其实……"

黄希言抬头看着席樾。他的脸上有犹豫的神色，他轻声说："刚刚散席了，蒋沪生有事儿，先回去了。"

黄希言没有多想，点点头。席樾看着她，问道："你饿吗，吃点儿东西？"

"那你送我回去吧。"

席樾一愣。黄希言笑了："不是……我的意思是，我们散一下步，你送我过去。我们宿舍十一点关门。"

席樾拿出手机看了一下时间："走吧。"

并肩而行的时候，两人却都沉默了。席樾将一只手揣在外套的口袋里，无须刻意，微一低头就能看见黄希言。她穿着白色的套头毛衣、天蓝色的牛仔裤，裤脚挽起来，脚上是马丁靴；头发是束起来的，用一条墨绿色的发带绑着，露出小巧的耳朵、柔和的侧脸轮廓，以及左侧脸上的青黑色印记——有着直击他审美的一种特别的感觉。

席樾抬起手碰了一下鼻尖，正准备说点儿什么，黄希言先开口了："你们是什么时候到的？"

"昨天。"

"明天就回去吗？"

"嗯。工作室那边有点儿事情。"

“你回深城了？”

“嗯。”

“原来你回去了。我还以为……”

席樾低头看她，露出疑惑的神色，等她把这句话说完。她却摇摇头，笑说：“没什么。”

黄希言想说，她以为席樾寄来那尊雕塑，是要跟她把一切都交割清楚的意思，现在才知道，可能是他搬家，不方便携带。

又是一阵沉默，席樾看着黄希言用手抓着斜挎包的带子，走路时发尾荡了一下，隐约露出白皙的后颈，她呼吸时，呼出一团薄薄的白气，又一下被冷风吹散。他们之间，缺失一个秋天，再见面有恍惚的失真感。

席樾出声：“你之前说在准备校招。”

“哦，我已经找到工作了，在南城，一个自媒体工作室。”黄希言笑说。

“定了吗？”

“签过三方协议了，基本算是定了吧，有更好的去处再说。我已经在那边实习了，工作氛围我还挺喜欢的。”

席樾点头，脸上写着“那就好”。黄希言问他：“你呢？恢复正常工作了吗？还回老家吗？”

“接了一个项目，暂时不会回老家。”

“我倒是可能再去一趟。”

席樾看着她，一瞬间目光沉了两分：“因为何霄？”

黄希言笑着摇头：“之前实习的报社有个和我关系很好的同事，她生宝宝了，我去看一下。”

临近大部分学校宿舍关门的时间，路上好多匆忙回校的学生。他们两人在灯光和树影交错间不紧不慢地走着，偶尔踩到地面上枯黄的梧桐叶，发出清脆的一声响。

黄希言回神的时候，已经到学校门口了。校门外有一家便利店，她转过头笑说：“我去买明天的早餐。”

她推开便利店的门，温暖干净的空气扑面而来。在洁白明亮的灯光下，她又悄悄看了一眼席樾。他好像比夏天的时候长“胖”了一点儿。用“胖”这个词不准确，因为他之前过分清瘦，现在这样看起来健康很多。当然，他远可以再“胖”一点儿。

便利店很应季地上架了一些热饮。黄希言拿了两瓶小瓶装的大麦茶，挑了面包和一瓶纯牛奶，去结账。

走出店外，黄希言顺手就将一瓶大麦茶递给席樾。席樾接过的时候，她隐约看见他右手的食指上多出一个刺青。他拧开瓶盖喝了一口大麦茶，把瓶子拿在左手，将右手揣进衣服口袋，没给她仔细看的机会。

黄希言说：“送到这里就可以了。”

“送你到楼下。”

黄希言垂着眼，假意去开大麦茶的盖子，转身往校门口的方向走。临近宿舍关门，路上只剩下从图书馆匆匆往回赶的学生和抓紧每一秒钟腻歪的情侣。

从美食街过来的这一路，两人沉默居多。他们的对话像水面上的浮冰相触，真正想说的话都在水下。

黄希言听见席樾出声：“能帮我一个忙吗？”

“嗯？”

“我回深城的时候东西很多，没有全部打包，漏了两本速写，你回去的时候能不能帮我带回来？”

“好啊！”黄希言笑说。然而她心里远远没有脸上这么平静，因为她听出了他话里的弦外之音。如果他真的那么急用，可以拜托张阿姨寄那两本速写，经自己倒手再寄快递，反而麻烦吧。

又一阵沉默结束，黄希言再抬头的时候，树影遮蔽下的宿舍楼已经近在咫尺。她走到台阶前，停下脚步，转身对席樾笑说：“到了。”席樾点头。

“那祝你明天一路顺风。”

“嗯。你进去吧，早点儿休息。”

“你回去注意安全。”

席樾再点一下头。黄希言倒退着上了两步台阶，刚想转身，席樾又喊她：“希言。”

黄希言停步，看着他。当下，席樾与站在高两级台阶的她平视着。她因此看见，他迎着宿舍楼门口的灯而站，身上有种萧疏的寂寥，眼睛是清亮的。他说：“其实，我跟蒋沪生早就散席了，我是从宾馆过去的。”

黄希言愣住。为什么在分别的时候，一句话就把她的心情一下子搞得乱七八糟？

背后宿管阿姨在催促：“赶紧进！要关门了！”

心里慌了一下，黄希言转身就往里走，待走到了楼里，才反应过来，回过头。席樾还站在原地，空旷的楼前，昏黄的灯光下，好像就是在等她回头。他向她挥了一下手，退后一步，转身走了。长长的影子在他的身前，他走过去像在追逐它。

第八章

心跳是脚步写诗

黄希言如期去了赵露璐家，进门后，先将行李箱打开，拿出给赵露璐的小宝宝买的各种礼物，从衣服、玩具到零食，林林总总，铺了一地。

赵露璐笑说："你这是把超市都给搬来了。"

"不知道宝宝喜欢什么，就都买了一点儿。"

"你考虑得真周到，也挺长远。"赵露璐笑说，"她才多大一点儿，不知道什么时候才用得上这些。"

"那就先保存起来。"

"你看我这屋里还有地方放吗？"赵露璐将墙根处堆的大包小包的礼品袋指给黄希言看。

黄希言是趁周末过来的，只留宿一夜。赵露璐很想让黄希言住在家里，但现在家里除了父母，还有一个育儿嫂，实在腾不出床位，又不可能让黄希言睡沙发。黄希言早料到了这点，已经给自己订好了宾馆，让赵露璐不要操心。

吃过午饭，给宝宝喂过奶，赵露璐闲下来，跟黄希言去书房聊天儿。赵露璐家的书房是阳台隔出来的，视野很好，屋里烧着地暖，冬天也不会冷。交代过近况，赵露璐不免会问到黄希言最近跟"邻居"

怎样了。

“还有接触，不过应该不会有什么进展。”

“你上回可是说过，这回见面会告诉我为什么的。”

手边的茶杯飘着热气，黄希言用手握住茶杯，低头笑了笑，还是决定信守诺言：“因为他是我姐姐的前男友。”

赵露璐露出“吃瓜”（形容围观）的表情：“刚分手的那种？”

“初恋那种。”

“那我还是劝你放弃吧。”

黄希言笑说：“你上回还说，只有不能原谅的错误，没有不可以去爱的人。”

“我是比较重视亲情的人。如果当时我爸妈反对我和现在的老公在一起，我可能也不会坚持跟他在一起。男人这种东西，真有那么无可替代？我觉得也不是。”

黄希言又道：“但是，我觉得他是不一样的，和其他人不一样。而且……我家和你家的情况也不大一样。”

赵露璐耸耸肩：“你看，你不是已经有主意了吗？”黄希言怔住。

“我下面说的可能不贴切，你随便一听。我怀孕前，千怕万怕的，觉得自己远远没有做好准备去背负生养另外一条生命的责任，但真的怀上了，好像也就那样，很平常地就过来了。你跟你邻居的感情，还没到搞出一条人命那么沉重吧？若真的喜欢，那就冲吧。现在后悔和将来后悔，我会选后者，因为将来的事情谁也说不准。”

黄希言笑说：“我只觉得你的比喻听起来很不对劲儿。”

晚上吃过饭，黄希言离开赵露璐家，把给郑老师的礼物留下，委托赵露璐转交。黄希言回到之前的住处去找张姐拿钥匙，先路过何霄家的超市，但进去一问，何霄不在。何父说何霄在补课，黄希言就把给何霄准备的一份礼物留给了何父。

茶馆里，张姐已等候多时。冬天天冷，门窗紧闭，屋里烟熏火燎的，很不好闻。张姐带黄希言去后面的房间，笑说：“没想到你还会过来。你该提前通知我的，我还可以请你吃顿饭。”

“以后还会有机会的。”黄希言笑说。

“那你看看，是你自己上去找，还是我陪你去一趟？席樾的东西多，搬走之前还留了好些在屋里，我也不知道他要的速写本具体放在哪儿了。”

“没关系，我自己上去找就行。若找不到，我就打电话问他。”

“行。”

张姐找出702的钥匙，递给黄希言，又似闲聊地说了几句：“席樾前一阵子倒是变化很大。我九月中旬去医院做了个小手术，没想到席樾知道之后，到医院陪了我半天。倒不是说他端茶倒水多么殷勤，反正就是坐在那儿，抱个平板电脑，闷头画他的画。”张姐笑了笑，“但我已经挺满足了，我知道他不再恨我了。可能你说得对，这孩子就是别扭，又不善于表达。”

黄希言也跟着笑了：“那就太好了。”

张姐却瞥了黄希言一眼，眼神意味深长：“小姑娘，你在这里头有没有功劳？”

“您是说我劝他？没有的，我觉得这是你们自己的事情，外人不好插手。”

张姐笑说：“就我住院那阵子，他拐弯抹角地找我打听，问我跟你还有没有联系，知不知道你现在是什么情况。”

黄希言一下愣住。张姐笑着拍黄希言的肩膀：“那你自己上去？我得回前头招呼去了。”

黄希言没想过会有再进702室的这一天，像再回到长满青荇的水底。窗帘都是拉上的，屋里一阵阴森森的潮湿气息。

除了厨房的电闸，其他房间的都被拉下来了。黄希言将电闸推上去，抬手摸到客厅吊灯的开关打开，白色的灯光照得屋内更显空旷安静。她原本想直接走进去，但看见了鞋架上还有没被带走的拖鞋。那双凉拖，她经常穿。她脱掉靴子，换上拖鞋，趿踏着走进去。

客厅里大部分的雕塑还在，书架被清空了一半。她再去书房，书房基本被搬空了，只剩下书桌和沙发，以及角落里的画架、石膏头、堆叠的画集和被废弃的画稿。

黄希言去角落里，掀起画稿，底下确实有四五个速写本，可她翻开一看，都是空白的，没有画过。除此之外，这屋里可没有别的“没被带走的速写本”了。她难得地生出促狭的心思，随便选了两本空白的，拍下封面，发送给席樾，问他：“是这两本吗？”她等了等，席樾没有回复，不知道他是不是在忙。

这屋里太冷了，蹲久了，寒气顺着凉拖往上侵，黄希言等不了太长时间，于是犹豫着给他拨过去一个语音电话。电话响了几声，被接通了。她听见他偏哑的声音，语气中带着几分意外：“希言？”

黄希言笑说：“你看一下消息。我在帮你找速写本，是这两本吗？”

那边安静一霎，紧跟着，席樾说：“嗯。”

“你确定？”

“确定。”

黄希言憋住，没有笑出声，将膝盖抵住了心脏的位置，因为无法控制内心的喜悦。她早猜到那是他想要跟她保持联系的借口，但是没有想到拙劣到一戳即破。

“还好……”

席樾有些不解：“嗯？”

“你没说漏掉的是画集或者石膏像。”

那边沉默了。她打赌席樾很可能没有听懂她的“阴阳怪气”，笑了笑，说道：“那等我回去，就把这两本速写本给你用快递邮过去。”

“麻烦了。”

正事儿说完，本该挂断语音通话，但是他们静默着，没有谁提出该结束通话。就这样过了好久，席樾先出声，那清冷、微沉的音色让她很有临场感，可以轻易想象到他就在自己面前的样子。

席樾问她：“什么时候回去？”

“我明天上午就走，周一和周二学校有课。”

“见过我小姨了？”

“不然钥匙从哪里来？”黄希言笑着说，“见过了。她说她九月做过手术。我今天见她气色挺好的，应该恢复得很不错。”

“嗯。”安静几秒，席樾又问，“见过何霄了吗？”

黄希言故意开席樾的玩笑：“你好像很在意他。”

那边沉默了。黄希言猜想席樾现在脸上是很无语的表情。在她准备出声的时候，席樾又开口了：“那你在意他吗？”

那边安静地等她回答，她有被将了一军的感觉：“作为朋友的在意，跟对赵露璐一样。”

“那我呢，也是一样的吗？”

突如其来的“直球”令黄希言直接傻掉。她用手指一碰，挂断了语音通话。深呼吸了几秒钟，又让自己镇静了半分钟，她发了一条语音消息给席樾：“不好意思，刚才进来一个电话。我准备走了，除了速写本，还有需要我带的吗？没有的话，我就离开这里了。”

席樾以文字消息回复她：“没有了，谢谢。”

黄希言站起身，活动一下蹲麻了的腿，将走时，又不放心地折回，把全屋检查了一遍。她不是很相信席樾的自理能力，怕屋里有什么没带走的垃圾。果然，她在餐边柜里找到了她那时帮他买的没被吃完的药，再放下去一定会过期。

她将药拎出来，再检查一遍，连冰箱都打开。冰箱的冷藏室倒是被清空了，她蹲下，再将冷冻室打开，看见里面有一个塑料袋装了东西。她打开一看，愣了一下——里面是两盒冰激凌，八喜的，看生产日期，是九月中旬。

她抱着膝盖发呆，直到寒气从冰箱里不断飘出来，她被冻到受不了才回过神来。她想将冰激凌清理掉，正要取出，又收回手。算了，反正冰箱是一直供着电的，就让它们继续存在里面吧。黄希言关上除了厨房之外所有房间的电闸，锁上门，下楼时犹有心脏乱跳的慌张感。

回宾馆没多久，黄希言接到何霄的电话，问她明天什么时候走，他想去送她。黄希言有点儿怕这个难缠的小孩子，骗他说自己已经走了。

何霄道："骗人。"

黄希言说："真的。我现在在实习，明早要赶回去开会，所以只能晚上就走。"

"姑且相信你一次。"何霄不是很服气地道，"还有，你送的是什么鬼礼物？衡水中学考卷？"

黄希言笑起来："不是很适合你吗？"

"老子高考完了是会找你算账的！"

"你好好学习吧！"

"知道，要你说？"

第二天早上，黄希言出发去机场。她在巴士上一路昏睡，到机场以后，过了安检，到登机口附近的座椅上等候。为了打发时间，她打开了微博，刷了一会儿，在时间线里看见了席樾的新画作。

她点开大图，先愣住了。那幅画画的是在城市的废墟里骑摩托车的少女，身后有敌人在追赶，少女回头，一副咬牙切齿的模样。少女双脚踩着摩托车踏板，有一条腿装的是机械义肢，头上顶着一个简易的防毒面罩。少女转头时，朝外的这半边脸上，有一个很明显的青黑色的胎记。

黄希言犹豫着，点开了席樾的微博主页，这才注意到，他将昵称从"席樾"改成了"席樾 xy"。

她有一段时间没有认真刷过微博了，进了他的主页，才知道席樾以这个少女为主角已经创作过三幅画作，且画风和以往很不一样。评论区里，点赞第一的是另外一个黄 V（微博平台上某领域知名人士通过个人认证的标志）画手夸席樾"yyds（永远的神）"；点赞第二的是问"席神是不是谈恋爱了"。

黄希言回到南城，将那两个空白的速写本像煞有介事地寄给了席樾，附带自己挑选的巧克力，因为圣诞节就要到了。席樾收到之后，只字不提速写本的事儿，向她道谢，并说欠她一顿饭，下次有机会兑现。

元旦，黄希言是和丁晓一起过的。大学的前三年，黄希言和丁晓只能说是好朋友，升到大四之后，两个人才像是开了窍似的变成了无话不说的闺密。

另外两个室友，一个回家了，一个跟男朋友去了东京跨年。假期宿舍不熄灯，黄希言和丁晓用手机放着某个卫视台的跨年晚会，凑在一张桌子上吃外卖送来的火锅。热气混杂着牛油的香味四下飘散着，如果另外两位室友也在的话，保不齐要一边嫌味大，一边嘴馋地也来分一杯羹。

黄希言怕辣，一边吸气，一边欲罢不能地夹菜，只是她得将夹起的菜在米饭上蹭一蹭才敢入口，很是缺乏战斗力，艳羡丁晓吃得那样面不改色。

黄希言的脸被辣得通红，头发早早就被扎起。丁晓看了黄希言一眼，突然想到什么，问道："你上次说找到工作就去做激光手术，还去吗？"

"其实我现在有点儿犹豫要不要去。"

"为什么？怕痛，还是……"

黄希言微笑着说："以前一直遮遮掩掩的，家里人的态度也是眼不见为净……"

丁晓马上插嘴道："但是雕塑家说这样很特别。"

黄希言笑着打了丁晓一下，放下筷子，擦了擦手，拿过一旁的手机，点开相册，把一幅画递给丁晓看。

"你觉得这幅画画的是不是我？"

丁晓也放下筷子，两根手指拖动着放大图片："一定是你啊，连胎记形状都大差不差的。"

"如果我从心里已经能坦然面对并且接受这个胎记的话，好像做不做激光祛除都没有太大关系了。而且……"

丁晓点头："我懂了。男人的高级浪漫，是向一个女人求婚；更高级的浪漫，是将一个女人视作缪斯。"

黄希言一副受不了的表情："不要冷不丁地说这种让人鸡皮疙瘩掉一地的话。"丁晓耸耸肩。

“跟你说个很丢脸的事儿。”黄希言笑说，“我前阵子把微博的头像换成了这幅画，后来去他微博的评论区看，他的‘粉丝’里十个中就有两三个用同款头像的。我莫名地觉得好生气，就又把头像换掉了。”

“让雕塑家给你画个独一无二的。”

“你知道找他约稿多贵吗？”

黄希言抬手比了个数字。丁晓很配合地“被吓一跳”，然后说：“那更要‘白嫖’（免费索取他人的资源）他了。”黄希言笑出声。

两人吃完晚饭，百无聊赖地看了一会儿上场嘉宾没几个认识的晚会，最后很有默契地选择关掉视频，去洗澡，爬进被窝儿里。黄希言趴在床上，支起 iPad，点开了一部电影。电影结束时，临近夜里十二点。黄希言和丁晓分别下床去了一趟洗手间，将宿舍的灯关上。

黑暗里，手机响起此起彼伏的微信消息提示音。黄希言给家庭群，现在实习的工作室的带教老师和同事，之前报社的郑老师和赵露璐，以及何霄、蒋沪生等一一发送祝福消息。她最后才点开席樾的头像，祝福他新年快乐。席樾难得地秒回（形容迅速回复），也同样祝福她。

黄希言用手指向上拖动对话内容。两个人上一回对话是在圣诞节的时候，席樾告诉她，自己吃了她送的巧克力，她回了一个卖萌（形容可爱）的猫猫头的表情。

她自认为不是寡言的人，且很早便习得讨好他人的本领，但是面对席樾，她始终不知道应该说什么，似乎多么轻描淡写的话题都显得过分举足轻重。她看见“正在输入”的提示，但是等了等，对面也没再发来什么，不知道席樾的心情是不是和她的一样，不想话题仅限于表层的寒暄。

“我不是真的想知道你晚饭吃过什么，和谁吃的。我是在想你，想见你，但是不敢告诉你。”她暗暗地在心里说着。

黄希言回复大家发来的祝福消息，半个小时后，微信终于渐渐消停下来。她顺手点进朋友圈，这个时候，微博弹出特别关注人更新的通知。她点开通知，看到席樾发了一张新年贺图，是个 Q 版（一种漫画的变形夸张形式）动图。那个一直在末世的废墟里为生存奔波的带着胎记的少女，这一回捧着茶杯，眯眼笑着坐在窗前，看窗外飘着的雪，旁边的猫窝里卧着一直陪着她冒险的机械猫。图上还有手写的“新年快乐”，落款是“xy”。

黄希言默默给这条微博点了个赞，但很快被湮没在无数的赞之中。

上学期很快结束。寒假期间，黄希言一直在南城那边实习。今年全家准备去瑞士过年，在姐姐的催促下，黄希言提交材料办了签证。

临近除夕，黄希言得知丁晓没回家，一个人在宿舍，于是结束今年的实习，回崇城时，黄希言去了一趟学校探望丁晓。丁晓正患着重感冒，以热水续命。黄希言很少见丁晓这样可怜兮兮的，帮忙打扫了一下宿舍，去一楼将两个开水瓶都打满水。

丁晓感谢黄希言特意过来：“你回去吧，我一会儿要再去床上躺一下。”

黄希言不是很放心：“你需要帮忙的话就在微信上叫我。”

“你不是要出国吗？”

“后天下午才走。”

“放心吧，我自己可以的，不行的话，还有舍管阿姨。隔壁也有院里的同学留在学校。”

将黄希言送走，丁晓擤了擤鼻涕，准备爬到上面的床上去。这时响起钥匙开门的声音，丁晓转头一看，黄希言又回来了。

“落东西了？”

黄希言笑着走过来，将一本护照塞进丁晓挂在一旁的书包里：“是的，现在我的护照不见了。”

丁晓睁大眼睛：“不怕被骂啊？”

黄希言耸耸肩：“铁定的。所以，后天我来投奔你。”

袁令秋和黄仲勋知道了黄希言还没开始准备留学的事儿，自然少不了规训责骂，出发去瑞士的那天，黄希言更是给了他们一个“惊喜”——临登机时，护照不见了。袁令秋在候机大厅里发火，指责黄希言成事不足，败事有余。

全家不可能单为黄希言一个人改变行程，于是如黄希言所愿，他们照常出发了，自己原路返回。回去的路上，黄希言给丁晓打了个电话。

丁晓说："我记住了，你也算是为我两肋插刀过。"

"顺水人情，我本来就不想去。"黄希言笑说，"你真打算在宿舍过年啊，要不要去南城？我收留你。"

回到宿舍，黄希言帮丁晓收拾了行李，两个人买了傍晚的高铁票，奔赴南城。黄希言的出租屋比宿舍舒服多了，唯一遗憾的是没有厨房，两个人的团年饭多半要靠外卖解决。

丁晓生病不舒服，早早洗澡睡觉了。黄希言开着暖风机，坐在客厅里，列一张明天去超市采购的零食清单。在这个时候进来一条微信消息。黄希言发现，自己每次点开席樾的消息时都心情忐忑，如在拆盲盒或是打开阿甘的那一盒巧克力。

席樾："蒋沪生给工作室发新年礼盒，行政采购有富余的。你给个地址，我给你寄一盒。"

黄希言问礼盒里有什么东西。

席樾："零食。"

席樾："工作室自己印的作品台历。"

席樾："笔记本。"

席樾："定制钢笔。"

他连续发来好几条消息，中间略有停顿。黄希言怀疑他多半是在现编，于是对着屏幕忍不住笑出声，把南城这边的地址发给了他。

席樾问："还在实习？过年不回家吗？"

黄希言回道："家里人去瑞士了，我弄丢了护照，没一起去。有个室友不回家过年，又生病了，我决定收留她一下。"

她看见"正在输入"的提示闪了闪，停顿了一下，又闪了闪。过了好一会儿，屏幕上终于跳出席樾的回复："也可以收留我一下吗？"

她不是没有预感的，但是看见这行字，还是感觉心脏被高高地拽起、悬空，失重感骤然袭来。她好像没有办法控制自己不去笑，问道：

“你不和蒋沪生一起过年吗？”

席樾：“他回老家。”

黄希言：“那好吧。”

黄希言想起丁晓，马上又回复：“哦，等一下，我问问我的室友。”

黄希言当真从沙发上爬起来，穿上棉拖鞋，去卧室的被窝儿里薅出已经睡着的丁晓。丁晓一副想杀了她的表情。黄希言说：“他想来南城跟我们一起过年。”

“谁？”

“那个……”

“哦。”丁晓痛苦地呻吟一声，“是你，不是我们。当‘电灯泡’莫非是我的宿命吗？”

黄希言笑说：“如果你不愿意的话，我就回绝他。”

“那我不是在造孽？”丁晓拉起被子蒙过头，“黄希言，我恨你，你还不如把我留在学校宿舍。”

“那不行，你生着病呢。”

丁晓认命般地说：“除了吃饭，我不要跟你们待在一个空间。”

“好好好，都依你。”

黄希言回到客厅里，拿起手机，回复被自己晾在一旁等待的席樾：“室友说 OK 的。”

席樾：“好。”

黄希言：“到的时候需要我去接你吗？”

席樾：“不用。”

黄希言拿地图 APP 搜了一个机场到她家附近的路线图，截图发送过去。

次日中午，睡到自然醒的黄希言起床没多久就收到席樾的消息，他说已经下飞机了。从机场过来需要一个多小时。黄希言看到消息，第一时间就跑回卧室跟丁晓打了声招呼：“我出去一会儿。”

“人已经到了？”

“不是！我去楼下洗个头！”

丁晓扑哧一声笑出来。黄希言顾不上别的，抓起钥匙就下楼了。所幸楼下的理发店还没因过年闭店，她让他们不要按摩，不要搞什么乱七八糟的花样，洗干净，吹干就可以。

洗头小哥问："赶时间啊？"

"很赶。"

在席樾抵达前，黄希言洗好了头发，还来得及上楼去换一身衣服。她去小区门口等着，差不多十来分钟，一辆出租车驶近，从前窗隐约能看到那就是席樾。她怕他没看见自己，招了一下手，后知后觉地意识到自己这样很傻。

车在她跟前停下，席樾拉开车门，弯腰下了车。他穿着一件外层面料偏硬的黑色棉服，里面是近于黑色的深青色圆领毛衣，下身依然是如上回所见的那种风格的工装式收脚长裤和样式经典的黑色马丁靴。

他分明上一瞬神色还是清冷疏离的，目光与她一触及，顷刻脸上就有了笑意。来不及打招呼，他先去后备厢取行李。黄希言看见他用修长的手一把提起行李箱，再稳当地将它放在地上，按住一截儿拉杆，轻轻抓住，转身朝她走过来。

黄希言不是不知道席樾有多高，但他就站在她面前，她需要仰头才能看见他的眼睛，这才有身高悬殊的实感。或者，不如说回忆和想象里拼凑百遍，都不如此刻，他站在她面前，她才有实感，那是很具象化的想念的形状。

黄希言后知后觉地察觉到两人站得好近。一阵寒风刮过，把她刚刚洗过的清爽的头发拂到脸上。她拨开发丝时，也收回忍不住要去打量席樾的目光，不动声色地退后一步，笑着给他带路："我以为你会晚上到。"

"下午没有合适的航班。"

"蒋沪生已经回老家了？"

"他是昨天走的。"

黄希言顿下脚步，伸出手："那东西呢？"

"什么？"

“你们工作室的新年礼盒啊！”

席樾一副完全被问住的表情：“忘了。我回去了再给你寄。”黄希言心下了然地抿嘴微笑。

黄希言租住的是安置房小区的房子，绿化很一般，稀疏的几棵树上有物业挂上的灯串和红灯笼，一楼的大门两侧也贴上了春联，倒不乏年味。

电梯一梯好多户，永远拥挤。黄希言和席樾被挤到最里面，隔着席樾的行李箱站着。即便如此，两人站得也太近。黄希言不得不一边低头盯着他的拉杆箱，一边说正经事儿：“你先上楼坐一下。我们出去吃中饭，顺便给你在附近找一家酒店。”

“哦……”席樾好像才被提醒了似的，告诉她，蒋沪生有个朋友是开民宿的，在南城近郊的半山上。蒋沪生帮忙在那里订了一套独立的家庭户型，上下两层，整面的落地窗，大露台，还有厨房。

“如果你朋友愿意的话，可以一起过去。”席樾说。

黄希言的第一反应是掏出手机查天气预报：“好像今天晚上会下雪。”

席樾低头看她，有点儿没跟上她的思路。黄希言笑了：“我的意思是，根据你描述的，那里好像很适合看雪。”

电梯到达十三层，两人走出去，穿过一条短短的走廊，来到1307的门口。黄希言掏钥匙，门却从里面被打开。

丁晓打扮得很得体，礼貌地冲席樾笑了笑：“你好。”

黄希言跟席樾介绍：“这是我的室友，丁晓。”又转向丁晓道，“这是……席樾。”

丁晓：“久仰。”

席樾的脸上仿佛浮现出一个问号，然后他也随着丁晓说了一句：“久仰。”

黄希言快要憋不住笑出来。她先进了屋，这时才尴尬地意识到没有多余的拖鞋。她真的以为席樾最早也要晚上到，本来准备下午去超市采办的时候顺便买一双。

天气冷，屋里也没有地暖，不好让他只穿袜子，黄希言便道："就这么进来吧，我好几天没拖地了。"

席樾犹豫了一下，将自己的行李箱推给黄希言："我去楼下抽根烟，你们收拾好了就直接下去吧。"

他是担心两个女生出门前要做准备，自己进门不方便。黄希言可以领会，就笑着将他的行李箱推进去："很快，最多十分钟。"

席樾点点头，转身走了。黄希言关上门，把行李箱推到餐桌那边。丁晓当然忍不住点评："你怎么没提前告诉我，雕塑家靠脸吃饭也绰绰有余？"

黄希言笑说："对了，通知你一件事儿，我们不在这里过年，席樾订了近郊的一个民宿。"

"你就折腾我吧。"

黄希言拉起丁晓的手说："去嘛！那里有厨房，我亲自烤蛋糕给你吃好不好？"丁晓勉为其难地答应了。

十分钟左右，两人下楼去。席樾坐在大门口外的长椅上，一支烟已烧掉一半。见她们露面，他起身去旁边的垃圾桶将烟按灭丢掉。黄希言走近，闻到他身上有着烟草混着寒气的清冽气息。

商议过后，三人去了附近的一家小商场，那里地下一层有很多美食铺子，也有一家进口超市，省得来回奔波。

中饭去吃热腾腾的捞面，木制四人桌，黄希言和席樾坐在同一侧。扫码点餐过后，黄希言就抱着手机没有抬过头，甚至她点的番茄青花鱼面端上来，她也就吃了两口。

席樾跟丁晓不熟，自己又是很不善言谈的人，眼看着气氛有些尴尬，便放下筷子，将手伸了过去。黄希言看见一只手伸过来，修长的手指从侧面拿住了自己的手机，若再用一下力，就能把手机从自己的手里抽出去。

黄希言一抬眼，见席樾正看着自己。席樾说："先吃面，要凉了。"

"哦哦。"黄希言这才反应过来，"我在列等下去超市购物的清单，怕忘记。"

席樾把手撤回。黄希言将手机按灭，放在一旁："你们在聊什么，聊到哪里了？"

丁晓："……"

吃过午饭，病号丁晓去星巴克坐着，黄希言和席樾去超市采办。原本只买零食就够，但如果去民宿那边可以下厨的话，还得准备些食材。

席樾推着购物车，全程跟在黄希言的身后，看她一边比照备忘录里的清单，一边利索地从货架上一一拿下对应的商品——生牛排肉、培根、通心粉、白奶油、鸡蛋……

在拿低筋面粉之前，黄希言忽然转过头来问他："那里有烤箱吗？"

席樾回神："好像有。"

黄希言顿了一下，偏头看他："是不是超市里有点儿吵？你可以去星巴克那里跟丁晓一起等我。"她怕他不喜欢这样太有烟火气的地方。

"不是。我在想构图，走神儿了。"

"超市也有可画的吗？"

"有。"席樾的目光是落在她的身上的，眉眼之间有着一种如风雪初晴般的洁净和疏朗。他的目光比语气更有所指。

黄希言不大自然地转过头去，将面粉丢进购物车，又指向前方："我们还需要饮料！"然后她匆匆地往前面去了，不如说是逃。

黄希言拿了两大瓶葡萄汁和鲜榨橙汁。不管是病号，还是缺乏阳光照射的"死宅"（对居家不出、很少社交者的谑称）画家，都需要补充维生素 C。经过冰柜，她看见里面有八喜冰激凌，脚步顿了一下。席樾跟过来，也停下了。

黄希言低声说："你老家的冰箱冷冻室里有两盒没吃的八喜……你没清理掉。"

"忘记了。"

"什么时候买的？可能已经过期……"

"你走了之后。"

席樾的坦诚，让黄希言有点儿不敢继续这个对话了：“走吧……我看看，这边好像不差什么了。”

他们结账时，东西装了整整四个购物袋。得感谢席樾，如果是黄希言一个人，估计没办法把它们提回去。

和丁晓会合后，三人回到黄希言租住的地方。席樾在楼下看守这几袋物资，黄希言和丁晓上楼去收拾行李。最后，三人拎着大包小包的东西去路边拦了一辆出租车。

丁晓上车之后就打起瞌睡。黄希言跟席樾聊了一阵，也开始犯困，努力再努力，还是撑不住，打着哈欠闭眼睡过去。黄希言歪着脑袋，因为有羽绒服的帽子做支撑，脑袋没彻底地坠下去。

车开过荒凉空旷的郊外，车窗外天色灰暗，掠过几棵枝丫光秃的树。席樾转过头，看着窗外乏善可陈的萧疏冬景。衣服口袋里的手机振动了一下，他没兴趣也没动力掏出来看，手碰到了口袋的边缘，他又将手收回。他往回收手的时候，手指触到了什么。他反应了一下，那是黄希言羽绒服的衣袖。

手指微屈，他顺着那个衣袖往下，没费力就找到她的手，轻轻地握了一下。他仍然是看着窗外的，没有回头。

一个小时后，天快黑了，车终于到了那个半山上的民宿。

这一片并不如黄希言预想的那样荒凉，因为整个山头好像都被开民宿的包下了。车一路上去，树林里透出暖黄的光芒，在冬日里显得很温暖，黄希言还在路边看见一家便利店。

民宿的老板帮他们把东西搬回了房间，叮嘱注意事项，告诉他们如果需要用车下山的话，可以联系前台帮忙订车。

屋里烧着地暖，温暖得像春天。丁晓和黄希言住楼下的那一间，席樾住楼上。席樾帮她们把行李箱搬进房间，黄希言先去烧热水。丁晓喝了热水，想先睡一会儿，让黄希言晚饭的时候叫自己。

四袋食材被放在厨房的岛台上，黄希言洗了手，先把它们归类。席樾从楼上走下来，已脱掉外套，仅穿着那件深青色的圆领毛衣。可能是衣服材质的原因，让他的气质没再显得那样的清冷疏离。

“要我帮忙吗？”席樾问。

“不用。你晚上想吃什么？我简单做个意面可以吗？”

“都可以。”

黄希言已经说了不用，但席樾还是走过来，从袋子里拿出东西递给她。他递，她放进冰箱，好像简易的流水线式的合作。她忍不住笑了一下。

将所有东西归置完毕，黄希言把四个袋子里的空气拍掉，叠一叠，准备到时候用来装垃圾。

黄希言问：“你要不要也上楼去休息一下？晚饭好了我叫你。”

“我不想你一个人在厨房忙。”

“可是你也帮不上忙，说不定还会添乱。”

席樾果然犹豫了一下。看他那肢体语言，他是在考虑要不要走。黄希言轻笑了一声：“哎，我在逗你。”

席樾也不恼：“嗯。再给我一秒钟，我就听出来了。”

黄希言笑得更开心。片刻后，她低下头去，声音是渐低的：“那你……就在这里陪我聊天儿吧。”虽然说不定陪聊这种事儿，比让他打下手还要为难他。

现在是下午五点，开始准备食材，时间刚刚好。黄希言决定给每人煮一份意面，配上厚煎培根肉和煎鸡蛋。她是会做饭的，但是效率很低，常常在吃上东西之前把自己饿到半死，但是眼下……好像慢一点儿也没什么。

意面下锅，煮熟，再捞出来沥水，她一边慢悠悠地拿淀粉和料酒拌匀肉末，再切洋葱和蒜，一边对席樾说她高中时候的事儿。有一回，也是跟家里人一起去瑞士，她练习滑雪，摔了一路，到最后也没能学会，以致对瑞士留下了永久的心理阴影，因为她那几天尽在挨骂。

席樾看见她笑得眼睛弯起，呈月牙形状。是真的，她已经可以笑着说出不愉快的往事。

丁晓第一回起床，开门看见客厅的灯还维持着他们方才进屋时，只随手打开了氛围灯的略显昏暗的模样。与之相对，厨房里的灯光澄黄、温暖，有水槽的流水声，锅里油花炸开的吱吱声，还有那两个人说话的声音里尽力隐藏但还是没藏住的喜悦。她像是吃了一颗大柠檬，没打扰他们，回了房间。

丁晓第二回起床，是半个小时后，因为实在是饿了。她打开门，故意咳嗽了一声。

黄希言注意到了，转头问："你起来了？"

"没事儿，我就是想问一下，我们大概几点能吃得上饭？"

黄希言慌张起来，马上加快了动作。丁晓忙说："没事儿没事儿，不急，你慢慢弄。"

十五分钟后，终于开饭了。黄希言擎着叉子，先没动，注意着两个人的表情。丁晓感冒了，味觉丧失。席樾这个人，味蕾就好像从来没被开发过。但是两人异口同声地称赞："好吃。"黄希言喜笑颜开。

吃过饭，黄希言清理掉厨余垃圾，把餐盘丢进洗碗机里。丁晓践行自己的准则，除了吃饭，绝对不和那两人共处一室，于是吃过药就自己回房间了。

黄希言怕厨余垃圾留在屋里，过夜了会有味道，把垃圾袋系了一个结，准备出门去丢掉。席樾从洗手间出来，叫住她："你去倒垃圾？"

"嗯。"

"我跟你去，顺便去趟便利店。"

"漏买了什么东西吗？"

"烟吧。"

黄希言发现自己被席樾开发出了恶趣味，很喜欢看他现编借口的表情——目光里透露出为难，语气却又再平静不过。

"走吧。"黄希言笑说。

"你穿上外套。"

"你也没穿！就这么一小段路，应该不会冷的，我们快点儿回来。"

下一秒，黄希言打开门，被迎面而来的寒风劝退，以比开门更快的速度关上了门，然后听见席樾轻轻地笑了一声。

他们各自穿上了外套，再次出门。垃圾桶就在前面路上拐弯的地方。黄希言脱手将垃圾丢进去，快速地将两只手揣进外套口袋里，走回到路的这一侧，和席樾并肩。

山上的夜色比城市里的更深，沉沉的暗灰色，浓重到好似抹不开。周围的树枝杈横生，呈绝对的黑色。天上有云，不见月光。风凛冽得毫无保留，刮过人的鼻尖和耳朵，像开刃的刀锋。

黄希言的目光追逐着前方一盏一盏的路灯，她有意大口呼吸，看灯光照亮吐出的团团白气。寒冷让喜悦的感觉也变得格外清晰。她和他在一起，连脚步声都像是在心里写诗。

两人沿着路往下走，很快到了那间便利店。寒冷黑暗的冬夜，它孑然驻守，明亮、温暖得不真实。

黄希言挑了一盒纸盒装的温热奶茶，席樾拿了一包万宝路，然后一同出了便利店，原路折返。黄希言听见背后的脚步声停下了，回头一看，便见席樾抬着头，迎风而立，高高的个子，也像路旁清寒的树。

"希言，"他看着树顶之上的天空，"你看，下雪了。"

黄希言也仰头去看，伸手去接，感觉到落在脸颊上的一点微凉。她听见向自己走来的脚步声，转过头，席樾已经走到了她的面前，呼吸很近，目光很深。

黄希言屏住呼吸，却控制不住心跳。虽然之前想过自己是不是已经做好了准备，但是此时此刻，她的脑中一片空白，什么也没法儿去想，心跳声有点儿像在计时。随后，她只看见席樾的嘴型说出一个"希"字，就被下方拐弯而来的一束强光刺得眯住眼睛，席樾的身影也变成了一道逆光的剪影，鸣笛声同时吞没了席樾不知道说完了还是没说完的话。

席樾一把抓住黄希言的手臂往路旁避让。车开过去时，黄希言懊恼又很孩子气地拿鞋尖朝车尾踢了一个跌在路边草丛里的松果："正常行驶不应该打远光灯！"

她听见席樾轻声地笑。他抬起手，用手掌轻轻地抚了一下她的额头：“回去吧，雪要下大了。”

回去的一路上，两人一直沉默，黄希言好像能听见细小的雪花落在松针上的声音。她咬着吸管喝奶茶，而席樾点燃了一支烟。风偶尔把烟吹过来，她微微地闭一闭眼，闻到带着涩味的寒风。

第二天早上，席樾醒来，听见窗外好像有哇哇乱叫的声音。他套上衣服，拉开门走到阳台上，就看见楼下露台外的院子里，黄希言正在雪地里乱跑。

风寒冷且干净，经过一夜，雪堆了厚厚一层。黄希言穿了一件白色的棉服，戴着毛线帽，两侧垂下来两个毛线球。她呵气时呼出大团的白雾，整个人也变成雪景的一部分。

席樾拂掉栏杆上的雪，趴在上面安静地看了好一会儿。下面的人无意间一抬头才看见他，立马笑着挥手：“下来玩儿雪！”

他没有立即行动，她就弯腰团了一个雪球，朝他这边砸过来。因扔的高度不够，雪球撞上栏杆跌散了。她又团了一个，这一回正正地朝他砸来。他稍稍偏头躲了一下，大半的雪球还是撞在他的肩头。她又背过身去，边走边挥动一只脚，在空地上写了一个大大的“席”字，再转过身来，招手。

“我马上下来。”他说。

席樾简单地洗漱了一下，来到楼下，一打开阳台通往露台的门，迎接他的就是一个大大的雪球。雪球正砸在他的胸口，散在衣服上，他抬手拍了拍，雪化了一些，在胸前留下一片淡淡的湿痕。他还没回神，又一个雪球砸了过来。

席樾说：“你要我还手吗？”

“你说呢？！”

席樾弯腰，抓起地上的雪，团实了一个雪球，瞄准她的方向，却不急着出手。黄希言开始战术跑动，眼看雪球砸过来，赶紧低头躲避。

席樾愣了一下，他是瞄准她的肩膀扔的，她躲的这一下，却令雪球阴错阳差地砸中了她的脑袋。看她抬手去捂脑袋，他赶紧跑过去，伸手拍她额前头发上的雪。

她从手掌里露出一只眼睛，睨着他，笑说：“你平常是不是老玩儿fps 游戏（第一人称射击游戏）啊？”

“偶尔玩儿。”

“砸痛我了，你说怎么办？”

“对不起……是你让我还手的。”

“你可以放水呀！”

看到席樾局促的神色，黄希言笑了：“我逗你的，你应该看出来了吧？”

“嗯。”

战局正式开始。黄希言几乎每发必中，但席樾仿佛“人体描边大师”，扔出的每个雪球都堪堪擦过她的手臂。

“席樾，”黄希言停下来，叉着腰喘气，“不是不可以放水，但是不要放水太过。”话音刚落，下一秒，一个雪球正中她的肩膀。

“……”

她刚想弯腰去捏雪球反击，又停下来，看见他站在露台上，身上只穿了黑色的卫衣和同样颜色的卫裤，风吹着他墨色的头发，发梢微微摆动，雪光照亮他清澈的眼睛，眼里的笑意比她过去所见每一次的都要更盛。她也就笑了。

两个人玩儿到手通红、出一身汗才进屋，各自再去洗澡换衣服。黄希言将早起腌制好的整只鸡放进烤箱，开始正式处理午饭的食材。现在还早，但是她不敢高估自己做饭的速度。

片刻后，席樾洗过澡下楼来了，穿的还是一件黑色的连帽卫衣，但是黄希言通过抽绳的颜色，判断这件和方才他打雪仗时穿的不是同一件。

他朝厨房走来，手里抱着平板电脑，侧面吸附着电容手写笔。黄希言放下手边的事情，用热水洗了一下手，提起烧水壶往玻璃杯里倒了半杯热水，顺便丢入一片做柠香鸡剩下的柠檬，递给席樾。

席樾接过：“谢谢。”

黄希言的目光顺着他的手腕往下看，看到他握住玻璃杯的手指，状似无意地盯着“xy”的文身看了几秒钟，又移开目光。其实，昨天她在手机上列购物清单，他伸手来拿她的手机时她就看清楚了。会有人自恋到把自己的名字文在身上吗？她不知道。或者，那不是他的名字……这个假设让她心跳如擂鼓，不敢深想。

“随便做两个三明治当早餐可以吗？”黄希言转身去开冰箱门，拿培根、番茄和鸡蛋。

“可以。”

黄希言的“随便”，也花去半个小时的时间。席樾在岛台对面坐下，黄希言倒满两杯橙汁，推了一杯到他的面前。

他即使瘦，也有合衬一米八五身高的骨架在那里。他吃东西时，将衣袖稍稍挽起一些，露出骨节分明的腕骨，会让人相信那是有力量的。就自己的审美来说，她一直偏好高高瘦瘦的男孩子，以前还会附加一条性格开朗更好，现在这条好像不重要了。他像是安静的水生植物，即使只观赏，也能让人很满足。

黄希言小口咀嚼着，突然问道：“你最喜欢的颜色是什么？”

“所有颜色都很喜欢。”这是很艺术家的回答。

“可是你的衣服都是黑色的。”

“哦，画油画和做雕塑容易弄脏衣服。我也很懒，不想搭配。”这……是更艺术家的回答。

黄希言笑出声。席樾问：“你以为我喜欢黑色？”

“嗯。”

“你呢？”

“我啊……”黄希言偏头想了一下，“只有以前讨厌过青黑色，现在无所谓……每种颜色在特定的场景中都很好看。”

席樾看着她：“或许你也适合做艺术家。”

“我不适合。我学过小提琴，有时候很害怕一直沉浸在音乐作品的情绪里，会被它们影响，一整天都不开心。”

“因为你共情的能力很强。”

“我以前也讨厌自己的这项能力。神经大条或者自私的人，是不是容易活得更开心一点儿？”

“现在呢？”

“现在……”黄希言抬眼看他。她喜欢岛台顶上的灯光，灯光把他照得很好看，尤其是眼睛，清亮又明净。她继续说：“如果不能与一些人共情，是不是也意味着无法走近他们？”

黄希言能感觉到，在一霎的寂静中，有某种情感在他们之间流动。席樾的声音轻柔且平静：“你能共情的人，或许也会反过来伤害你，和你学小提琴一样。”

一上午，黄希言都在准备中午的那顿大餐。席樾也一直待在厨房。起初，他帮忙做一些诸如剥蒜这样的小事儿，直到黄希言看见。她觉得他的那双手做这些事情是暴殄天物，就把他赶到了一边。

席樾没什么事情做，便坐到岛台的另一侧，面朝着她，提议玩儿一个很无聊的游戏：她描述自己脑海中的画面或者某个设定，他负责把它们还原，要求她的脑洞要大，越大越好。

一顿饭做完，席樾画出了诸如仙人掌王子和气球公主、每天吐毛球的毛线怪、在图书馆里与书本走散了的书签……各种乱七八糟的东西。黄希言觉得自己的想法很幼稚，但当席樾给她看他还原的画时，她感觉这个人真的是天才，什么风格的画都能信手拈来。如果 CG 原画这行做不下去了，他去当个儿童绘本画家也未尝不可。

黄希言说：“你等一下把这些画导出来发给我。”

“好。”

过了一会儿，洗漱完毕的丁晓从房间里出来，感冒的症状有所缓解，气色比昨天好很多。菜已经准备得差不多了，丁晓过去帮黄希言布菜。最后，长条桌上摆上了刚出炉的一只鸡、煎牛排、炸可乐饼、豆子汤、海鲜炒饭等。丁晓简直震惊：“你有这个手艺，还天天跟我在宿舍吃泡面？”

“会做和愿意做是两码事儿！这是节日限定，一年开张一次。”

黄希言来时，灵机一动，带上了自己的蓝牙小音箱。现在她拿出小音箱，连上手机，搜了一个欢快的歌单，点击播放。

三人的杯子里都已斟满了果汁，丁晓端起玻璃杯：“我们是不是应该碰个杯什么的？这样比较有仪式感。”

丁晓这么一说，黄希言立即站起来。席樾看了黄希言一眼，也跟着起身。黄希言说：“祝丁晓姐姐早日当上崇城电视台台长，祝席樾哥身体健康，祝我自己……”

两人都看着黄希言，黄希言不好意思了：“祝我自己在今后的每个节日里都是主角。”

丁晓笑了：“你把气氛搞伤感了啊！”

三人碰杯，喝了饮料，再坐下。有音乐和美食，加上节日气氛加持，三人随便聊点儿什么，氛围都很好。

吃完饭已经到了下午两点。黄希言收拾过厨房，和席樾待在客厅里，找了一部电影，用他的平板电脑投屏到电视上。丁晓感冒了不敢作死，望雪兴叹，只在露台上稍微站了一下就进来了。黄希言看丁晓又要回卧室，喊了一声：“丁晓姐姐，过来一起看嘛！这是过年。”

丁晓犹豫了一下，还是到黄希言的身旁坐下。黄希言把毛毯分给丁晓一些，两人靠在一起，一边看电影，一边吃茶几上黄希言烤的纸杯蛋糕和蔓越莓饼干。

电影播放到中段，黄希言和丁晓双双睡着了。席樾拿过遥控器调低音量。电影没什么意思，若是平常，他可能看十分钟就关了，可今天他出奇地有耐心，她们睡着了，他也继续看完了。

黄希言是被微信的视频通话提示吵醒的，拿出手机一看，是姐姐黄安言打过来的，神色不由得凝重了两分。黄希言掀开毯子站起身，接通时看了席樾一眼，一边说话，一边朝着露台的方向走去：“姐姐，你们起床了？”

黄安言可能看通话背景里的场景陌生，问黄希言在哪里。

“一个朋友的家里。”

“哦。”黄安言没多问什么，“你那边也下雪了？”

“昨天晚上下的。”

黄希言例行问过他们在瑞士那边今天的安排之后，黄安然把电话交给了袁令秋。袁令秋交代了一件事儿，让黄希言在正月初三那天，代家里去参加黄家一位朋友的儿子的婚礼："你过去露个脸，送上礼金，吃顿饭，不难吧？可别搞砸了。"

黄希言闷声说："我知道了。"

袁令秋没多说一句，没问黄希言今天过得怎么样，径直挂断了视频。黄希言整日的好心情荡然无存，捏着手机站在风口处，很久没进去。直到门被推开，席樾走了出来，到黄希言的身边站住。黄希言说："能问你个问题吗？"

"嗯？"

"你和你妈妈现在还会联系吗？"黄希言顿了一下，"张阿姨有跟我说你的事情。抱歉……"

"为什么道歉？"席樾转头看她，"也不是什么秘密，只是我不太想提起。"

他是拿着烟和打火机出来的，这时候低头去点燃一支烟，衔在嘴里。寒风燎起的烟雾扑向他，他微微眯了一下眼睛，抬手拍去沾在衣服上的灰烬："没联系了。她跟那个人又生了一个孩子。"

黄希言低头，用脚尖轻轻地踢地上的雪："如果家这种地方只会带来一次又一次的失望，是不是就没必要还对它抱有幻想？"

席樾低头，看着她："会有其他回应你的地方。"

黄希言怔怔地站在那里，没有说话。

"站在风里这么久，你不冷吗？"他再自然不过地伸手，抓住她已经被吹得冰冷的手腕，把她往屋里牵，"进屋吧。"

晚上，民宿的老板打来电话，说大堂水吧那边会放电影，所有饮品一律半价，感兴趣的话可以过去看看，于是三人吃完饭也想去凑一下热闹。

民宿虽然一贯是文青的选择，但是在这种节日里，水吧里坐着的人多数还是拖家带口的。三人进屋站了站，自觉有点儿落寞，笑了笑，心照不宣地转身离开了。丁晓吹了一下风，感觉又有些鼻塞，不陪他们浪了，要回去，向黄希言要了一张房卡。

黄希言站在雪地里，抬头看了席樾一眼，还没出声就先笑了："我们去哪里？"

席樾一副让她拿主意的神色。黄希言随口感叹了一句："如果能放烟花就好了。"

席樾闻言，从黑色棉服的口袋里掏出手机。黄希言看着手机屏幕淡淡的光照亮他的脸庞。片刻后，他说："下山五公里路，山脚附近有个镇子。"

黄希言诧异地道："那也没法儿下山啊！"

"可以找老板租车。"

黄希言笑起来："下了雪，路好难走，又是晚上，太危险了。我只是随口一说，你不要当真。"她有些慵懒地将十指交握、手掌朝外翻，伸了一个懒腰，"我们随便走走吧。"

两人漫无目的地走着，等意识到的时候，正往便利店的方向走。经过便利店，黄希言进去买了一袋果汁糖，拆开袋子，拿出一粒递给席樾。

席樾很迟疑："我不喜欢吃甜的。"

"但是你上次有吃我送的巧克力。"

席樾立即伸手将糖接过了，黄希言发出清脆的笑声。

两人继续往下走，那边是另外一家民宿，欧式别墅的风格。让人敬佩的是，这种大冷天，居然有人在雪景里拍照。那个女生穿着白色羊角扣大衣，手里拿着点燃的烟火棒，像日本偶像剧里的场景。

两人停步站了一会儿，席樾忽然说："等我一下。"然后他径直朝拍照的女生走过去。

黄希言原本要跟着，但这时手机响了，是何霄打过来的。她退后一步，到路灯底下接通了电话。

何霄给她拜年。黄希言笑说："好正式啊！我以为现在的小朋友流行在微信上发红包呢。"

何霄以不太高兴的语气说："想听听你的声音，不行吗？"

以前还好，此刻黄希言有种心虚感，顿了一下说："我跟席樾在一起过年。”

那边果真沉默了，好一会儿才说：“什么意思？他跟你回去见家长了？”

“也不是……”

“哦，你们在一起了？”

“没有。”

“‘没有’，还是‘还没有’？”

“还没有。”

“既然还没有，不还是可以公平竞争吗？”

对于何霄的直接，黄希言其实并不觉得尴尬，只有不知道怎么应对的苦恼。她岔开话题，问他是不是过完年要补课，初几开学。

“初六。”何霄啧了一声，“如果不是为了你，谁要这么刻苦？”

“我希望你是为了你自己刻苦。”

“连过年都不忘讲大道理啊？”

黄希言笑了一声，一抬眼，看见席樾走了过来。席樾走到她的面前，问她：“谁？”

她拿远听筒，轻声说：“何霄。”席樾蹙了一下眉，退后了一步。

电话里，何霄了解过她的近况之后，沉默了一下，问道：“三月或者四月，我想去一趟崇城考察一下那边的学校，到时候你能不能跟我吃顿饭？”

“你到时候过来，提前一周提醒我吧。”

黄希言往旁边瞟了一眼，席樾在等着她。她在找机会结束这通电话，但是何霄的话很密，她一直没有合适的机会。又过去了两分钟，席樾向她走近一步，把手伸过来，握住了她放在耳边的手机。

她犹豫了一下，松开手，手机被席樾拿过去。席樾语气平平地说了一句：“有什么话，你们下次见面了再说。”

席樾说完这句话就将电话挂断了，紧接着，把手机塞进她的棉衣口袋里，抓过她方才拿电话的手，塞进去一把东西，是四支烟火棒。黄希言先是愣了一下，然后笑了起来。

他们走到路中间的雪地里蹲下。席樾掏出打火机，帮她点燃烟火棒。点着的一瞬间，烟火朝外滋开，像星星连成一线。黄希言惊叹地哇了几声，却在烟火棒烧得渐短的时候变了个音调："要烧到手了！"

"不会的。"

"我感觉它溅到我的手背上了！"

她害怕地一松手指，烟火棒跌进雪地里，继续燃烧至最后一点儿火药耗尽。席樾笑了一声，把打火机再次举过来，给她点了下一支。

"你拿着吧。"黄希言把剩的三支都往他的手里塞，"你拿着，我害怕，这样丢掉太浪费了，一共只有四支呢。"而且是席樾好不容易要来的。

席樾没接，往她那边挪了一下，和她面朝一个方向蹲着，伸出手，连她的手一起抓住："别怕，这样烧完了也会先溅到我的手上。"

黄希言愣着，意识到要抽回手的时候，第二支烟火棒已经被点燃。寒风吹过的天空，呈一片雪晴云散后的墨蓝色。黄希言转头看他被金色焰火照亮的脸，先看见他低垂的长长的睫毛，连这支烟火棒什么时候静静熄灭的她都没发现。

第二天，黄希言原本提议大家一起去城里的佛寺烧香，但地图APP显示，城里的路堵得水泄不通，一片深红色的路况提醒，遂放弃，最后是在屋里消磨了一整天——以斗地主的方式。

打牌是丁晓提议的，原本黄希言觉得席樾不会答应，向他开口的时候，连自己都觉得荒唐。哪知席樾一听便道："我没打过，可以试一试。"

他是真的没打过牌，对具体规则一知半解，还要她们当场教学。但是他有新手光环，还很擅长记牌，一下午通赢了她们几百元。牌局结束时，他还说了一句："承让。"搞得黄希言和丁晓完全没脾气。

虚度的时光在初二那天结束，黄希言下午得赶回崇城，初三去完成袁令秋交代的事情。丁晓和黄希言一起回去。至于席樾，他订了初二晚上的机票。

出租车先把黄希言和丁晓送到城里的住处，再送席樾去机场。黄希言和席樾是在出租车上告别的，有些匆忙。

稍微收拾了一下，黄希言和丁晓出发去高铁站。黄希言自感很对不起丁晓，这个年过得很奔波。丁晓打趣道："你还知道，还算有良心。拿我当这么久的幌子，你们不在一起就很难收场了。"

黄希言笑弯了眼："下次我也给你当幌子。"

行车途中，黄希言收到席樾的微信，他已经过了安检，在候机，一并发过来的，还有那天他还原她脑洞的那几张画。几张画都这样署名——

绘制：xy。

创意：xy。

黄希言很难控制自己的心跳不漏拍。她想到他手指上的文身，想到他的微博 ID（账号）"席樾 xy"，感觉自己再装傻下去很无耻。她已经走到了必须认真思考未来走向的节点。

第九章

我想要你长命百岁

初五，黄家一家人从瑞士回来。袁令秋当日在机场因为黄希言把护照弄丢，只发了一半的火，回来之后也续上了，将“新仇”和“旧恨”加在一起，数落了黄希言一顿。黄希言烦躁得要命，借口要写论文，打算初七就回学校。

初六晚上，黄希言在自己的卧室里收拾行李，黄安言过来敲门。黄安言进来之后，将门关上，拿着手机，抱着手臂，背靠着梳妆台沿，看着黄希言，语气里很难听出有什么情绪：“问你一件事儿。”

“嗯。”黄希言往行李箱里放入叠好的衣服。

“你跟哪个朋友一起过的年？”

“我室友，丁晓。”

“除了她呢？”

黄希言的动作一停。姐姐有此一问，大概率是已经知道了，虽然黄希言不清楚姐姐是怎么知道的。

黄希言的声音很轻：“姐姐想说什么？”

黄安言盯着黄希言：“我在瑞士碰到席樾当年读美院时的室友，没想到他还记得我。我俩聊了几句，说起席樾的近况，翻到席樾的微博。”

黄希言没出声。黄安言将手机解锁，点按了一会儿，又将屏幕朝向黄希言："看这个场景，那里是不是跟你除夕那天待的是同一个地方？"

黄希言转头看了一眼，才发现是席樾新发的微博，配图是速涂的场景练习，自己还没看到。这个场景是从露台的方向望过去的，画的是那间民宿的雪景，以白和灰为主色调，仅以一点儿蓝色做点缀，显得又冷又美。

姐姐在跟自己视频的时候见过这个场景，现在自己否认没意义，还显得蠢，于是黄希言很干脆地道："是。"

"你们还在联系？"

"嗯。"

"黄希言，除夕这种日子，你背着我们和席樾一起过。你还记得上回你是怎么说的吗？你说不会告诉他，也不会跟他在一起。"

"我只在遵循每个当下相信的事情，没有人的想法会一成不变……"

黄安言冷笑："说话不算话也能找理由。你们在一起多久了？"

"我们没在一起。"

"撒谎有什么意义？他已经拿你当原型画了那么多幅画了。"

"我说的是真话，你不相信就算了。"黄希言暂将行李箱合上，站了起来，靠着床沿，和黄安言对视，"但是，姐姐进门来说的每一句话都在把我往他的身边推。"

"你就是想跟他在一起，少拿我当借口！"黄安言连呼吸都不平稳了，"你觉得这样有意思吗？"

黄希言叹了一声："你觉得我在针对你，但是我没有。我喜欢席樾，不是因为他曾经是你的男朋友，只是因为他就是他自己。"

"没有我，你从哪儿去认识他？"

"没有姐姐，我也会选择这个暑假去实习，并且和他成为楼上楼下的邻居……"

黄安言的回应，是甩过来的一巴掌。

黄希言从小和姐姐就不怎么亲。面对一个完美、骄傲且强势的人，你很难跟她撒娇或者示弱。但是，如果说姐姐真的一点儿也不关心黄希言，这也有失公允，只是姐姐的关心总带有居高临下的俯视感。因看不过去黄希言把生活过得一团糟，于是姐姐不容置喙地替黄希言安排。好与不好，黄希言不知道，只知道自己很难开心，因为达不到姐姐的预期，每一步都追赶得费力又勉强。过去姐妹俩也吵过架，自己也被姐姐骂哭过，但要说动手，这真的是第一次。黄希言蒙了好一会儿才回过神，都没想到去捂一下脸，眼泪涌出来，出于一种生理本质的条件反射，也没有受自己思想的控制。

声音轻颤，但黄希言力图表达清晰："姐姐事业成功，和姐夫也很恩爱，暂时得不到的，努力一下也都能得到。你什么都有了，却容忍不了什么都没有的我拥有一点儿什么吗？"

黄安言冲动出手，当下神色有一点儿狼狈："为什么一定得是席樾？"

黄希言太明白黄安言耿耿于怀的点在哪里：过去，席樾拒绝了为黄安言画画，说黄安言让他没有灵感，并且扬言绝对不画身边的人，现在这个"原则"被打破，还是为黄希言——黄安言的那个最不起眼的妹妹。黄安言领先了几十年，一朝被比下去。完美的人，对于不败的胜利总有执念，加之席樾原本就是黄安言的"滑铁卢"。

黄希言一点儿也没有"胜利者"的喜悦，反而有种说不出的悲哀："或许，原本可以不必非得是他，如果可以，我也不想。但是你让在黑暗里走了太久的人放弃手里唯一的火柴，这太勉强我。我是很懦弱，但是也有必须坚持的东西。"

"你想没想过后果？"黄安言的声音很冷，也很平静。

黄希言很短促地笑了一下："姐姐要跟我绝交吗？如果这是你的选择，我没什么话说。"

楼下，袁令秋在叫黄安言下楼。黄安言摔门出去，动作干脆利落。

黄希言在这次和黄安言吵架之后，很长一段时间没有回家。有时候袁令秋会打来电话，训斥黄希言一学期过去留学的事情还是没有一点儿进展，是不是真就打算这么晃荡下去。黄希言不和袁令秋在电话里起冲突，对于让自己回家的催促，黄希言直接敷衍过去。反正电话一挂断，黄希言照样过自己的生活。

二月下旬的一个周末，何霄来崇城。黄希言带他参观了几所大学，两人一起吃了中饭和晚饭。

晚饭之后，何霄一定要把她送回学校。她的学校在大学城，地段比较偏，往那边去的地铁上，提前几站该下的人都下完了，剩下的基本都是去大学城的学生。车厢里很空，何霄和黄希言坐在同一排。

何霄今天大半天的时间和她在一起，感觉到她变了很多。她以前温和无争，现在多了几分锋芒，之前的那种仿佛只是单纯害怕冷场的客套笑容也少了很多。最大的变化大约是她把头发大大方方地束了起来，似乎完全不再在乎路人打量的目光。何霄莫名地泄气。

黄希言听见他的叹息声，转过头来，笑看着他："怎么叹气？你对今天的招待不满意吗？"

"不知道……"他抓头发，"突然觉得自己高一、高二浪费太多时间了。"

"只要你想改变，任何时候都不晚。而且，你不是已经努力了半个学期了吗？"黄希言笑说，"我高三的成绩还不如你现在的呢，我只是侥幸生在崇城，才能混进现在的学校。"

"我不是想说这个……"

"那是什么？"

"唉……"何霄这一声叹得更长了，"你根本不懂。"

黄希言看着他，但是他没再说什么。地铁站步行六百米就是校门口，黄希言自觉地以导游的身份领他参观。

何霄说："你们学校的环境还挺好的。"

"你有点儿出息，别把目标定得这么低。"黄希言笑说。

何霄一副拿她没办法的样子："那拿你们学校保底总行了吧？"

哪怕不紧不慢地走，也还是走到了黄希言的宿舍楼下，何霄明早要乘高铁回去，今天晚上还得回宾馆应付他老头儿的远程查岗，没有更多时间了。况且，黄希言差不多算是陪他玩儿了一整天。

他把背上的双肩包卸下来，从里面拿出一个小礼品袋，说是给她带的礼物，不贵，随便买的一个小玩意儿。黄希言没有推辞，大方地收下，笑说："谢谢。"

何霄将背包就这么斜挎着，看着她："问你一句话呗。"

"嗯？"

"我是不是已经没有机会了？"

黄希言沉默了一霎，刚想开口，又被何霄阻止："算了算了，答案你先保留吧，我高考完了再问你。"他的表情里有几分烦躁。

黄希言微微笑着："那我有几句你多半觉得我是在敷衍你的废话，你要不要听？"

"说呗。"

"我真的很感谢你，不管是夏天在那边你对我的照顾，还是你把我视作努力的目标。我虽然知道自己是不配的，但是自己能被人尊重和认可，心里真的很感激。"

"谁说你不配？你配得很。"何霄撇了撇嘴，"不要怀疑老子的审美。"

黄希言的笑声很清脆。何霄抓了抓后脑勺："好了……我今天真是光听你给我上思想品德课了。现在我差不多该走了。"

"回去好好学习，争取别考来我们学校。"

"你是真的有点儿喜欢倚老卖老，明明也没大我几岁。"何霄退后一步，说，"走了。"

黄希言笑说："等你高考完了来崇城，到时候我再请你吃饭。"

何霄没再说什么，挥了一下手，转身走了。走出十来米，他挂在脸上的那种无所谓的笑容一分一分地塌下去，最后眉头拧成解不开的结。

三月四日的早上，黄希言接到姐姐黄安言的电话。那次争吵之后，两人再也没有说过一句话。电话接通后的一霎，两人沉默，气氛很冷。

黄安言先开口，声音更冷：“我派人开车去学校了，你收拾一下，赶紧回来一趟。”

“过两天要出论文初稿，所以……”

“黄希言，我不是在跟你商量。大嫂早产，两个小时前被送去医院了，你总得过去看看。”

黄希言愣了一下：“好。”黄安言没多说一句废话就把电话挂断了。

大嫂建档在私立医院，由大哥黄秉钧托关系找的一位外籍的资深产科医生接生，VIP（贵宾）病房配套的服务很周到，实则不需要太担心。黄希言到的时候，一家人都已经在那儿了，包括大嫂的父母。

大家等了一上午，到中午的时候，孩子生下来了，是一个男孩儿。孩子没足月，比预产期早了二十多天，生下来就得住保温箱。大嫂被送回病房里，连头发丝都有人伺候，其实没黄希言这个一贯的边缘人物插手的地方。只是家里发生这样的大事儿，黄希言于情于理不可缺席。

黄仲勋和大嫂的父母是最高兴的，一起凑在放置保温箱的隔离室的玻璃窗外。分明隔着老远什么也看不清，他们却探讨得绘声绘色：这孩子虽然不足月，但体重不算轻；哭声响亮，很有活力，跟大哥出生时一模一样；想好的名字，是不是得找人算算……黄希言不知道这是不是就是所谓的隔代亲。

下午，黄希言和黄安言受黄秉钧的嘱托，去他家里拿早起出门匆忙漏掉的一些日用品。黄安言是开车去的，往返的路上，两姐妹仍然几乎没说一句话。晚上，黄希言回家住，今天的话题中心始终是刚出生的孩子，很难得的，晚饭餐桌上一派“祥和”。

第二天，趁着婴儿被抱出保温箱喂奶的间隙，黄秉钧提前找好的摄影师过来给大家照了一张全家福。黄希言的位置在最边上。

拍完照，大家都围着婴儿看。黄希言从来没有见过黄仲勋的这一面。他笑得和煦极了，没有一丁点儿平常疾言厉色的模样。

黄仲勋没有重男轻女的思想，但这毕竟是黄家的长孙，不免会对孩子寄托更多的期待和祝福。没多久，护士把小宝宝抱回隔离室的保温箱。黄仲勋张罗和两个亲家一起出去吃饭，属于家族形式的聚餐，只留了大哥在病房里照顾大嫂。

吃过饭，黄仲勋回公司开会。黄希言则是跟袁令秋和黄安言去逛商场，买送给大嫂和小宝宝的礼物。袁令秋在金店定下一只錾字的长命锁，黄安言和黄希言各付了一只金手镯的钱，约定等孩子满月的时候来取。她们还买了宝宝的新衣服、玩具，给大嫂的一条项链和一套新的家居服……一直逛到傍晚，黄希言走得脚底发肿。

三人回到病房，将礼物堆了一地，又陪着大嫂聊了一会儿天。大嫂要给宝宝喂奶，也要休息了，所有人才离开。大家都没吃晚饭。袁令秋没胃口，奔波了一天，要去做个按摩。姐姐因请了两天假，攒了一些工作要处理，需要回公司一趟。

在医院门口，大家各自分别。黄希言喊住袁令秋："妈……"

袁令秋转过头。黄希言犹豫该不该开口。司机在催，这里不能久停，袁令秋也没耐心等黄希言了，弯腰上了车。

黄希言打了一辆出租车回学校。她浑身提不起力气，疲惫地靠着座椅，歪着脑袋看向窗外。窗外灯火璀璨，流光溢彩，车窗隔绝了外面的声音，会觉得那些灯光亮得很遥远。她一路无声地坐在黑暗里。

快到学校的时候，她接到一个电话，是席樾打过来的。电话接通的瞬间，传来席樾清冽微沉的声音，近得似在她身侧耳语。他问："在做什么？"

好老套的开场白。黄希言笑了："在去学校的路上。"

"今天过得怎么样？"

"我大嫂生宝宝了，下午在陪我妈和姐姐逛商场、买礼物，逛到晚上，很累……"

"不是，"席樾轻声说，"我是问，你呢？"

黄希言一下怔住，忽然意识到什么："啊……你记得。"心里的委屈突然间满溢，她以为今天不会有人记得了。

"当然。"电话那端寂静了一霎，又传来声音，"不过，我赌错了。"

"嗯？"黄希言没跟上他的思路。

“以为你会在南城，我给你带了礼物。”

“啊……”

“给你放在门卫那里？”

“不。”黄希言忙说，眨眼睛的时候，睫毛已经湿润，“你等我……你可以等我吗？我现在过去，还有高铁！”她冲司机说，“师傅，换个地址，麻烦载我去东站！”

席樾的声音里有浅浅的笑意：“别急，我等你。”

几个小时后，出租车停在路边。黄希言下车之前，就看到马路对面的小区门口那个等候的身影。她匆匆下车过马路，跑过去。

席樾还是一身黑色，薄薄的防风夹克，拉链只拉至胸口，里面露出黑色T恤的领子。他站在小区侧旁爬着藤蔓的铁栅栏外，一只手拿着烟，另一只手抱着一个包装过的纸盒子。他应当是已经等了好久，低头抽着烟，神情里有一种百无聊赖后的放空。

赶在黄希言开口之前，席樾抬起头来，应当是听见了她的脚步声。与她目光相对的时候，他那原本显得那么抗拒人接近的气质瞬间温和了两分。

黄希言露出笑容，最后两步缓下来，慢慢地走近他：“等很久了吗？”

“没有，只半个小时不到。”

黄希言没回学校，是直接过来的，除了随身背的一个小号双肩背包，没有其他行李。

风寒料峭的三月初，她在白色T恤的外面穿了一件偏厚的雾霾蓝色的针织开衫。她的头发被扎了起来，她领他进小区，转身时，马尾的发梢荡了一下。

两个人有一段时间没有见面了，如今并肩而行，先是沉默，好像沉默中的脚步声和彼此的呼吸声，是他们独特的打招呼的方式。

席樾先出声，问她：“有没有吃蛋糕？”

黄希言还是觉得他的开场白很老套，先笑了一下：“如果我说，你是到现在为止唯一记得我今天过生日的……”

脚步一顿，席樾便要转身："附近有没有蛋糕店？"

"哎！"黄希言伸手，牵住了他的衣袖，"不用不用，买回来也只吃得完一点儿，很浪费。"

席樾看着她，好像是在跟她确认是不是真的不用。他不太容易听出反话，所以需要一再确认。她笑说："你能过来看我，比什么生日蛋糕都好。"

黄希言有三四天没有来这边，开门的时候，能感觉到屋里的空气稍微有些混浊。她打开灯，意识到上次还是漏买了给席樾的拖鞋，就让他直接进来。

这是席樾第一次真正踏入黄希言生活的空间。不出他所料，房间干净整洁，随处可见的小物件体现出主人的小心思。

他看见餐桌上一只白色的餐盘里放了五个小猪的黏土玩具，靠墙面立了一个画框，装裱的是古河原泉的一张人物肖像画。他问道："你喜欢她？"

黄希言看过来，不太好意思地说："我现在偶尔会翻一些艺术类的杂志，有一次看到古河原泉的介绍。"她指一指沙发那边，让席樾先去坐一下，自己把背包放到了卧室。

席樾把纸盒子搁在茶几上，坐在放了一堆抱枕和毛绒公仔的布艺沙发上，有一点儿无所适从。没一会儿，黄希言从卧室里走出来，顺便启动了扫地机器人，吸一吸地上的灰。

小居室没有厨房，黄希言买的面包机和果汁机都放在自己添置的一个餐边柜上。餐边柜的对面是一个小型的冰箱，冰箱旁边堆着一箱开封的纯净水。

黄希言拿出两瓶水，走到茶几对面递给席樾一瓶，然后去他的身旁坐下。很快，黄希言意识到这样交谈有多局促，尤其这样肩并肩，看不见对方的脸。

黄希言问："你吃过晚饭没？"

"吃了一点儿。"

"我有点儿饿，可不可以陪我下去吃点儿东西？"她想顺便给他买双拖鞋。

小区对面有一家菜品味道不错的小吃店，黄希言点了一份煎饺和一碗百合粥。两个人面对面坐着，黄希言托腮看着席樾，不自觉地露出笑容。席樾屈起手指轻轻碰了一下她的额头，好像被她看得有一点儿不自在。

煎饺和粥被端上来，黄希言拿了一双筷子，再问他："你要不要也吃一点儿？"

席樾说不用。她咬了一口煎饺，问道："你最近是在画商稿（商用稿件），还是在做自己的东西？"

"画商稿。"

"那来这边会不会耽误你？"

"前几天交稿了。"

黄希言呼气吹凉勺子里的粥："前段时间，何霄来了一趟崇城。"

席樾一顿，再开口时音色偏冷："他来找你？"

"主要是来参观学校，他想考崇城的大学。"黄希言抬眼，看见席樾的神情淡淡的，好像他对此不怎么感兴趣，就不再继续，转了别的话题。

一顿夜宵吃完，出门的时候，黄希言才发现不知道什么时候下雨了。雨势不算大，夹杂着早春的风，更添凉意。两人站在门口踌躇了一瞬。席樾忽然抬手，拉开防风外套的拉链，将外套脱下来往她的头上一罩："走吧。"

黄希言把罩在头上的衣服掀开些才露出眼睛，看见他里面穿的是一件T恤，就说不用了。席樾一把抓住她的手腕，催促她快一点儿。两人脚步匆匆，没有交谈，一直到了小区楼下才停下。

黄希言径直往里走，觉察到席樾没有跟过来，回头问："你不上去了吗？"

席樾说："已经不早了。你赶紧上去冲个热水澡，不要着凉了。"

"那你什么时候回去？"

"明天早上就走。"

黄希言的两只手都抓着他的外套，此时她有些愣怔："很赶时间吗？我本来想说明天跟你一起逛一下，之前过年的时候也没机会。"她忽然想起好像吃饭的时候席樾的情绪就已经有些低沉了，相较于今天两个人刚刚碰面的那会儿，她也不知道是为什么。

席樾沉默了一下，才说："还没有交稿，我骗你的。"

这下黄希言说不出继续挽留的话了。他百忙之中抽出时间来给她过生日，她已经很感激。于是她笑了笑说："那你也早点儿回去好好休息。下一次……有空儿的话，我去深城那边找你玩儿吧。"

席樾点点头。黄希言犹豫地说："你住的地方离这里近吗？你打个车，不要淋雨……"

"好。"

"那……晚安了。"

"晚安。"

两人道别后，黄希言往里走，将要拐弯时又转头去看，席樾的身影已经不在门口了。她有点儿失魂落魄，进门时才发现自己的头上还披着席樾的外套。一瞬间，她准备追下楼，但想了想，又停住脚步，想把它作为下次跟他见面的理由。

下次，下次……

黄希言有点儿烦躁。她感觉两人每一次见面都意犹未尽，好像心照不宣地把想说的话往下次推，结果每一次都在盘算下次，话也变得越来越沉重，他们越来越需要勇气开口。明明她方才从崇城赶过来见他的路上，心里有好多汹涌的情绪，可真正见到他的瞬间，又莫名地一个字都说不出。

黄希言把衣服挂在餐桌椅的椅背上，拿上睡衣，先去浴室洗了个澡。洗完后，她吹干头发，坐到沙发上，拿了一把美工刀，拆席樾带过来的那个纸盒子。里面是似曾相识的层层包装，她拆了半天才拆完。装在最后夹棉的绸布之下的是一尊雕塑，和那个长角少女一模一样的尺寸。这是一个少年，与那个少女相比，服装和表情都不大相同，相同的是一样长了角，一样有着纤细、"肤浅"的漂亮。

黄希言将少年雕塑拿在手里，愣怔了好一会儿，才把它的关节处和角上包着的泡沫纸拆除，拿到卧室，摆在书桌上。两个雕塑并排摆放，虽然被创造出来的时间有先后，但不会有人怀疑它们原本就该是一对。

黄希言将下巴枕在手臂上，对着它们呆呆地看了好久。就在她犹豫要不要给席樾打个电话，或者干脆找过去见他——甚至即将付诸行动的时候，突然响起敲门声，惊得她猛然回神。她竖耳倾听，敲门声停了一瞬，再响起，是不紧不慢的节奏。

已是深夜，她多少有些害怕。她拿起手机，按出了报警电话，才走去客厅，问道："谁呀？"

"我。"

黄希言愣了一下，赶紧丢下手机跑过去把门打开。门厅灯光的色调是偏暖的黄色，走廊灯光的色调是冷冷的白色，席樾站在两者之间，神情也仿佛一样矛盾、纠结。他身上的T恤已经被雨水打湿，有一股混着烟味的潮湿的寒气。

"你怎么还没回去？"黄希言惊讶极了。

"在楼下抽了一支烟。"

黄希言赶紧把他往屋子里拽，然后跑去拿茶几上的遥控器，打开了空调。看他还站在门口，她又过去牵他："你先进来，我给你拿一块干毛巾擦一下。"

她的手臂被他抓住，他的声音里也有着这雨的轻寒和幽沉："先不用忙了。跟你说几句话，我就走。"

"先进来再说。"

席樾摇摇头，说不用了，黄希言只好站定。他就站在玄关处，低头看着她，目光深沉："我不想再一次一次找借口跟你见面。"

黄希言有时候觉得席樾的思维也是艺术家风格的，没有头尾，她听不懂。但是，哪怕不知道前因后果，单单这样一句，已经让她的心脏一瞬间高高悬起。

他的声音落下，紧随而来的是一霎寂静。她听见雨滴打在玻璃窗上的啪嗒声，突然有一种身在水底的错觉。他身上清冷的气息，像是属于某种不见阳光的水生植物的。

他再次开口，声音也像是穿过深水的屏障而来，让她恍惚了一下，才很迟缓地反应过来。他说：“希言，我喜欢你。”

她迟钝地没有开口，好像有人捏住她那海绵一样蓄满水的心脏。她听见席樾继续说：“我是一个经常让人失望的人，很想等变得更好时再告诉你。”

“我……”黄希言上前一步，情绪无处安放，双手抓住了他T恤的下摆。

席樾低头看着她：“你实习结束走的那天，我意识到自己必须走向你。我还没有变得更好，或许还会让你失望。你可以不用答应我，只要你别让我需要想借口才能跟你见面……能不能我想见你，就可以直接过来找你？”

黄希言眨眼，睫毛潮湿。她没有办法控制自己心脏跳动的频率以及说话的声音：“你为什么觉得我不会答应？”

“我……”席樾顿了一下。

“我也喜欢你啊！”

席樾怔然地伸手，手指碰到她的侧脸，轻轻地往上抬了一下。

她不肯抬起头来，两手都紧紧揪着他的衣服，声音微微颤抖，每一个字都带着潮湿的气息：“我不需要你改变什么，你已经足够好。我喜欢你原本的样子。我只希望你爱惜自己的身体，想要你长命百岁。我想要你一直陪着我。”

话音落下后，是漫长的沉默。终于，席樾开口，声音低哑：“你冷吗？”黄希言摇摇头。

“我好冷。”他说，“让我抱你一下，好不好？”

他伸手把她搂入怀中，用手臂紧紧环住她。因两人的身高差，他几乎是半躬着背将她整个团住。他把脸埋在她的肩膀处，用力地呼吸。

第十章

玫瑰茜色和拿坡里黄

时间一点儿一点儿流逝，好像已经过去许久。寂静有时候比言语更有分量，很多心事——他和她的——两人不用开口，也可在拥抱里彼此抵达。

黄希言的眼眶湿了，她把脸往他的身上靠，已经蹭到他的衣服上。原来喜悦到极点，心脏也会痛，她才知道。

感觉到他的手臂一阵微凉，她开口，声音从他的胸膛前闷闷地发出：“再这样你会感冒的。”

席樾这才抬起头来，松开手。黄希言跑去餐桌那边把他的外套拿过来。他将手臂套进袖管，穿上外套。两个人在灯光下对视，黄希言先笑了，上前一步往他的怀里一扑，声音小到几乎听不清：“再抱一下。”

席樾把手臂合拢，将手掌按在她的背上，感觉她是小小的一只。

“你真的要明天早上就走吗？”黄希言小声地问。

“嗯。”

“那好吧。”她难掩失落。

“交完稿，我就过来找你。”

黄希言点头，等抬起头的时候，席樾也低头来看她。她又感觉不好意思，再把脑袋埋下去：“那今天晚上，我想跟你待在一起，可不可以？”她的语气里没有丝毫引人遐想的成分。

席樾顿了一下：“好。”

时间已经不早了，关于今天晚上怎么安排，两人商量之后达成一致：席樾去酒店退房，把行李拿过来，在她这里休息，明天一早直接去机场。席樾拉上外套的拉链，打开门，接过她递来的雨伞，迈出去一步，停了一下，又转身：“要不要跟我一起去？”

黄希言笑了：“好啊！”

黄希言回卧室换了一身衣服，拿上钥匙和手机，跟席樾一起出了门。到楼下，席樾撑起伞，她走到伞下，挽住他的手臂。两人还是沉默着，但心情已然完全不同。她听见雨点敲打在碰击布的伞面上的声音，有节奏地应和着她的心跳声。早春，这是属于他和她的雨夜。

酒店附近有一家便利店，黄希言和席樾在这里暂时分别。席樾去酒店退房、拿行李，她顺便在便利店买一些洗漱用品。

结完账，她走到门口的房檐下等待。这个时候来了一个电话，黄希言拿起来一看，是袁令秋打来的。黄希言犹豫了一下，没有接，也没有拒接，能猜到这通电话是为自己生日的事儿。几秒之后，那边自行挂断了。手机的通知栏弹出未接来电的提醒，还有未读的微信消息。黄希言点开消息才发现，那是十几分钟前丁晓发来的。

丁晓问：“今天还回宿舍吗，礼物不要了？”

黄希言的心里一暖。她将塑料袋子的提拉口套到手腕上，腾出手来回复丁晓的消息：“今天不回去了，我现在跟席樾在一起。”

丁晓秒回：“有情况是不是？”

黄希言笑着回复：“我们在一起了。”

丁晓回复了一个“OK”的表情，又说：“不打扰你们了，玩儿得开心。”

黄希言又等了五分钟左右，街对面出现席樾的身影。她怕他看不到自己，挥了一下手。席樾也抬起手很随意地挥了一下以做回应。

黄希言租住的地方离酒店不远，他们还是步行回去。湿漉漉的路面被路灯照亮，像散着被揉碎的月光，让黄希言想起去年夏天自己还在奚城实习的时候，那天下班等公交车，席樾过来接她，也是一样的场景。

黄希言拿钥匙开门，进屋之后，拿出刚刚买的两双拖鞋：一双棉拖，一双凉拖，凉拖方便他洗澡时穿。席樾走进来，把行李箱推到墙边。黄希言带他去浴室，把新的牙刷和毛巾都放好，告诉他热水往哪边开。

席樾洗澡的时候，黄希言先烧上水，再回到卧室里，更换了一套新的床单被套，白色底，绿色树枝和浅黄小花的花色。床头柜上摆放的好几本看完的书，也都被她收回到书桌上的书立之间。

她坐在床沿上等席樾洗完澡，闲下来没事儿做，突然间后知后觉地领会到了方才自己提出今晚要在一起时，席樾一霎的犹疑。她不知道席樾理解的，跟自己想要传达的是不是一个意思。她的想法很单纯，但是……如果席樾想……自己会拒绝吗？她感觉自己不会。虽然从理论上来说早了一点儿，但情之所至的事情没有理论。

她胡思乱想着，耳朵发热。浴室门开的声音打断了她的思绪，她赶紧起身走去卧室。席樾站在浴室的门口，手里拿着换下来的衣服，身上穿着T恤和方便睡觉的齐膝宽松短裤。

“把衣服给我吧，”黄希言假装方才自己一直待在卧室，从卧室那边走过来，向他伸出手，“脱水后晾起来，明天早上应该就会干。”

席樾犹豫了一下才将衣服递给她。她把衣服丢进洗衣机，启动洗衣机之后，再走过来，从浴室柜里找出吹风机递给席樾。他吹头发的时候，她就站在门口。席樾从镜子里看着她。她又想到了刚才自己乱想的事情，转头走掉了。席樾有点儿摸不着头脑。

吹完头发，收好吹风机，席樾走出浴室。黄希言已经进了卧室，门是半开着的，她的声音传过来：“客厅灯的开关在大门边上。”

席樾走过去摁灭了客厅灯，安静的空间里，只有小阳台上洗衣机运转的声音。他看着地板上从半开的卧室门投出来的一片形状规则的灯光，犹豫了好久才若无其事地走过去。

黄希言已经进了被窝儿，趴着翻一本杂志，头发从一旁垂下来，露出有胎记的左半边脸颊。席樾四肢僵硬地在床沿上坐下，看见床头柜上放着一只马克杯，杯中已注了热水，腾起缥缈的一缕热气。

他不常把心情表现在脸上，就像此刻，他看向黄希言，神色还是再平淡不过："你还要再看一会儿书吗？"

黄希言说："主灯是双控的，开关在你那边，你帮我关一下。"她撑起手臂，揿亮自己这一侧的台灯，然后合上杂志，往床头柜上一放。

等主灯被关掉，房间里只有台灯柔和的光，灯罩是彩色玻璃的，光透过去，投射到天花板上，形成奇异且漂亮的光斑。黄希言转头看他。他躺下来，面朝着天花板，手臂很随意地搭在被子外面。

"席樾……"

"嗯。"

黄希言伸手捉住他的右手，用指腹轻轻摩挲他食指的第二个指节："这是我的名字吗？"

"嗯。"

"什么时候去文的？"

"你走之后两周左右。"

"因为想我？"

"嗯。"

"我也一直在想你，但是我没有办法告诉任何人。我本来不打算再联系你，你又寄来雕塑……"

"你不联系我，我也会来找你的，迟早。"

"你还画了我。你说不画身边的人。"

"你不一样。"

黄希言勾起嘴角笑了。席樾转过头去看她，她被长发拥住，灯光下皮肤被映成暖色调，眼睛明亮。

"你知道吗？我答应过我姐姐不会跟你在一起。她看到你的画，知道我还在跟你联系，我们吵了一架，现在还没和好。"

席樾沉默了一霎："他们说得对，我很凉薄，不太念旧情。你姐姐，或者其他人，其实……我都不在意。哪怕要让你们姐妹关系破裂，我也不会有负罪感。"

"你最好不要有负罪感，"黄希言的笑声清脆，"因为我也没有。这是我自己做的决定，二选一，我选了你。”

“或许你会后悔。我怕自己会伤害到你。”席樾的声音微微低沉，音色纯净、清冽。

“可是，所有和我最亲近的人中，你是唯一没有伤害我，还治愈了我的人。你不知道我有多喜欢你。”

席樾也微微地笑了一下，伸手摸她的额头：“我现在知道了。”

“有一件事儿……”席樾想到什么，忽然说。

“嗯？”

“以后不要再提何霄。”

“啊？”

“我听到他跟你表白了。”

黄希言很惊讶：“你听到了！”

“你们的声音太大了。”

“是他表白，不是我。原来你也会吃醋。”黄希言笑得肩膀颤抖。

席樾是什么时候安静下来的，她不知道，待她意识到的时候，席樾正注视着她，目不转睛的，似乎已经看了她很久。她停下笑，被他盯久了，很奇怪地觉得害羞，不由自主地拉起被子盖住了脸。蒙到呼吸有点儿困难，她又把被子往下拽了一点儿，从里面露出一只眼睛，偷偷看了一眼席樾。他还在看她。她继续把眼睛藏回去。

席樾盯着她的脑袋在被子里鼓起的位置，顿了一下，伸出手。掀开被子的动作遇到了一点儿阻力，他遂放弃了。一秒钟后，她自己将脑袋从被子里钻了出来，一双漂亮的眼睛就那样凝视着他，目光中说不出来有什么意味，又好像有无限意味。

席樾的喉结滚动了一下。他用手肘支起身体，探过去，拿手指拨开她脸颊上的头发，也一并将自己的脸凑近。她的视线里是他高挺的鼻梁、长长的睫毛，落在眼睑下方的睫毛的阴影。他的呼吸太近，近到拂进她的眼睛里。她屏住气息，闭上了眼睛……

吻落下来，只是轻轻的触碰，也让她的心脏颤抖到发疼。她将手伸过去，揪住了他的衣服。他探过手，按住她的后脑勺，将她搂进怀里。她这时才觉察到他的呼吸一点儿也不平稳。

原本轻触的吻更进一步，黄希言终于意识到，他是比她大七岁的成熟男性，无论怎样温和，也有想要去掌控的一面。她慌张地轻轻推了他一下，他立即停下来。她飞快地翻了个身，假装要起身去关灯，再躺下时，背对着他，离得远远的。

黑暗里，席樾那边极其安静，毫无声响。黄希言犹豫了一下，还是转过身去，靠近他，将额头抵在他的手臂上。他顿了一下，侧过身，将另外一只手伸过来搂住她。她知道他没有不开心，便安心下来。

她在他的怀里找到一个舒适的姿势，闻到他微微发烫的皮肤上清爽的柠檬和甜橙的香味，那是她的沐浴露的味道。她心里有奇异的满足感，为他这样一个清冷疏离的人在她面前也有稍显无法自控的时候。

黄希言这一天的行程充实到没有一分钟是浪费的。如果不是逛了一下午的街，又舟车劳顿地从一个城市辗转到另一个城市，再经历情绪的大落大起，身体的电池终于被榨干最后一丝电量，她多半会兴奋得整夜睡不着。

醒来的时候，黄希言反应了一下，才没有被身边还躺着一个人的事实吓到。没拉好的遮光窗帘之下，是一层薄薄的纱帘，透进来灰白的天光。她侧躺着，盯着席樾，才发现他颈间靠近喉结那里有一颗小小的痣，衬得皮肤更加白皙。

她安静地看了好几分钟，拿过手机，已经接近席樾定的早起闹钟的时间。她伸手轻轻地碰了一下他的手臂，他从鼻腔里发出含混的嗯的声音，没有立即睁开眼睛。

她小声地说："虽然你这样我会很高兴，但是，你要赶不上飞机了。"

他还是没睁眼，嘴角却勾起微微的弧度。他将手臂伸过来，把她往怀里搂。微冷的清晨，让她不由得贪恋他皮肤的温度。她的脸靠近他的颈间，眼前是他喉结那里的痣，如果不是因为矜持，她很想造次。

磨蹭到闹钟响起，席樾伸手摸过枕边的手机按掉。黄希言先从床上起来，走到卧室门口，啊了一声。

"怎么了？"

“你的衣服，昨天晚上忘记晾了。”

“下回再带走吧。”

黄希言笑了一下，打开卧室门，边往外走，边将套在手腕上的发圈取下来束起头发。席樾去浴室冲了个澡，出来时，餐桌上有柳橙汁和烤好的面包片，阳台上，他的衣服被晾了起来。

两人面对面坐下吃早餐，黄希言一边吃东西，一边托腮看着他。

“看什么？”

“没什么。”她只是笑着。

席樾吃东西比较快，也需要抓紧时间把行李箱收拾一下。他拿纸巾擦擦手，喝掉杯子里最后一点儿柳橙汁，站起身要往客厅方向走，经过黄希言的身边时，脚步停了一下。他弯腰，用手指捏住她的下巴，抬起她的脸，低头，在她的嘴唇上碰了一下，留下一个微凉的带着橙汁味道的吻，紧跟着就起身走了。黄希言手里还抓着面包，愣了半天才反应过来，不由得伸出舌尖舔了一下自己的嘴唇，心脏乱跳。

没一会儿，席樾就换好了衣服，收拾好了行李箱，准备走了。从这里去机场，路程很远，他不让她送。她随意地换了一身衣服，要送他到小区门口。

下过雨的清晨，带着一点儿草木腥味的空气很清新。席樾用一只手推着行李箱，走着走着，脚步顿了一下。他发现黄希言在对着小区门口的一棵树出神，落后了他两步。他将另一只手朝她伸过去，五指平平地展开。黄希言在快撞上他时才发现，笑了一声，把自己的手递过去。他将手指收拢，牵住她的手。

在小区门口等叫的车驶过来，黄希言抓紧最后一点儿时间拥抱他。变成他的女朋友，好处就是以后分别时，她再也不用掩饰自己的舍不得。

黄希言在南城这边完成了一周四天的实习，星期天回到学校。她见自己的桌子上放着丁晓和其他两个室友为自己准备的生日礼物，延迟拆开也不影响自己喜悦的心情。

丁晓早就翘首等待黄希言讲述与席樾在一起的前因后果。晚上熄灯之后，黄希言爬到丁晓的床上，拉起床帘，还没开口，先拿被子蒙住脸大笑。

丁晓一脸嫌弃："如果恋爱会让人变成这种蠢样，那我最好一辈子别恋爱。"

"这种话不要随便说，以后会打脸的。"

丁晓耸耸肩。说回到正经的，丁晓问道："那你们要异地恋？"

"应该是的。"

"我感觉你不缺人泼凉水，就不说丧气话了，祝你们幸福吧。"

黄希言从被子里钻出来，抱了丁晓一下："丁晓，谢谢你。"

丁晓有点儿蒙，不适应这种表达友情的方式，感到别扭极了，顿了一下，才拍拍黄希言的肩膀问："谢我什么？"

"你说你恋爱不会跟家里人商量，因为他们不配。这句话给了我很大的勇气。"

"快别！不要告诉其他人这种大逆不道的话是我教你的。"

黄希言笑个不停。闲聊过一阵，黄希言回到自己的床上，给席樾发了一条微信消息，告诉他自己要先睡了。席樾很快回复她："晚安。"

黄希言领会到了他要改变的决心。他现在画画的时候，会登上电脑版的微信。这件事儿，她决定等下次见面的时候和他聊一下。

原本席樾打算交完稿就去南城找黄希言，但是甲方追加了一个要求，他比原定计划多忙了几个工作日。黄希言现在大四，已经没有课了，论文初稿写完，在做完善的工作。她周日到周二不用实习，于是决定去深城找他。她到的时候，差不多可以赶上他手头儿的工作收尾。

黄希言下飞机之后，是蒋沪生来接的。两人碰头时，蒋沪生笑着称呼她"弟妹"，呼应头一次见面时对她开的玩笑。

路上，蒋沪生说："因为你要来，席樾正加班加点儿呢，顺利的话，晚上就交稿了。我把你先送到他那儿去，你休息一下，晚上我请你们吃饭。"

黄希言笑说："谢谢。"

比起南城春天的细雨霏霏，深城这边天气清朗。这是一座海滨城市，天空的颜色是她很少见到的净透的蓝色。

黄希言将车窗打开一些吹吹风，长发被风吹乱，她伸手将长发拨到耳后。

蒋沪生转头时才注意到原来她左边的脸上是有胎记的，不由得暗暗震惊了一下。敢情席樾画了大半年的废土朋克系列作品，女主角是有原型的，与此相比，手指上的文身都算不上什么了。

蒋沪生这些年虽然已经彻底"金盆洗手"不怎么画了，但毕竟从小学了十几年的画，深知创作一幅原创作品需要多大的热情。

画师照自己脑中的幻想创作实际的画面，这个过程，蒋沪生觉得像西方神话里亚当取肋骨造出夏娃。从这个角度考虑，他觉得，席樾这人也蛮变态的。

蒋沪生笑了笑，将手腕搭在方向盘上，对黄希言说："我上回说了一些多管闲事儿的话，今天跟你道个歉。"

黄希言微笑着摇头："其实你说得很对。"

"希言妹妹，偷偷跟你八卦两句，你可别跟席樾说我告诉你了。"蒋沪生笑说，"这半年多，席樾画画前都会定闹钟，强制提醒自己三餐好好吃，虽然还是拿楼下全家便当糊弄一下。"

黄希言愣了一下。蒋沪生继续说："他现在也很少熬通宵了，最多熬到深夜两点。我跟他认识这么多年，没见他这样过。别说，不用劳心费力地给他当老妈子了，我一时还有点儿不适应。"他笑道，"谢谢你救我脱离苦海。"

黄希言笑得有点儿勉强。对于这件事情，她决定到时候也要跟席樾聊一聊。蒋沪生倒没觉察到她的内心活动，又说："对了，你到席樾那里后，试着给他打个电话。"黄希言不明就里。

"你试，试了就知道了。"

蒋沪生喜欢卖关子。黄希言有时真的忍不住有点儿烦他，此时无奈地笑了笑。

到席樾住的公寓楼下，蒋沪生将车拐进地下车库停好，领她乘电梯上楼。到了 2203 的门口，蒋沪生掏出备用钥匙，打开门，一并把钥匙给她，让她这几天自己用。兴许是里面的人听到了开门声，从书房那边传来脚步声。黄希言进门后还在低头找拖鞋，这时候抬起头。

席樾穿着黑色T恤、居家棉质卫裤，头发随意地扎了一下，面露疲惫，眼里却满是笑意："来了。"

"嗯。"黄希言抿嘴微笑。是与他快两周没见的原因吗？再见面时，她会觉得有一点儿害羞。

她在鞋架上看到一双薄荷绿色的女士棉拖，全新的，很自然地知道应该是他提前准备的。她将棉拖拿下来穿上。

蒋沪生懒得换鞋，干脆不进屋了，就在门口跟席樾打了个招呼："人我给你接到了，你好好画画啊！"

蒋沪生关上门走了。黄希言把行李箱推到客厅里，卸下背后的小号双肩包，先不好意思地说："我……借用一下你的卫生间。"

席樾走过来给她指路："那边。"

"你可以不用管我，先忙你的。"

席樾点头，却没动。黄希言笑了，伸手把他往书房里推："快去画画。"

看着席樾进了书房，黄希言往浴室去，一边走，一边四下打量着。这间公寓是现代风格的装修，采光好，室内一派明亮。洗手间干湿分区，灰色水磨石的墙体和地面，一体感的设计显得很简洁。干区这边浴室柜的岩板台面上放置着他的电动牙刷和洁面皂，口杯里有一支没拆封的牙刷，她知道是为自己准备的。

用过洗手间，黄希言放轻脚步往书房走去。他的这个书房，基本是奚城那边702室的复刻版，东西堆得满而不乱。宽大的书桌上，有没清理的能量饮料和罐装咖啡的包装。

席樾自屏幕上移开视线，看向她："你先休息一下。"

"嗯，你不用管我。"

她随意地在书房里逛了逛，拿了一本杂志，往席樾斜后方的沙发走去。经过他的身边时，她的脚步顿了一下，手掌往桌沿上一撑。他果然转头看她。她学他上次的做法，倏然低头靠近，亲一下他的嘴唇。但是，她转身的时候，被他抓住了手臂。

席樾没有让她跑掉，以脚点地，往后推开电脑椅，把她拉过来，令她背靠桌沿，伸手按着她的后颈，让她低下头。她的发丝落在他的额头上，他用手指拨开，用指腹贴住她左边的侧脸，仰头细细地吻她。

傍晚时分，席樾把所有的文件打包发送到甲方指定的邮箱，丢下鼠标，喝完罐装咖啡里的最后一口。

南方海滨城市，春分以后，天黑得越来越晚，日光的亮度缓慢下降，被纱帘滤过后的夕阳的色调，是玫瑰茜红混合一点儿拿坡里黄。

黄希言在沙发上睡着了，头顶的沙发扶手上放着她的笔记本电脑，下面压着从他的书房里随便拿的一本杂志。她枕着一条手臂侧卧，薄开衫的衣襟敞开塌下来，褶皱的阴影呈湖蓝加少量的浅灰色。她安静地和这黄昏融为一体。

席樾走过去，在沙发前的地板上坐下，用手肘撑住沙发的边缘，将另一只手伸过去拂开她滑落在脸颊上的头发。安睡中的她，嘴唇微张，眼皮上隐隐可见灰青色的血管，睫毛长而细软。

刚刚他画画的时候，偶尔会因为她的动静分一下神，知道她在一下午的时间里，写完了一篇公众号文章，看了半本杂志，吃掉了冰箱里的一个苹果，将果核扔进了他脚边的垃圾桶里。她没有打扰他，在自己的事情里自得其乐。

席樾将手指移到她的鼻子上，捏住。很快，黄希言感到呼吸不畅，醒了过来，睁开眼睛，和他四目相对。她不急着起来，想到一件事儿，因刚睡醒，声音有一点儿哑：“你记不记得有一次我用你的电脑剪辑视频？”

“嗯。”

“后半夜我睡着了，醒来时发现自己在你的床上，是你抱我过去的吗？”

“嗯。”

黄希言朝他伸出两只手臂。他顿了一下，反应过来，微微一笑，将一只手从她的后背绕过去，用另一只手搂住她的腿，很轻巧地将她抱了起来。黄希言搂住他的脖子。他说：“好轻。”

她不说话。他转个身，往沙发上一坐，顺势让她坐在自己的膝头，然后弯下腰，拾起地板上的拖鞋，给她穿上。

可以下地了，但是黄希言依然搂着他，将脸颊紧紧地贴在他白皙的颈项上，感受那里的温度和有规律地跳动的脉搏。她的心情像落日时分的风一样，荡漾，翻涌。她还是忍不住，抬起头，一点儿一点儿地挨近，吻上他的嘴角。他顿了一下，回吻她。

她感受到和之前不一样的力度。这个吻似有很深的意味，他毫不克制，可是相对的，他的肢体动作格外克制。这轻飘飘的感觉，她不知道如何形容。如果不是被敲门声打断，席樾有没有可能有下一步动作，她不知道。因为敲门声响起的一瞬间，她立即感觉到害羞，起身太快，连拖鞋都差点儿被她踢掉。她忙说："我去开门！"

果然不出意外，来的人是蒋沪生，他是来喊两人出去吃饭的。蒋沪生很周到，还专门换了一身衣服，周正熨帖。

黄希言笑说："蒋先生还换了衣服，好客气。"

蒋沪生："你想多了。跟你们吃完饭，我还有一个饭局。"

黄希言："……"

黄希言简单地洗了一把脸，整理了一下头发才出门。席樾再自然不过地抓住她的手。蒋沪生啧了一声，脸上一副"没眼看"的表情。

三人去一家日料店吃饭。黄希言第一次来深城，对这边有什么好吃的一点儿也不了解，反正蒋沪生做东，客随主便，就由他拿主意。

她被蒋沪生忽悠得喝了一些梅子酒，脸烧起来，呈绯红色。她已经不记得三人聊了一些什么，都是没营养的话题，只是自己很开心，以致忍不住笑，酒精又让她的笑点变得更低。

蒋沪生问她："希言妹妹毕业以后要不要来深城这边工作啊？"

"我找到现在的工作已经很不容易了，不要这样怂恿我。"

蒋沪生笑说："来我们工作室做外宣也行啊，我按照正常标准给你开工资。"

席樾不怎么高兴地看了蒋沪生一眼："你别干涉她。"

"我是正大光明地挖墙脚。"

黄希言笑眯眯地说："双倍工资的话，我可以考虑一下。"

"行啊！正好给我个理由压榨席樾。"

"那不行，他已经很辛苦了，你不要做杀鸡取卵的事儿。"她从语气到表情都显得很护短。

这一下席樾也笑了。蒋沪生感慨："我何必自找没趣？"

晚饭结束后，蒋沪生把两人送回去，路上问席樾："你真的不考虑再去考一下驾照？你不能总指望我给你当车夫。"

"不学。"席樾还是这个回答。

蒋沪生不放过损席樾的好机会，笑着对黄希言说："席樾的科目二，考了三次都没过。'天才蠢货'是不是说的就是他这种人？"

黄希言说："我有驾照。"她看了一眼席樾，又说，"我以后可以载他，他不用学。"

蒋沪生咬牙切齿地笑道："你俩打包给我滚下车吧。"

蒋沪生把两人放到小区的门口就走了，奔赴他刚刚开始的夜生活。小区门外有便利店，席樾问黄希言还需不需要买什么。黄希言想了一下："该带的我都带了。"

两个人牵手回到屋里，黄希言拉着自己的外套嗅了一下，有在日料店里闷出来的食物的味道，就先去洗了个澡。

洗完澡出来，她问席樾吹风机在哪里。席樾走过去，来到浴室的门口，里面扑出蒙蒙的水雾。她一头湿发，站在洗手台前，身上穿着一件印满了煎蛋图形的睡裙。他叫她退开一点儿，打开浴室柜的抽屉，从里面拿出吹风机。她吹干头发花去了二十分钟，然后走回客厅，拿出自己的护肤品。

席樾回房间拿了一套干净的衣服去洗澡。他的动作快得多，在她把头发吹到半干的时候就出来了。

黄希言斜着腿坐在沙发上，拿着手机，抬头看他，笑说："你的手机在哪里？"

席樾以为她要用，从餐桌上拿起来递给她。黄希言摇摇头，没有接，而是在自己的手机上点按了几下。然后，他的手机铃声响起来：

“起来，饥寒交迫的奴隶，起来，全世界受苦的人……”

黄希言愣住，继而笑到肚子疼：“这是什么啊？”

席樾的表情平静得很。他解释说，没有正常的人类在听到这种铃声的时候还能不提起警觉，他怕漏接她的电话。

黄希言的笑声一下子就停止了。她愣了好一会儿，伸出手：“你过来，我要跟你聊一聊。”

不知道是不是她的表情太严肃，搞得席樾也跟着严肃起来。黄希言不说话，支起身体，跪在沙发上，先伸手抱住他的肩膀：“依本性来说，人是不是很容易屈从于舒适和随意？就像有时候，我明明知道太晚了吃夜宵不好，还容易头脑发热去吃。”

席樾看着她：“能不能说得再明白一点儿？”

黄希言笑了一声：“我想说，我很高兴你愿意为我改变，但是我不想变成你的负担。逼迫自己改变最舒适的生活方式，是一件很痛苦的事儿，我不希望看到你勉强自己。”

席樾抬手摸摸她的脑袋：“你想多了。”他顿了一下，又说，“你说让我长命百岁，一直陪你。”

“但是，我要告诉你，哪怕你漏接我的电话，我也不会生气，我知道你不是故意的。你不用秒回我的微信，没关系的。你不知道，你存在的本身就是我全部安全感的所在，其他的都是形式。”

“如果你发生什么事儿，至少我应该第一时间到你的身边去。”

黄希言怔了怔，意识到他还在为上次她受伤时，他错过她消息的事情耿耿于怀。她将脸埋进他的肩窝，小声说：“你把我搞得很想哭。”

席樾摸摸她的耳朵：“别哭。”

“我好爱你。”她在哽咽。

“何霄说我心里只有画，他是错的。”席樾扳起她的脸来亲她，尝到一点儿眼泪的咸味。

她触电般地退缩，泪眼蒙眬地看着他。他却伸手，又把她的脑袋按到自己的肩膀上：“不要这样看我。”他的声音是哑的，“我没有那么君子，会想欺负你。”

黄希言把眼泪都蹭到他当睡衣来穿的T恤上，酒精、热水澡和眼泪……使她脸上的皮肤微微发烫。她没办法克制自己的感情，于是用嘴唇微微地蹭着他的耳垂。他的四肢好像都僵硬了。最后，一个吻落在他的喉结上，达成她那天早上造次的幻想。

席樾被她从云端拽落，抬手将她的头发捋到耳后，亲吻她颊边的胎记，垂眸之前，眼睛里充满坦荡的热念。艺术家的手指是画笔，描摹着爱人的骨骼、血肉、皮肤和肌理，再到最深处，触及灵魂，直到月光画下休止符。

黄希言抱着他，将嘴唇挨在他的耳朵上，以几不可闻的声音说："我愿意……"

席樾亲亲她，又摸摸她的耳垂，呼吸同样不平稳："不着急。"

等到呼吸渐渐平稳下来，黄希言起身，又去浴室冲了一个漫长的热水澡，待情绪缓和下来才从浴室出来。席樾趴在阳台的栏杆上抽烟，黑色T恤的下摆被风鼓起，后背显出很分明的肩胛骨的形状。

听到脚步声，席樾转头看过来。黄希言走过去，也趴在栏杆上，但是不敢看他。他好像知道她的心情，也就不再看她，微微侧了一下身，伸手摸摸她的头顶，把她的后脑勺一搂，将她的脑袋埋在自己的胸口，另一只手将烟拿得远了一些，怕烧到她。

她偷偷睁开一只眼睛，目光掠过他的手臂，看见城市灯火璀璨。

从偏远的小城市，到现在相隔千里的繁华地，她体会到缘分的玄妙，也有哪怕退缩一步或许就将彼此错过的后怕。

她的脑袋在他的身上蹭了蹭，他的回应是安抚性地摸摸她的后脑勺。她的脸颊还有些发烫，被夜风吹得渐渐降温。她想起吃晚饭时讨论的问题，抬起头看向席樾。目光触及他高挺的鼻梁、过分好看的眉眼，她先是恍惚了一下，才问道："你会想要我来你这边找工作吗？"

她相信即便异地恋，自己和席樾也不会有什么感情上的危机，只是能不能熬得住不见面的想念是另外一回事儿。

席樾说："我去找你也行。"

"你这边开着工作室呢，蒋沪生怎么可能放行？"

“只要我按时交稿，他没什么话说。”

黄希言笑出声：“蒋沪生可能上辈子欠你的。”

席樾也笑了笑。抽完这一支烟，他摸她的手，有点儿凉：“走吧，进屋去睡觉。”

黄希言补擦了一点儿护肤品，席樾再次刷了牙，两个人一起进卧室。

床上是一套深灰色的床品，被子微微皱起，掀起了一角，显然席樾起床之后没有整理。枕头旁边歪七扭八地放了几本书，席樾当场收拾起来，将书码整齐，放到床边的柜子上。

熄灯之后，两人躺下，席樾径直伸手将她搂进怀里，意味单纯。黄希言好像嫌被子漏风，手绕到后背去掖被子；又嫌头发被压住，扯出来往耳后捋；再将手伸进被子里，把卷边的睡裙理整齐……

席樾有一点儿郁闷地箍住她的手臂：“别动了。”他们本来就像两颗火种，某个人还毫无杜绝因失控而燎原的可能性的自觉。

黄希言停下来，以为他准备休息了，笑说：“好了好了，我不动了，我们睡觉吧。”

“你困了吗？”

“没有。不是你困了吗？”

席樾摇了摇头：“还好。”

因为黄希言要来，席樾为了不耽误和她在一起的时间，这两天除了睡觉和吃饭，其他时间基本都在赶稿子，现在身体很疲累，但是精神很好。这种矛盾的感觉一直拉扯着他，他不愿睡，想让自己看见她的时间更久一些。

黄希言想到了什么：“哦，有一件事儿我想征求你的意见。”

“嗯？”

“我如果去做激光手术去掉胎记，你觉得怎么样？”

“假如你觉得将它去除更开心，那没什么不可以。”

黄希言笑道：“你不会觉得我因此失去独特性吗？而且，如果胎记没有了，那么谁还会知道你最近的一些画的原型是我呢？你会不会觉得我这种想法很虚荣？”

“不会。你的特殊，不是因为你的外表，而是……”

“而是？”

席樾沉默了好一会儿，伸手摸摸她的额头：“我不知道你为什么觉得我好。”

“就像我不知道你为什么觉得我很漂亮？”黄希言笑出声。

席樾也跟着轻轻地笑了一声。他把手按在她的背上，将脸埋在她的发间，以微微低沉的声音说：“告诉你一些事儿。”

“嗯？”

黄希言一直知道席樾是不善言辞的。这番话，他说得很慢，有时候会停顿，常常会有上下语句无法相连的情况。她凭自己的理解，归纳出他想完整表达的意思。

很长一段时间，他画画都在追求极致的技艺。他不是不明白情感对画作的重要性，只是有意识地回避。缘于天生的心性，他对情绪的敏感远远超过其他人，因此过度的快乐或者痛苦都会灼伤他。他画画的时候，会把那些情绪封存在心里的“玻璃匣子”里，以旁观者的身份观察和描绘，但不敢真的去触及、去感知。

其实，七年前他第一次和黄希言见面，就隐约从她的身上看见了自己的影子。黄家幺女，与骄傲自信的兄长和姐姐不同，身上永远有一种挥之不去的忧伤，显得过于黯淡，不起眼。但是，他莫名地会留意到黄希言，有种自己未曾清晰地察觉的同病相怜的心理，因为他也是对纷繁俗世手足无措的人。

不过，那时候他跟黄希言的接触并不多，有限的安慰也就是初见那次他送她一盒八喜。多年过去，对于仅有的这一点儿交集，他也早就忘了。

去年夏天，黄希言租住在他的楼下，他现在回想，会觉得或许人生有一些事情是命定的，就像“山水有相逢”。和他记忆里稀薄的印象比对，她好像变了很多，但那种忧郁的底色没有变。只是和他这些年日渐沉默不同的是，她始终如一地无论再怎么难过，仍然保持微笑。

黑暗里的生物有趋光性，他追逐过阳光，又被灼伤，只好躲进更深的黑暗里。但她不是阳光，是更柔和的黑夜里的萤火或者月光。他看到两人共生的可能性。也因此，如果一旦失去她，他或许将永远被流放于黑暗之中，“玻璃匣子”远远关不住这样一种绵延不绝的痛苦。

她实习结束离开的那一阵子，他感到很煎熬，有整整两周的时间把自己关在黑暗的屋子里，一笔没动，只维持最低限度的生存活动。直到深夜也睡不着觉，他就坐在六楼的楼道里抽烟，半宿能抽完整包烟。楼里的一丁点儿风吹草动都会引起他的警觉，让他屏息静听，只是，没有一次的脚步声是朝着这里而来的。外套口袋里揣着手机，凡有消息提示，他都会拿出来看，但每一次都期待落空。

两周过去，他终于接受她不会再回来的现实。不会再有人小心翼翼地关心他是不是没吃饭，是不是又整晚没睡，也不会再有人陪在他的身边，一同安静地虚度那些无意义的时光。

那天坐了一整晚，天亮之后，他起身出门，去两人第一次吃饭的粥铺，去那个公园的亭子，去乘坐同一班公交车……

一整天，太阳没有温度地照着他。他恍惚地在外面逛了一圈，看见路边某居民楼前的一道铁门上挂了个“文身刺青”的招牌，便走进去，往食指的第二个指节处刺了一个名字。为什么刺在那里？因为那是他画画的时候，一垂眼就能看到的地方。

回去之后，他带着仍然煎熬的心情提笔，在调色盘上毫无章法地调油画颜料，技巧之类的东西都被他抛到脑后，变成纯粹情绪的宣泄。他好久没有那样随心所欲地画过画了，丢下笔，昏睡了一天一夜。醒来之后，他想到的第一句话竟然是她离开时状似开玩笑的嘱托：“我走了，你要好好吃饭啊！”于是，他洗澡，刮胡子，下楼去吃了一顿久违的早餐。

采买物资的时候，他看见超市冰柜里的八喜冰激凌，便随手买了三盒。他回去后吃了一盒，因为她说，哭过以后吃到的冰激凌，比它平常还要好吃。但是，他觉得这个论断有待考证，因为他吃得很痛苦，分明像咀嚼一种排遣不掉的苦涩一样。于是剩下的两盒就扔在那儿了，他不想再碰。

他意识到，如果自己不肯从这里踏出去主动走向她，他们终究会无声地走向陌路。于是他决心搬走，想办法和她再度发生联系，那已经是后话了。

“我觉得现在的气氛太伤感了，而且有点儿煽情。我要讲个笑话调节一下，”黄希言的笑声中带有一点儿鼻音，说话的声音闷闷沉沉的，“不然我又要哭了。你是怎么回事儿，我不想今天晚上擦第三次面霜了……”

席樾的回应，是去吻她湿漉漉的眼睛。

“对不起……”黄希言控制不住自己的情绪，干脆破罐子破摔了，“我一直是个胆小鬼。或者说，那个时候，我没有你喜欢我那样喜欢你，没有为你放弃原有的一切的觉悟。我不知道自己会让你这么难受……分开的时候我只是很想你，但是我在找工作、做论文，很正常地生活。对不起，我这样对你好不公平……”

“别道歉，是我的错。”席樾的声音沉沉的，“你过得好，我才放心。”

“你不要贬低自己。我知道他们都说你不会是称职的男朋友，但是我对你没有那些世俗的期待。我不需要你有求必应，不需要你陪我去朋友圈撑场面，不需要你成为我父母眼中合格的女婿，毕竟连我自己都不是他们眼中的合格品。所以你不要总说我会对你失望，我不会。”黄希言泪腺失控，“遇到你，是我这辈子最幸运的事情。”

“别说得这么绝对，还会有更好的事情，”席樾说，“我保证。”

黄希言又笑起来，抓他的被子来擦眼泪：“还有什么煽情的话，今天晚上一次性说完，我真的真的不想再哭了。你知不知道我早起时眼睛一定会肿？我还想明天去跟你逛街……”

她还没落下的话音被席樾的一个吻堵住，好像他嫌她有点儿聒噪一样。他是微微地支起了上半身来吻她的，因此她感觉到他稍稍压下来的力量，有一种无处逃离的被掌控感，她无法否认地享受着。她抬起手搂住他的背，感受到他衣服之下硬硬的骨骼，无端地给她一种安全感。

第二天早上，黄希言比席樾先醒来。她躺在床上玩儿了半个小时手机，席樾仍然没有醒过来的迹象。她轻轻推了几次，他也没有反应，像是长时间睡眠不足之后的昏睡。

她没忍心叫醒他，自己从床上爬起来，一边刷牙，一边检查厨房和冰箱。厨房里有餐具，但是没有油盐酱醋等调料，冰箱里只有喝了一半多的巴氏奶，缺的东西太多了，让她打消了自己动手做早餐的想法。

洗漱过后，她又去卧室看一眼，席樾还在睡。于是她换上衣服，拿上钥匙，自己下楼步行去买早餐，权当散步。她买了刚出炉的可颂和蛋挞，提着纸袋回到公寓，洗了个手，再去卧室，听见床头柜上席樾的手机在振动，而他还在沉睡，没被吵醒。

黄希言走过去，拿起他的手机看了一眼，来电人是“秦澄”。她觉得这个名字有点儿熟悉，过了一会儿才想起那是谁，有些愣怔地放下手机，没多事儿替他接。

手机振动一会儿，电话就被挂断了，黄希言看见屏幕上弹出一条微信消息的提示，因手机锁屏了，她看不到消息是谁发来的。她觉得多半是秦澄，应该是秦澄因为电话没有打通，就改发了微信。

黄希言回到厨房，洗干净一只玻璃杯，倒了大半杯的牛奶，自己吃早餐，吃完后，再去席樾的书房，半躺在沙发上看书。直到上午十点半，隔壁房间才响起开门的声音。黄希言拿书盖住脸，犹豫了一下，还是没有主动过去。听见门外刚睡醒的席樾用微微沙哑的声音喊自己，她才出声：“我在书房。”

下一秒，书房门被打开。她挪开书，看他站在门口打了一个哈欠，头发蓬乱，T 恤上多出一些不服帖的褶皱。

席樾问：“怎么不叫我？”

“看你睡得很香。”

“你吃早饭了吗？”

“嗯。”

席樾点点头：“我先去洗漱。”

黄希言又自顾自地看了一会儿书，听到外面浴室门被打开的声音，合上书，把书放到一旁，起身走出去。席樾刚洗过脸，发梢还滴着水，精神清爽许多。黄希言拿剩下的早餐给他："蛋挞已经凉了，可能口感差很多。"

席樾不挑，有的吃就行。黄希言给他倒了一杯牛奶，用双手托着腮，坐在他的对面看他。他投来疑惑的目光。她却倏然站起身，走到他身边。

席樾还在茫然的时候，黄希言抓起他的一条胳膊，从下面钻过去，侧坐在他的腿上，然后用一只手抱住他的腰，抬头看他。他连咀嚼的动作都慢了一拍："怎么了？"

"有人给你打电话。"

"谁？"

"秦澄。"黄希言看着他，微微笑着，"你们还在联系吗？"

"没有。"席樾如实告知，"上一回她给我打电话还是在……八月？"

"那她找你有什么事儿？"

"不知道……"

席樾这个时候才反应过来，原来她是在吃醋。他放下手里的东西，直接搂上她的腰，把她抱……其实是扛了起来，往卧室走。啪的一声，她一只脚上的拖鞋掉了下来。

她喊了一声："把我放下来。"席樾不听。

"我恐高。"她编瞎话编到连自己都笑出来。

到了卧室，席樾也没把她放下，微微弯腰，腾出一只手拿起床边柜上的手机，果真有一个秦澄打来的电话。他回拨过去，开免提。黄希言的腿蹬了一下，她想下来。席樾一缩手臂，将她搂得更紧。

电话那端："喂？"的确是秦澄的声音。

席樾："找我有什么事儿？"

秦澄："你没看微信？我要结婚了，问你收不收请柬。"

席樾："我就不去了。恭喜你，祝你幸福。"

那边笑了一声："我就勉为其难地说声谢谢吧，也祝你早日找到幸福。"

席樾："谢谢，已经找到了。"

电话里诡异地沉默了一会儿，秦澄才说："你这个人……还是这么一言难尽。好的，不打扰了，也祝你幸福。"

他挂断电话。黄希言笑得停不下来，继续蹬腿："你快放我下来。"结果把另外一只拖鞋也给蹬掉了。

席樾把黄希言放在床上。这样站着，黄希言比席樾高。她将两条手臂搭在他的肩膀上，低头看他，还是在笑："当着现女友的面公开播放前女友的电话，你真的好没有风度。"

席樾不以为然，他只要她放心。黄希言笑说："我是有一点儿吃味儿，但是没有不放心你。我想你应该没这种能力做脚踩两只船的事儿吧？"她指了指门外，"把我的拖鞋捡过来呀！"

席樾不但不去捡拖鞋，还退后一步，拿走床边的另外一只，转身就往外走。

"喂！"

席樾的脚步不停："谁让你说我没能力。"

黄希言笑到快从床上跌下去。最后，席樾也没把她的拖鞋拿过来，而是坐回了餐桌旁边继续吃早餐。反正房间足够干净，她就直接赤脚走过去了，一看，他手里的面包还剩下最后一点儿，手疾眼快地一把夺过。

席樾手里空掉了，顿了一下，转头看她。面包把她的腮帮撑得鼓鼓的，她冲他笑，含混地说："还要继续吗？"

"好了好了，我输了。"席樾也笑了，然后起身，把她按在餐桌的椅子上，拿来拖鞋，蹲下。

她那白皙的小腿，纤细得显得有些脆弱的脚踝，让他恍惚了一下。他回过神来，才给她穿上拖鞋，问道："想去哪里玩儿，出门逛街？"

"你喜欢逛街吗？"

"还行。"

他的表情很勉强。黄希言笑了："就去看个电影吧，好吗？"

料想到会有约会安排，黄希言专门带来的裙子派上了用场。南城远未到穿裙子的季节，但是深城的天气让她可以提前臭美。

席樾记得上一回看她穿裙子是在去年夏天，蒋沪生请他们吃饭那次，她穿着黑底的碎花裙，像黑加仑气泡水一样甜美清爽。今天，她穿了一条纯黑色的连衣裙，裙摆到膝盖以上，领口有皱起的黑色花边，灯笼袖，裙身却很简洁；她的脖子上戴了一个黑色的 choker（项圈），与脚下的马丁靴相搭配，显得很甜又很酷。他看着她，看得失神。

黄希言特意要求席樾也穿靴子，在他弯腰系鞋带的时候，她往穿衣镜里看。他有个子高的优势，简单的 T 恤也能被他穿出不一样的气质，况且他的皮肤那样白，五官如精雕细琢过，分寸都刚刚好。原来秀色可餐并不是一句空话。

黄希言没忍住，拿出了手机，问他："一起拍张照片好不好？"

席樾点头，系好了鞋带，站起身。黄希言挨过来，斜了一下手机，对准镜子。两人站在一起，都是一身黑色，十分登对，她故意配合他穿情侣装风格的小女生心思展露无遗。

黄希言拍了几张照片，看了看，挑出拍得最好的一张，设定成和他的微信聊天儿界面背景，然后将手机收起，放进斜挎着的小包里："走吧。"

席樾没有动，看着她。黄希言有些摸不着头脑："不走吗？"

"不发给我吗？"

黄希言笑了，拿出手机，把照片发给他。

外面太阳当空，南国的春天已经相当温暖，穿裙子只让人感到微微的凉意。黄希言挽着席樾的手，沐浴在轻柔的风里。沿路种着浅绿与深青相间的树，他们从树下经过时，偶尔有花朵飘下，落在他们的肩头上。

第十一章

若你喜欢怪人

在席樾那里待到周一，黄希言返回南城。工作室最近在做一个百年新闻图片史的专题策划，很缺人，还是实习生的黄希言也被带教老师塞进加班的行列。因此，周末她没有让席樾过来，怕他来了自己陪不了他，徒然分心，两边都顾及不周全。

很快，到了大哥的孩子满月的时候。黄希言在心理上与家人已经很疏远了，但是还要顾及一些礼数上的事情，这种场合，她不能完全不露面。

孩子的满月宴没有大张旗鼓地操办，而是集合亲友的小型宴席。黄希言开席前半小时赶到，时间不早不晚。

黄希言给小侄子的礼物是一对手镯，是她和姐姐一起买的。黄安言此前已经去金店把手镯和长命锁一起取回来了，在这样的场合送上刚好。黄家长孙的诞生，一定程度上分走了家人相当多的注意力，黄希言很安心地当个透明人。直至开席，黄希言和黄安言挨着坐下，两个人没有交谈。

这时，黄希言的手机振动了一下，她掏出来看了一眼，是席樾发来的消息，问她在做什么。她拨了一下桌布遮了遮手机，低头用单手回复消息，说自己在参加侄子的满月酒，正在吃饭，问席樾吃过饭没有。

席樾："吃了。"

黄希言："这么乖。"

席樾："……"

黄希言没忍住勾起嘴角。这时服务员过来上菜，黄希言坐得离门近，身侧即是上菜的位置，于是她自发地把桌子上自己的碗盘往里挪了挪。挪碗盘的时候，她随手将手机放在了桌面上。那未按灭的屏幕上显示的是她和席樾的聊天儿界面，更显眼的是聊天儿背景。等黄希言意识到的时候，已经来不及了，黄安言看见了。这顿晚餐，暗流涌动。

吃过饭，黄希言准备直接回学校。黄安言走过来拍了拍黄希言的肩膀："回家，我们聊一聊。"

"我觉得没有什么可聊的。"

黄安言的神色冷冷的："你怕什么？"

"你想聊什么？"

"黄希言，这是在外面，你别逼我发火。"

黄希言发现，当自己不在意这些人和事的时候，这种威胁的话不但胁迫不了自己，还会显得有点儿好笑。黄希言微微笑了笑，说："姐姐你不是已经看见照片了吗，我们还有什么可聊的？是的，我和他在一起了。"

她们两个人在餐桌边滞留太久，引起了袁令秋的注意。袁令秋听见黄希言说的最后一句话，抄着手遥遥地问了一句："黄希言，你谈恋爱了？跟谁在一起了？"姐妹两人都沉默了。

袁令秋走过来，对着黄希言："问你话呢。"黄希言还是没出声。

袁令秋看向黄安言："安言，你说。"黄安言感到尴尬，也不吱声。

黄希言迎着袁令秋的目光，还是主动说出："席樾。"

"谁？"袁令秋蹙眉，片刻后，好像终于想了起来，冷笑一声，"黄希言，你闷声不吭的，倒很会给人惊喜。"

此刻，前来赴宴的亲朋已经走了，留在最后的都是自家的人。有服务员在观望，袁令秋两句话把他们打发掉。准备走的黄仲勋和大哥、大嫂一家听到争吵的动静，也都停步折回来。

大哥黄秉钧笑着劝和："妈，发生什么事儿了？"

袁令秋的脸色极冷，她冷哼一声，别过头去不说话。袁令秋不言声，大家就看向黄安言。

黄安言尴尬极了，勉强笑着说："没什么，是我跟希言两个人之间的事儿，我们姐妹关起门来说开就好了。"又故意揽了揽黄希言的肩膀，说，"都散了吧。大哥，你陪大嫂先回去，累一晚上了。"

黄秉钧听黄安言这么说，便没再追问，笑着对袁令秋说："妈，您别动气。希言一直乖巧听话，不管什么事儿，您好好说，她一定听。都是一家人，别伤了和气。"

因为还要安置岳父岳母，黄秉钧就抱着孩子携妻子先走了。留下的黄仲勋却没那么好打发，他厉声追问："到底发生了什么事儿？"

母女三人都不言声，黄仲勋便喝道："安言，你说！"

"爸，真没事儿，我跟希言发生了一点儿口角……"

黄仲勋看向黄希言："你自己说。"

到这份儿上，黄希言已经无所谓了："我在跟席樾谈恋爱。"

黄仲勋问："席樾是谁？"

没人应他，大家都沉默着。过了一会儿，还是黄希言自己道："姐姐大学时谈的男朋友。"

黄仲勋冷冷地瞥了黄希言一眼："你小时候倒是听话得很，怎么这几年越来越不成体统了？赶紧给我分了！回头……"黄仲勋转头指了指黄安言，"你盯着你妹妹，先把留学的事儿给定了。"

黄希言一点儿也不退缩："我不会和他分手，也不会出国留学。我已经找好工作了。"

黄仲勋拧着眉，像是没想到黄希言居然敢顶嘴："黄希言，这里没有你发表意见的余地。"

"要不您也把我软禁，不然您拦不住我……"

听见这句话，一旁的袁令秋倒吸一口凉气，眉间现出一股戾气，扬起手扇了过去。黄希言看见袁令秋的动作，自己能躲开，但是生生受了。

黄安言赶紧上前一步慌张地劝说，想让黄希言暂且服个软：“希言，快跟妈妈道歉。”

黄希言却微笑着推开黄安言的手，退后一步，转身就走。黄安言要追，黄仲勋厉声道：“让她走，有本事别回来！她在外头吃了苦，才知道家门朝哪儿开。”

黄安言犹豫了一下，袁令秋却突然朝着黄希言的背影跟过去。黄仲勋向着袁令秋扬声道：“你是该好好管教管教她了！”袁令秋闻言，厌恶地蹙了一下眉。

在酒店的大门外，袁令秋叫住在路边拦车的黄希言。黄希言顿了一下，并未回头。袁令秋走过去，猛地一把抓住黄希言的手臂，把黄希言拽到了一旁的树影下，冷眼看着黄希言。

黄希言的眼里噙着眼泪，她又倔强地不肯眨眼叫眼泪落下来。袁令秋方才的那一下不遗余力，黄希言的脸颊这时已经高高地肿了起来。

袁令秋别过目光，声音冰冷，里面毫无情绪：“你是找不到男朋友还是怎么着，非要拣黄安言用过的‘二手货’？”

“您别这么侮辱他。”黄希言的语气有点儿冲。

袁令秋冷笑道：“到时候把人领回来，尴尬的还是你自己。”

“我不会把他带回来，我自己也不会再回来了。”

“你几岁了？”

“您若觉得这是小孩子的气话，那我也无话可说。”黄希言深吸一口气，“我走了，您回去吧。”

“你今天要是铁了心为了一个男人跟家人反目，往后真就别回来了。”

黄希言抬头看了一眼袁令秋：“您是最没资格说这句话的人。那个男人耽误了您一生，您不也还在跟他同床共枕吗？”

“黄希言，你！”

黄希言干脆把话说尽：“我始终无法恨您，因为您也是受害者。您不爱我，恨不得从来没有生下我，对这些，我都可以理解……”

说着，黄希言哽咽了一下，一瞬间想到很多，像回到晦暗的童年，回溯那些消受不了的苦涩：“我理解不了的是，为什么您不跟爸爸离婚。您有自己的事业，还有漫长的余生，却失去了反抗的意志。或许，这就是你们大人所谓的‘体面’吧。我不要这种体面，我过够这种‘粉饰太平’的日子了。哪怕未来我因为现在的选择而吃尽苦头，我也不会后悔。”

黄希言顿了顿，没有说袁令秋和黄安言打自己的时候，自己在心里就已经跟她们两清了。黄希言没有恨她们，因为今天她们的言行中对自己还有些许的维护。黄希言真正憎恨的，是家里实际掌握话语权的那个人。他始终片叶不沾身，始终高高在上，始终义正词严。黄希言退后一步：“我走了，你回去吧。”这一次，黄希言是真的转身远去，一句多余的话也没有说。

袁令秋站在树影下，久久没动一下。太多人，劝她和气为重；劝她，男人不是都这样吗，哪个不在外面偷腥，也就是图个一时新鲜；劝她，黄家家大业大，何必闹难看了给旁人当茶余饭后的谈资；劝她，婚姻到最后无非搭伙过日子，你俩现在各玩儿各的，离不离有什么两样……

一直是这些与黄家关联紧密的最体面的人在劝她，唯独她婚内被强暴生下来的“罪证”，性格、长相、才能无一处与“体面”相关的小女儿质问她，为什么不离婚，为什么要放弃抵抗。

袁令秋凄惶地笑了一声，陡然神形委顿，像被命运的荒谬击穿，被沉重的、无法填补的、徒然的空虚感淹没。

黄希言坐上出租车，给席樾打了一个电话。席樾为她设了那么奇特的专属铃声，不可能错过她的电话，因此电话只响了几声，就被接通了。

黄希言意识到自己几乎所有哭的时候都是在席樾面前。席樾的语气里透着紧张：“怎么了？是不是又跟家人吵架了？”

黄希言明明难受得很，却莫名地笑起来："是的，而且是因为你。你这个红颜祸水。"

席樾为人处世的那一块少了一根筋，完全领会不到她的玩笑，反而更紧张了："我现在过来找你。"

"我在回学校的路上，准备今天晚上在宿舍睡。你不要来，我没事儿的……"

"确定？"

"嗯。下次我们见面，我再跟你详细说。我现在的心情其实很轻松……"

"我听不出来。"

"真的，很难过，但是也很轻松。你做出再也不跟家里联系的决定的时候是什么心情，我现在的心情就是什么样的……"黄希言呼出一口气，"我好想你。这个周末，你来找我好不好？"

"好。"

黄希言肿着脸出现在宿舍，丁晓担心极了。黄希言不想引起围观，让丁晓不要声张，自己去浴室拿凉水浸了毛巾擦了擦脸。

丁晓走过来，随手关上了通往阳台的推拉门，凑过来往黄希言的脸上查看，悄声问："谁打的？"

"我妈。"

"这下手也太狠了。为什么？"

"为席樾。"

"我该说你长出息了吗？"

黄希言笑了："也没什么，说开了反而很好。反正等毕业了，我去南城上班，轻易不会回家了。"

"你家里会同意吗？"

"我不问他们要钱，他们同意还是不同意不重要。"

"他们不会利用手眼通天的力量干涉你的工作，比如威胁你的工作单位不给你转正之类的？"

"你看霸道总裁小说看多了。"

“我没看过，你别冤枉我。”丁晓耸耸肩，“我被人威胁过，拿我妈的工作……”

黄希言睁大眼睛：“不是吧？谁？你从哪里结识的这种古早（形容很久以前）风格的霸道总裁？”

“我已经说了不是……”

“我不管，这段我要听。”

“等以后的吧。”丁晓嫌弃地把黄希言手里的毛巾扯掉，“这样敷着有什么用？走吧，我跟你去超市买瓶冰水。”

晚上十一点，黄希言跟席樾在微信上道了晚安，早早就睡了。

第二天上午，黄希言打算跟丁晓一起去趟图书馆，再完善一下论文。早上八点，几个室友都在这个时间起来了，难得再现四人齐聚，洗漱时抢位子，叽叽喳喳聊八卦的热闹。

四人都有事儿要出门，于是一起离开宿舍去吃早餐。黄希言一边下楼梯，一边拿着手机，埋头回复实习的带教老师发来的微信。

快到宿舍楼门口时，走在前面的丁晓脚步停了一下。黄希言也跟着停下，茫然地问：“怎么了？”

丁晓笑着用手肘撞黄希言的胳膊，示意黄希言往外看。另外两个室友注意到了丁晓的动作，陡然醒悟，赶紧笑问：“希言，那是你的男朋友？”黄希言赶紧抬头。她们的学校是一个理工科大学，学校里男生很多，基数大，并不缺帅哥。但此刻，进出宿舍楼的女生还是会忍不住朝楼前树下站着的男人多看两眼。

那个男人，穿着简单的一身黑衣，个子很高，相貌英俊，皮肤是现实中少见的冷色调的白，一头中长发更加少见。他的气质偏中性，但并不阴柔，而是透出一种冷寂之气，还带有一点儿拒人于千里之外的厌世感。这种男人真的太少见了，气质无端勾引人，以致有人在窃窃私语：全是钢铁直男（性子、性格直爽，不擅长变通的异性恋男生）的本校有这样一号人物吗？

黄希言顶着很大的压力，才敢在这种万众瞩目的情况下朝席樾走过去。她在学校“透明”了四年，临毕业被人注意到，居然是因为一个男人。

黄希言已经快走到席樾面前了，正走神儿的他才注意到。他原本懒散地站着，此时稍稍站直，目光落在她身上就没再错开过。他很自然地伸手摸摸她的后颈："起床了。"

另外两位室友没有见过席樾，这时候走过来笑着要黄希言介绍。黄希言这下是真的不好意思了，用手指碰碰鼻尖："那个，他叫席樾……"

"是我们学校的吗？什么学院的？"

"他已经毕业好多年了，不是我们学校的，是旁边美院的。"

都是有分寸的人，因此室友没多问，笑说："要请客哦。"

这算是宿舍不成文的规定，谁脱单谁带"家属"请客，"家属"不出席也可以，但是要买单。四年下来，黄希言和丁晓是宿舍里"唯二"连一次都没请过客的，搞得两人像是蹭饭的一样。

黄希言有些为难。自己倒是没什么问题，但席樾可能不喜欢这种社交场合。她看了一眼席樾，哪知道席樾竟说："今天中午？"

室友笑说："可以，择日不如撞日。"已经念大四了，都各自有事情，四个人都在学校的机会本来也不多。

席樾的手掌一直贴着黄希言的后颈，这时候他搂着她，让她往自己的身边靠近一点儿，又说："你们想吃什么，跟希言说。"

看他那肢体动作，摆明是上午他要"借"走黄希言的意思。黄希言不好意思地冲丁晓笑了笑。丁晓比了个"OK"的手势，就和室友一起走了。

终于，只剩下他们两个人。黄希言还是没好意思在大庭广众之下和席樾有太亲密的肢体接触，退后半步，抬头看着他，没开口便先笑了。片刻后，她才问："什么时候到的？"

"刚到。"

"你原本说周末过来。"

"我不放心你，过来看看。"他摸摸她的头顶，垂下目光来打量她，好像要确定她不是在强颜欢笑。

黄希言有种小孩子在被关照的感觉，笑得眼睛亮亮的。她好想抱抱他，但是那样太张扬了。她问："要去逛一下吗？"

席樾打了一个短短的哈欠："我可能需要找个地方睡一觉。"

学校附近的那些宾馆，黄希言不太放心它们的卫生状况，于是打了个车，带他去了稍远的酒店订了一间房。出了电梯，黄希言顺着指示牌，绕过三个弯，走了好长的几段走廊，才终于找到房间，结果发现他们出电梯时走错方向了，绕了整整一圈。

黄希言笑自己没救的方向感。她抽出房卡准备开门的时候，席樾忽地伸臂从她的肩膀上方抱住她，把她圈在自己的怀里，整个人的重量几乎都压在她的身上："好困。"

她觉得这个动作像是他在撒娇，笑了："让我先开门啊！"

门被打开后，席樾就这么继续圈着她走进房间。黄希言忍不住笑说："你好重。"

他不动，继续抱着她，在她耳边又打了一个哈欠。黄希言催他："快去睡觉吧，感觉你要困死了。"

席樾松开她之后，却去拿干净衣服，一定要先冲个澡。黄希言把背上的双肩包卸下来，打开室内空调的换气功能。桌上有赠送的纯净水，她开了一瓶，喝了一点儿，然后拿出背包里的笔记本电脑，坐在书桌前，连上酒店的 Wi-Fi（无线网络）。

过了一会儿，席樾洗完澡出来，换了一件连帽的黑色卫衣，发梢微微湿润。他将换下的衣服往椅背上一搭，问黄希言要不要也再睡一会儿。

黄希言摇摇头："我昨晚睡得很早，现在一点儿也不困。你睡吧，我弄一下论文。"

席樾走过来，拿起她面前的水瓶，喝了一口，放回原处，将手掌往桌沿上一撑，顺势低头，凑近，亲了她一下。他身上微微潮湿的香味充斥她的鼻腔，她的眼睛乱眨着，在他将退开时，她几乎下意识地捉住他的手腕，仰起头主动再吻他。

片刻后，席樾尤嫌不够，将双臂自她的手臂下穿过，搂住她的腰，一把将她抱起来，推远椅子，轻轻地把她放在书桌上。他微凉的手指按在她的颈后，使她低下头。她脚上的拖鞋已经掉了，连脚趾都蜷起来。此时她与他挨得极近，听见他同样激烈的心跳声。

过了好一会儿，席樾退开，捋了一下头发，声音微哑地道："我睡觉去了。"

黄希言点头，眼神还迷离着。在席樾将要转身的时候，她抬脚轻轻踢了他一下："先抱我下去。"其实这点儿高度，她自己跳下来也可以的。席樾笑了，伸过双臂搂她的腰，把她抱下书桌。

席樾躺到床上没多久就睡着了。黄希言在书桌这边改了一会儿论文，就抱着笔记本电脑也去床上坐下，把笔记本电脑架在腿上。

宿舍的四人群里，大家热火朝天地讨论着中午吃什么。在得知席樾的职业和业内地位之后，大家纷纷表示那就不客气了。话虽这么说，最后大家定下的实际上也是人均消费不高的一家烤肉店，还是黄希言主动升了级，换成另外一家口碑更好的。

到了中午十一点，黄希言把席樾叫醒。他刚醒，有一点儿蒙，躺在那里，将手臂搭在额头上，一动不动。黄希言笑着去亲了他一下，他用另外一只手拽了她一下，她就跌下去，趴在了他的身上。他本意可能只是想抱抱她，因为除了用双手搂住她的后背，没有其他的动作。但是，黄希言只听说男人一般早上会有反应的，怎么中午睡醒也会……

她的脸颊挨在他的胸口处，脸不自觉地微微发烫。过了好一会儿，她小声提醒："该起来了。"

中午吃饭时，席樾虽然不善言辞，但大家问到他的问题，他基本都会回答。尤其有个室友拿到了美国学校的Offer，问他在那边读书的一些经历，他回答得很认真。

吃完饭，大家就散了。席樾买单，几个室友各自有安排，而黄希言准备回宿舍收拾东西，下午就跟席樾一起去南城。

半个小时后，黄希言和席樾打了一辆车，出发去高铁站。手机一直有消息提示，她这个时候才有空儿看，原来是群里大家纷纷给了席樾五星好评。

四月初的光景，高铁列车的窗外是一碧如洗的天空、草色青绿的原野，阳光透过窗子照在身上，使人懒洋洋的，有些犯困。黄希言将脑袋枕在席樾的肩膀上不住地打哈欠，最后挨不住，睡了半个小时。

她睡醒，睁开眼，看见席樾在画画。她枕在他的左肩，他用左手端着平板电脑，行动微微受限，但拿着电容笔的右手不受影响。

平板电脑的屏幕上，是窗外的风景写生，似乎快要完成了。黄希言没有抬起头，问道："可以看你平板电脑上的画吗？"

笔尖顿了一下，席樾好像才发现她已经醒了，转过头看了她一眼，在平板电脑上切出画画的界面，跳到相册。他的相册里没有存储其他图片，都是自平板电脑的绘图软件导出来的画。他把平板电脑往她的方向挪了一下，方便她翻阅。

手指在屏幕上滑动，她一张一张地看着。这些画中速涂居多，大部分的细化程度不是很高，题材从人物，到场景，到材质表现……五花八门。天才的背后，是几乎每天不落的练习。

画好多，就算草草地看也要花去很长时间，黄希言决定以后找个时间仔细看，这样一晃而过，有点儿亵渎他劳动成果的感觉。她刚想退出界面，一张滑过去的画引起了她的注意，她又立即滑回来。

那是一个速涂的场景——月夜，桥，河流。那座桥，她很眼熟，不如说整个场景她都很眼熟。唯独这张画的视野，是从桥上俯瞰。从这个角度望下去，河边露出鹅卵石的河床，一个女孩儿坐在河床上的一块石头上。

黄希言看得愣住，转头看席樾。席樾自己都忘记画过这么一幅画，也愣了一下。黄希言又不傻，待反应过来便问他："那天晚上，你是故意把我骗到那座桥上去的吗？"

席樾无奈地用手掌轻轻按了一下自己的额头，笑着说："嗯。"

"为什么啊？你去了也不告诉我。"

"为什么呢？"

"我在问你！"黄希言笑出声。

席樾认真地思索了一下才说："那天我很想见你，见到了就够了。"

"可是不一样啊！如果我知道……"黄希言顿了一下。如果自己知道，会怎么样？很难讲，或许她离开奚城的时候不会那样决绝吧。

她将脸往他的颈间凑近："你别告诉我，那个时候你就……"

"嗯。"那个时候，他就喜欢她了。

黄希言小声地说："你这种什么也不说的性格，容易吃亏的。"

"嗯。"他的脸上一副分明不以为意的神色。

黄希言笑了，伸手将他的脑袋按下来，也一并拉下他衣服上的帽子："你要庆幸，我一点儿也不舍得让你吃亏。"在他低头遮住的小片阴影里，她轻轻地吻了他一下。

下午，抵达住的地方，黄希言拿出钥匙开门，嗅到门窗紧闭后不甚清新的空气的味道，但有种回家的安心感。她新换了一个栀子花味道的熏香，插上两根扩香条，整个屋里就花香弥漫，像是提前进入夏天。

她一边给席樾找拖鞋，一边问他："晚上想去外面吃，还是就在家里点外卖？"

席樾的回答一点儿也不让人感到意外："都可以。"

黄希言看了看时间，现在是下午四点半，随随便便地收拾一下，也就到晚饭的时间了："那我们出去吃，顺便可以逛一逛超市。"她顿了顿，转头看席樾，"你这次来可以待几天？"

席樾很认真地思索着："待到你想赶我走为止？"

黄希言笑了："那你就别想回去了。"

等到席樾开始收拾他箱子里的东西时，她才意识到他可能说的不是一句哄她开心的话，因为他带了笔记本电脑和数位屏，衣服也有好几套，正经想要长住的样子。

她走去卧室，收拾书桌，给他腾出可以放电脑和数位屏的位置，然后对他说："我白天要去实习，最近时不时需要加班，可能白天陪你的时间不会很多。"

"我也有工作。"席樾伸手摸她的脑袋，"你管好自己就行。"

两人下午五点半出门，在外面吃过云吞面，逛过超市，买了一些面包和牛奶，再回住的地方。路上，席樾一只手提袋子，一只手牵着她。她有种奇异的感觉，就像两人已经一起生活过很久。和他在一起，做什么事情都像睡觉和呼吸一样轻松、自然，她不用伪装，不用勉强自己。

她单独住的时候，不觉得这个小出租屋的空间狭小，现在多出一个人，不管做什么，都好像一转身就会互相撞上一样。最关键的是，这里没有厨房，想洗一点儿水果来吃，都需要借助浴室的水龙头，而自己想 DIY（自己动手制作）什么简易的食物更是奢求。

黄希言本来就想过等转正之后重新找地方住，现在席樾的到来，让她的这个念头再度萌发。

两人坐在沙发上，茶几上摆着洗干净的葡萄。黄希言吃着葡萄，思绪跑远，她在想找房子的事儿。就在这时，席樾忽然说："重新找个房子吧。"

黄希言被吓了一跳，以为他会读心术。而席樾看她的表情，以为是自己的话有些唐突，屈起手指轻轻碰了一下鼻子，又说："我的意思是，我搬来南城。如果你愿意的话，可以跟我一起住。"

"你确定要搬来吗？"

"不然你去深城找工作？"席樾淡淡地笑了一下，摸摸她的额头，好像让她不要有什么心理负担。他的工作，多半时间是自己单独完成，需要开会讨论的时候，再坐飞机回深城就行。

黄希言发现他很喜欢摸她的脑袋，是哄小孩子的那种温柔宠溺的态度："你想找个什么样的房子？"

"你们公司在哪儿？不要离得太远。"

黄希言点开地图 APP，定位了公司的地址，拿给他看。他表示记住了，等明天她去实习的时候，他会抽空儿去问问。同居明明是一件不大不小的事情，可好像他们三两句话就决定了，但是，管它的呢，对于席樾，她无限度地信任。

晚上洗漱过后，黄希言不得不再次面对同样的问题。她知道那件事情会发生，但是不知道确切会在哪一天发生。

她先洗漱完，躺在床上看书，等待席樾过来，心情高高低低地起伏着。没一会儿，席樾洗完澡，带着一些潮湿的气息走过来。他注意到她在刷微博，就坐在床边凑过去看，看见她的微博号后，便伸手拿起自己放在书桌上的手机。

黄希言立马坐起来，将下巴搁在他的肩膀上，看他打开了微博。果不其然，他是要关注她，她急忙阻止："席老师不要！"

席樾觉得她的这个称呼有点儿好玩儿，笑了一下："不要跟我互关（在微博上互相关注）？"

"你才关注了五十个微博账户，多一个少一个都太显眼了。你的'粉丝'顺着关注列表发现我怎么办？我的微博里全是'哈哈哈'的转发。"

"那我悄悄关注。"席樾笑着说。他捣鼓了一下，发现手机客户端好像没这个功能，就说明天换电脑操作。

黄希言也笑了："正好，我可以检查一下微博，把不能见人的内容提前删掉。"

"什么是不能见人的？"席樾说着，在她的主页筛选"原创微博"，手指在屏幕上滑动，一直往下翻。

黄希言赶紧去夺他的手机："不准看。"

席樾却把手臂伸直，将手机拿远了，让她够不到。他一个天天对着电脑画画的人，视力好到离谱："这条微博你要删吗？"

"哪一条？"

席樾把手机拿近给她看。那是黄希言在去年十一月的一天发的微博。那天是黄安言订婚的日子，黄希言偷跑出来和席樾见面，分别的时候，自己被他的一句话搅得心情乱七八糟，失眠到半夜。

黄希言笃定席樾也记得那一天，从发微博的日期来看，她糊弄不过去："是 Eason（陈奕迅）的歌。"

你有没有爱我的准备？

若你喜欢怪人，其实我很美。

“凌晨两点还在听歌？”

“因为在想你啊！”她往他的背后躲，小声地说。

席樾的这件黑色T恤衣领的车线锁边是在外面的，她以为他穿反了，伸手翻开领子来看，看到标签在里面，才知道设计如此。他不知道她在做什么，转过去看她，一把抓住她乱动的手指。他按灭了手机，将它丢在一旁，自然地伸手捧她的脸，低头来吻她。

两人很难不再进一步。黄希言很喜欢他身上清爽的香味和微微发烫的皮肤，有黑暗的掩护，她得以让自己的紧张落地。但是，没有到最后一步，席樾停下来，抱住她说：“下次吧，没有买……”

她觉得连他清朗的声音都是烫人的，和某个地方一样。她把脸蒙在被子里，声音很小：“我那个……刚刚过去没有多久。”

席樾的态度却很坚决。他亲亲她的耳垂：“下次吧。我要对你负责。”

“要不要帮你……”

席樾说不用，把她搂在怀里，让她不要动，一会儿就好。

好像是为了转移注意力，席樾问她，昨天晚上和家人为什么吵架了。黄希言将发生的一切都告诉了他，只除了自己挨了袁令秋的巴掌的事儿。让她舒服的一点是，席樾没有说任何无谓劝告的话，也不问她会不会后悔，只是很自然地用他近来最常展露的哄小朋友的态度，摸摸她的后脑勺。

黄希言笑了笑：“其实我和他们迟早会有这样一天。你是结果，不是原因。但是……但是我好高兴是你。如果离开家的时候，我没有其他可以去的地方，不知道会有多难过……”

席樾拿吻来堵她的嘴：“别说了，再说下去你又要哭了。”

“我才不会……”

第十二章

此处风雪寂静

之后，黄希言上班实习，席樾找房子。没到一周，席樾就找到了合适的房子，远远比黄希言的预期迅速。那是从她工作的地方步行十分钟即可到达的一套公寓，大两居，采光很好，与席樾在深城的那一套格局很像，只是没有那么大，小区没有那么高档。黄希言跟着席樾去看过这套公寓，也很喜欢，席樾就跟人定了下来。

黄希言的东西不算多。她在网上买了一些纸箱，收拾之后，在席樾的帮助下，运了两三趟就搬去了新居。她把现住房的转租信息挂到网上，没多久就找到了下家。

席樾回了一趟深城，回去打包自己的东西，并且委托蒋沪生帮忙把自己深城的那套房子转租。蒋沪生嘴上嘲讽席樾真会折腾，实际也出了不少力。

与黄希言相比，席樾的东西就多得多了，尤其是电子设备，邮寄到南城，光保价费就花掉不少。然后，收快递，收拾房间，请人做深度保洁，又花去一些时间，等两人完全安定下来，已经是一周之后了。

对新住处，黄希言很满意，有厨房可供她心血来潮的时候做一顿饭。理论上两人应当家务平摊，但是席樾完全不对她做这方面的要求。事实上，她现在才知道，席樾有时候画画累了会把打扫房间当作休闲的方式，因为这种纯粹的不用动脑的体力劳动有助于他放松。他真是个怪人。

黄希言实习的工作室举行创办三周年的庆祝活动，晚上小组出去团建。她跟席樾打过招呼，但散场的时间比预期的晚了半个小时。上车之前，她给席樾发了一条消息，告知他，自己二十多分钟就会到家。

黄希言跟同组的几个同事是坐组长的车一起回去的。组长已婚五年，在备孕，是晚饭时唯一逃脱喝酒的人，于是自发充当了“车夫”。按照顺路的顺序，组长先送回了其他同事，最后剩下黄希言。组长也就是黄希言的带教老师，性情温和又幽默，业务能力也很强。他从来不摆前辈的架子，遇事也总是第一个顶在前面。因为车上只剩下自己，出于不让组长真觉得自己是司机的礼貌，黄希言挪到了副驾驶位去坐。

组长笑着问：“大半年实习下来，你感觉怎么样？不准备撕三方协议吧？”

黄希言也笑了：“我还想问您，我平常实习有没有什么需要改进的地方。”

“担心转正啊？问题不大，领导都对你满意。好好干，只等你毕业。”

黄希言得到肯定，由衷地笑了。组长又说：“崇城离南城近，一般大学生能去崇城的就都过去了，这边挺难留住人的。你愿意继续干下去，未来肯定机会也多。只是做媒体行业，工作强度肯定不小，刚起步必然要吃一点儿苦。”

黄希言笑说：“我不怕吃苦。能自己挣钱，经济独立，一直是我的目标。”

“现在的年轻人，少见你这么踏实的。”组长看了黄希言一眼，“不过如果有什么困难，你尽管提，工作室很人性化，我这个做老师的也能提供帮助。”

黄希言觉得这番话有些莫名其妙，片刻后才意识到，组长可能以为她家里经济条件比较困难……她哑然失笑，没纠正这个善意的误会。

车很快到了小区门口。黄希言跟组长道了声谢，下车后关上车门，挥了一下手道别。她转过身，脚步一顿，因为她看见席樾就站在大门旁边的便利店门口的路肩上，一只手里拿着点燃的烟，另一只手里提着印有便利店 logo（标识）的塑料袋。

黄希言快走了两步来到他的面前，笑说："你是下来接我的吗？"

席樾点点头，把没抽完的烟灭掉了，伸手搂着她的肩膀往里走。

"送你回来的人是你同事？"

"是我的带教老师。"

席樾点了点头，一时不说话了。黄希言问他："你吃过晚饭了？"

"嗯。"

察觉到他的情绪好像有点儿低落，她转头看他："怎么了？"

席樾不说话。正好两人经过一个花坛，黄希言便停下脚步，往花坛上一站，抓着席樾的手臂将他拉到自己的面前。

她伸手要去揉他的脸，手被他抓住。他看着她，若有所思地说："我去考驾照吧。"

黄希言愣了一下，片刻后扑哧一下笑出声："我们的带教老师送了好几个同事回来，不止我一个，只是我最后一个下车。而且，他结婚好多年了。"她歪头看席樾，"你在吃醋啊？"席樾以"那又怎样"的眼神看着她，她忍不住笑。而席樾仿佛终于被她看得有一点儿不好意思，别过目光，转移话题："你喝酒了？"

黄希言揪着衣服嗅了嗅，上面是有一些酒味，她晚上喝了两杯啤酒。她不直接回答，将双臂搭在他的肩膀上，搂着他，故意凑近："我有没有喝酒，你要不要自己来尝？"

小区里人来人往的，她只是逗他玩儿，完全没想到他会逼近一步，按住她的后脑勺，不顾酒味直接来吻她。

片刻后，小区里还在溜达的几个小屁孩儿经过他俩这边，大喊："不害臊！"席樾把黄希言的脑袋按在自己的肩窝处，转头面无表情地盯着孩子们看。黄希言笑到肩膀颤抖，也抬起头来看孩子们，酒精好像激发了她性格中比较恶劣的那一面："还要看？再看收费！"孩子们发出一阵嘘声走掉了。

席樾收回目光，看着她。她伸手按住他的额头，笑说："还要继续？让我先回去刷牙，我好臭。"

"你也知道。"

"那你还亲我。"

进门之后，黄希言先去洗澡，实在受不了自己一身酒气和在食肆里闷出来的汗味。她今天出门穿的这件棉质上衣，莫名地好能吸味儿。洗完澡，她把脏衣篓里的衣服都塞进了洗衣机里，除了自己换下的衣服，还有席樾的。

书房里亮着灯，黄希言走过去。电脑开着，已经洗完澡的席樾在画画。最近他没接商稿，在休息，画的都是自己的东西，每天做一些研究性的练习，譬如新的上色方法，譬如试着整张画全用互补色来表现。

艺术家的世界里根本没有无聊这回事儿，黄希言前阵子担心自己上班陪不了他，现在看来显得有点儿自作多情了。但是，黄希言知道，他画画之外的世界，全给了自己。

黄希言先没进去打扰他，转身回厨房去洗水果。工作室发了刚上市的草莓当福利，每人也就那么一小盒。她将草莓洗净，装在一个透明玻璃碗里，端到席樾的身旁，放在他的手边。他却不拿，因为草莓上沾着水，他懒得腾出拿数位笔的手。但当黄希言捏着草莓喂到他嘴边的时候，他却一点儿也不客气地张口接过。

一碗草莓吃完，黄希言再去刷牙，席樾也跟过来。他因为平常会抽烟，睡觉之前都会再刷一次牙。两个人挤在浴室柜前，黄希言往镜子里看，他穿着一件宽松的黑色T恤，领口露出分明的锁骨，浴室的灯光很玄妙，把"席老师"已经帅到万里挑一的脸更照得惊为天人。黄希言关上电动牙刷，漱净嘴里的泡沫，踮起脚往正在一边刷牙一边走神儿的席樾的脸上亲了一下，在他还没反应过来时就转身出去了。

过了一会儿，席樾刷完牙出来，表示自己要把文档保存一下，让她先去休息，他紧跟着就会过去。黄希言做了一些睡前的准备工作，挑出明天要穿的衣服挂在临时的开放衣架上，又去厨房倒了一杯水，准备放到床边柜上，以备夜里醒来时饮用。她往卧室走，看见席樾说好了保存文档，结果好像职业病发作似的又画了起来，便拐个弯走过去。

席樾听见脚步声，条件反射地在键盘上按下 Ctrl + S（保存），说："等我五分钟，马上就好。"

"没关系，你先画。"黄希言走过去，把水杯放在书桌上，倚靠着他电脑椅的扶手。

以前无聊的时候，黄希言会在 B 站（一个视频平台）上看一些画画的视频解压，都是加速过的，三四分钟，一幅画就神奇般地完成了。现实中的人画画是原倍速，席樾当然也是，一笔一笔地很慢、很精准。

他笔下的线条干净漂亮，黄希言默默地走神儿，也不催他。她的手臂旁边就是席樾的脑袋，她看他画画解压的时候，忍不住上手，把他的一把头发捋到一旁，默默地编起了小辫儿。

"席老师。"黄希言笑着喊他。

"嗯？"

"你能帮我画头像吗？我之前用过你的画当头像，结果你的微博'粉丝'全用同款，我要跟她们不一样。"黄希言笑着，手下不停，"丁晓知道跟你约稿很贵，让我一定要抓住机会'白嫖'你。"

席樾觉得好笑，手一顿："白什么我？"

"嫖。"黄希言超小声。

席樾不由得笑出一声，最后一次按下 Ctrl + S，以平淡的语调说："那来吧。"

黄希言的脸上先写了一个问号，紧跟着整张脸烧得通红，她连说话都开始磕巴："我……我……"

席樾丢下数位笔，伸手拆掉了她编的辫子，然后搂着她的脑袋往下拉，转过头去亲她。她整个人都是僵硬的，不知道是不是因为紧张。

席樾就笑说："开玩笑的。"

他松了手，准备站起身。黄希言却伸手搂住他的脖子，将脸也埋在他的颈间，不让他起身，也不出声。她温热的呼吸拂到他的皮肤上，他觉得微微发痒，喉结滚动了一下。他再转过头去亲她，她慢了一拍，接着予以回应。片刻后，他站起身，一并把她抱起来，往卧室去。

经过客厅，他折回来，到了茶几那里，还腾得出一只手拿起放在茶几上的塑料袋。黄希言看了一眼就收回了目光，视线闪躲着，脸往他的颈肩处藏。

他做任何事情都像画画一样，看似不紧不慢，却每一处落笔都精准，不容撤销。他是完全主导的那一个，她无暇分心，只是被动回应就已经疲于应对了。

灯光里，他的眼睛又清澈，又幽深。关键时刻，他也会说一句类似请求的话："希望你现在的心情不是'歃血为盟'。"稍显沙哑的声音落在她的耳边，效果不异于往荒野里投放火种，风一吹，立即燎起扑杀不尽的火焰。黄希言用手臂搂住他的背，摇摇头，只能发出一点儿喘息声。

最开始，他温柔虔诚得像在顶礼膜拜一尊艺术品，对她做这样的事情，眼神中也毫无秽亵之色，只是纯粹地放低身段取悦于她。渐渐地，他好像很清醒地放任自己丢失理智，变成燃烧的冰。她贩卖掉了灵魂，悖逆地不断下坠，但是不害怕，只感觉到快乐。

黄希言要喝水，席樾套上长裤起身，去书房拿上她之前倒的那杯水。她将一只手臂撑起，趴在床沿上。他抬手将她湿漉漉的头发捋到耳后，把水杯递到她的手中。

她从来没这么渴过，喉咙里像下过沙。就着席樾的手，她很快地将一杯水喝完。席樾把杯子放在床边的柜子上，她坐了起来，扯过被子把自己裹得严严实实，只露出鼻子和眼睛。

席樾笑了笑，坐近她，将她连同被子一起搂进自己的怀里。他的鼻梁上还有汗，她伸手帮他擦了一下，然后看着他。黄希言眼睛红通通的，有点儿像在控诉的意思。

席樾承认到最后自己还是有点儿失控，伸手蒙住她的眼睛，低声说："不准生我的气。"

"不是的……"她拿开他的手，看着他。她一贯是有话直说的，但是不清楚这种时候提到以前的事情，席樾会不会不高兴。

她想了想，还是要表达出来，说给他听。她将脸抵在膝盖上，拉起被子，蒙住脑袋，声音闷闷地从被子里发出来："其实开始之前我就一直在强撑，很矛盾地想要和你更亲近，但心里很害怕。我……我第一次的经历真的很糟糕，不夸张地说，像凶案现场。"

她感觉到席樾用手拉开了被子，把她拉出来，却没让她抬头，而是将她的脑袋埋进他的胸口。

"原来不是骗人的……"她继续小声地说，"和喜欢的人一起，这件事情是可以很快乐的。"

席樾好久没有出声。她抬起头，拨开他的头发，看见他的眼睛竟然微微泛红，愣了一下。他不肯让她继续注视，又把她的脑袋按下去。

好像没有过很久，他们再次回到已经又潮又热的被子里。席樾从来不擅长语言的安慰，因此用行动替代。他比方才更耐心，也更温柔，甚至她的忍耐力被消磨到一干二净而不得不主动恳求。

窗户屏蔽了窗外大部分的噪声，但还能隐约听见偶尔有车子驶过，她不用看时间也知道已经好晚了。这个春天的夜晚，世界上只剩下他和她。

结束以后，他们又去洗了个澡。黄希言裹着薄毯站在门口，等席樾将床单和被套拆下来换一套干净的。她累到不行，只是站着就要合上眼睛。

换好床单，席樾走过来将她抱去床上，熄了灯。她勉强撑起眼皮，不舍今晚就这样结束，即使已经困到一合眼就要立即被睡眠吞噬。席樾好像很清楚她的心理，亲吻她的眼睛，说："你该睡觉了。"

他的体温、身上净洁的香味、平静的呼吸，都是让她昏昏欲睡的东西，可是，她还没有告诉他那句话。

"席樾……"她喊了一声，席樾等她的后文，结果只等到她呼吸沉沉地睡了过去。

她还是没能告诉他那句话，也不知道怎样用语言来表达喜欢。人类用来剖白的，翻来覆去就那一句话，显得再乏味不过，远远不够形容她的心情，也不够形容他。

她好像走在风雪漫天的寒夜，忘记了目的地，而他是远远的那一点火光。她知道他不是虚幻的，只要她奋力向他奔跑，他就是所有的温暖和明亮。

黄希言醒得比席樾早。她盯着天花板积攒起床的进度条时，莫名地有一点儿生气。

一则，她气席樾明明是一个几乎不运动的“死宅”，体力却好到离谱，性别造成的生理差异，真的天生大到了这种程度吗？二则，她气自己累成这样还要早起上班，拼死拼活的，每个月赚的却不如他的十分之一多，而自己自尊心作祟，却还是强烈要求承担了三分之一的房租。

她这么想着，气到想把席樾摇醒，让他也尝一下被迫早起的滋味。然而，当她转头看见他的脸，伸出手指拨弄了一下他的睫毛之后，气就莫名地消了。然后她起床洗漱，吃过早餐，给席樾留了一张字条，叮嘱他醒来以后记得把洗衣机里的衣服丢进烘干机，并把脏掉的床单和被套洗掉。

日子波澜不惊地过去，时间到了六月。黄希言顺利毕业，同时接到何霄的喜讯。高考的成绩出来了，何霄考得还不错，参考往年的录取分数线，他来崇城这边的大学应当没问题。

何霄是打电话来报喜的，而当时席樾就坐在黄希言的对面。和席樾在一起的事儿，黄希言没有大肆张扬，何霄是不知道的。电话里，何霄问她：“我不知道报什么专业，你给个建议呗。”

黄希言说：“你读的是理科，我给不了建议呀！你还是问一下你们老师比较好。”

何霄明显不是真的要听她的建议，只是纯属没话找话，转而又问她：“我办升学宴，你有空儿来吗？”

“暂时不好说。工作转正以后，我可能会比较忙。”

何霄轻哼一声：“你不能来，那我过去报到的时候你得请我吃饭。”

“没问题。”黄希言感觉到席樾的目光瞥过来，笑了，又赶紧补充说，“我跟席樾请你吃饭。”

何霄沉默了好一会儿才不太高兴地说：“我跟你吃饭，为什么要扯上他？”

“那让他买单？”

这么不见外的话，再笨的人也听出来是什么意思了。何霄说：“什么时候的事儿？怎么不早告诉我？”

“也没有很久。我们没对外公开。”

电话那边又是一阵沉默。半晌，何霄才说：“到时候再说吧。”他没说再见，就把电话挂了。

黄希言放下手机。对面，手里拿着数位笔画画的某人，神情很淡。她笑起来，托腮看着他：“我好像没说不合适的话，你为什么又不高兴啊？”

“又？”席樾皱皱眉头。

“我从来没有喜欢过何霄，也没有答应过他，你为什么总是吃他的醋啊？”

席樾顿了一下，放了数位屏和笔，对她说：“你过来。”

黄希言起身走到他的身边，他将椅子退后，腾出让她坐在他腿上的空间。黄希言总觉得两个人明明是清清白白的男女朋友，老坐大腿什么的，显得不清白极了，尤其这还是席樾平常认认真真画画的地方。

席樾告诉她，自己为什么总是跟何霄过不去。因为何霄说中了他的一切弱点，而且，何霄比自己勇敢，比自己先对她坦白。

感觉到黄希言有点儿走神儿，席樾把她的脸扳过来一点儿，让她看着自己：“在听吗？”

“在听啊！”黄希言笑说，“我觉得这种事情不能比较。少年人的果敢，和成年人深思熟虑后的孤注一掷，有高低之分吗？”她主动在他的嘴角亲了一下，“禁止吃醋。我还没有吃醋呢。”席樾看着她，仿佛在问，她有什么醋可吃。

“你还说呢！上次你不是让我帮你从微博私信列表里找一个跟你联系过的编辑吗？我无意中点开了未关注人私信，十条中有八条是女生给你发来的自拍照，一个比一个漂亮。”

“有吗？”席樾的表情里流露出困惑。微博私信，他是万年不看一回的。

席樾平时从来不发生活照，但是微博用的是真名，又曾经帮朋友撑场面录过几节网课，还在高校开过一些讲座，海报上介绍他的时候，发过他的教育背景。如果综合搜索，找到他读大学、读研究生和在美国的游戏公司供职时的集体照，一点儿也不难。一些女“粉丝”把他从集体照中单独截出来，糊成那样的图，也能看出他长着一张可以混娱乐圈的脸。

“当然有。不信你现在点开私信看。”

席樾笑了一下：“为什么要看她们？有这个时间，我看你不好吗？”

“我有什么可看的，又没有她们漂亮。”黄希言发现自己新染上了“作”的毛病，她将此归结于是席樾娇惯的。

席樾不说话了，单手抱着她，腾出一只手去拿桌面上倒扣着的手机。黄希言看他好像是在打字，急忙凑过去看。他在编辑一条微博，类似官宣（官方宣布）的遣词。黄希言笑了：“不准发！”她急忙去抢，席樾的手往后躲，不让她够到。她用脚掌撑着落地，将膝盖顶在他两膝间的椅子上，直起身子，非要将手机抢过来阻止他发微博不可。

抢和躲的来回争夺之间，席樾用手箍住了她的腰，叫她：“别动！”黄希言当然不听。席樾叹了一声，闭了闭眼睛，手往后一扬，手机被他丢到了斜后方的沙发上。这下，他们谁也不用抢了。而黄希言终于反应过来，他方才的好似命令的一句“别动”是为什么。

他捉着她的手，要将她推远。她红了脸，不肯动，半晌后，低下头去，卷起他T恤的下摆，手指碰到他黑色居家裤的系带。

黄希言反正不会承认，其实自己很清楚，中途任何一个瞬间，只要自己主动退开，席樾多半不会强求继续，但是她故意没有。这是平常席樾认真工作的地方，刺激是一方面，更重要的是，谁不想把他这样高岭之花一样的男人从云端拽下来呢？

他的衣服好端端地还在身上，头微微后仰，黑色T恤的领口之上是分明的锁骨。她跪坐着，椅子狭窄得没有更多空间。面对面，使她轻易地看到他燃烧的目光，以及仿佛方寸大乱、节节溃败的神情。她一口咬在他的喉结上，听见他闷哼一声。

清理工作花掉席樾好长时间。黄希言洗完澡，裹着浴巾站在书房门口，看他一言不发地站在那里，嘴里咬着一支烟，拿湿纸巾擦拭电脑椅，笑得停不下来。席樾则一脸郁闷。

清理完毕，席樾将书桌旁垃圾桶里的袋子扎起，拿去门口扔掉。经过她时，他一本正经地警告："以后不许进我的书房。"

黄希言笑着，头发还在滴水，落在了脚背上，她用另一只脚的脚趾在上面蹭了蹭："以后都不许吗？"

"暂时不许。"

"暂时是多久？"

席樾不出声。她就跟过去："席老师，暂时是多久啊？"

席樾把垃圾袋放在门口，看他关上门转身时的表情，好像他要被她逼疯了，她笑得停不下来。然而没多久，她就得到了惩罚。电脑椅狭窄的空间限制了席樾的发挥，但是换一个地方就不一样了。周末的午后，有大把时间供他们浪费，供他逼迫她亲口求饶。

六月下旬，夏日还未发展到酷热难耐的程度，空调刚刚开起来，嗡嗡的微弱噪声里，日光被纱帘滤掉刺目的光和热度，只有流水一样的明亮照在床单上，以及她的手臂上。她伸手去捉那光，张开的手却被席樾一把抓紧，十指相扣。于是她笑着，只凝视他，再没时间分神。

结束之后，他们睡了一下午，近五点才醒。两人相继去浴室洗了一把脸。黄希言回卧室，在衣柜里挑出门穿的衣服。

席樾在夏天一般穿T恤和短裤，这时候找了一身干净的，三两下就换好。看黄希言在犹豫，他走过去，指了指："这个吧。"

"这个？"黄希言将它拿出来，是去年夏天穿过的那条黑底碎花的连衣裙。

夏天的落日，是一个延续性的动词，持续很久。天色瞬息万变，每一秒都漂亮得让人错不开眼。他们在附近找了一家餐馆，吃过晚饭，在回去的路上，经过水果摊儿。应季的西瓜已经上市，可能还不够甜，但黄希言忍不住想尝一尝。

席樾站远了半步，看她站在水果摊儿前，屈起食指和中指，轻敲西瓜，好像在实践什么“好听就是好瓜”的鉴瓜指南。

水果摊儿前，一盏灯泡发出偏黄的光，照在她白皙的皮肤上。她简直是维米尔油画里的少女。他好像被什么触动，情不自禁地上前一步，靠近她说了一句话。然而，他的声音恰好与摊主报价的声音重合，她没听清楚，疑惑地转头看了他一眼。他摇摇头说：“没什么。”

瓜还没被剖开，但黄希言莫名地笃定自己挑到了好瓜，在回去的路上，连脚步都轻快了许多。某个瞬间，她突然停了一下，转头看着席樾：“你刚刚在摊子那儿跟我说了什么？”

席樾顿下脚步，看着她：“没听到就算了。”

“请你不要用这么认真的语气说这种耍赖的话。”黄希言摇了摇他的手，“再说一遍啊！”

“不说。”

“不说的话，今天的瓜没你的份儿了。”

“哦。”

黄希言笑了：“这么吊人胃口，你是想要逼死我吗？”

“下次有机会再告诉你。”

“下次是什么时候啊？”

“看缘分吧。”

“席樾，正式通知你，我要讨厌你一分钟。”

席樾看了她一眼，确定她似乎是认真的之后，掏出了手机，呼出 Siri（一款智能语音助手），然后比她更认真地命令：“倒计时一分钟。”

Siri：“计时器已设为一分钟。”

黄希言：“……”

八月，何霄到崇城的学校报到。他是提前过去的，离开学还有几天，就又去了一趟南城和黄希言他们吃饭。

约有半年没见，黄希言看见何霄的第一眼，就觉得他又黑了一个度，不知道是不是高考之后只顾在外面疯玩儿。而何霄所见的黄希言，好像比上一回两人分别时又开朗了几分。恋爱中的人，爱笑的眼睛藏不住。他还发现了别的变化，指了指自己的左脸颊，问她："你这里……"

黄希言自己伸手碰了碰脸上的胎记："变淡了？"

"去做激光手术了？"

黄希言点头。

"蛮好的。"何霄摸摸鼻尖，发现对面的席樾表情淡淡的，于是翻了个白眼，总觉得看席樾左右不顺眼。

黄希言刚刚做了第二次激光手术，要求饮食清淡，不含色素，因此这一顿吃的是较为清淡的日料。

何霄身上有一些市井习气，又有少年心气，一定要跟席樾喝几杯酒。酒可以是男人之间表达友谊、芥蒂、隔阂等一切关系，或者善意、敌意等一切情绪的媒介，反正黄希言觉得怪难懂的，她只知道最好不要放任席樾喝酒，怕席樾的胃受不住。

席樾好像知道她要说什么，伸手拍拍她的手背，低声说："不要紧。"

"你确定？喝出什么问题来我会骂你的。"

席樾笑了笑。何霄原本以为席樾要么推三阻四，要么磨磨叽叽，哪知席樾喝酒爽快得很，一声不吭地一饮而尽。

何霄也不过高中毕业，平常和朋友喝喝啤酒就了不起了，看席樾这么利索，反而有点儿发怵，怕自己拼不过。自己喝醉倒是不要紧，但喝醉了在黄希言跟前出丑就得不偿失了。因此，几杯清酒落肚，何霄适时地摆起臭脸，表示认可了席樾的诚意："点到为止，吃菜吧。"黄希言偷偷笑了几声。

正经开始吃东西，何霄才说，这回过来还带了张阿姨准备的一点儿礼物，要转交给他们。黄希言看了一眼席樾，问何霄："张阿姨最近好吗？"

何霄说："挺好的，反正每天也就收收租，打打牌。张阿姨让你们有空儿再过去玩儿。"

"谢谢啦。"黄希言又转头对席樾说，"今年中秋或者过年，我们过去看看吧。”她看席樾的神色，他对此应该没什么异议。

三人吃完饭离开日料店。何霄住在靠近高铁站那一片的快捷酒店，坐地铁可以直达。黄希言和席樾要送何霄去地铁站，何霄婉拒了，但是表示自己想跟黄希言单独说两句话。席樾没什么表情，说自己要去对面的超市里买包烟，摸了摸黄希言的头顶，转身走了，把空间留给他们两人。

黄希言面带笑意地看着何霄：“想跟我说什么？”

何霄挠挠头，垂下目光，半晌后才说：“我来的时候想得好好的，不知道怎么突然忘了要说啥……”黄希言微微笑着，也不催他，耐心地等他“想起”要说的话。

好半晌，何霄用手背掩着嘴，轻轻咳嗽一声，清了清嗓子：“其实我多少还是有些不甘心。那个人是谁都好，为什么是席樾？他照顾得好你吗？连他自己都半死不活的。但是今天见面，看你这么高兴，我没话说了……怪我晚生几年吧。”

黄希言摇摇头：“我好久之前就说过，和年龄没关系。你不要妄自菲薄，我和席樾都特别羡慕你的直率和勇敢。我相信，下一回你一定会遇到那个会回应你的人。”

何霄看了她一眼：“高考前那会儿，我想着考完了就能名正言顺地见你，才有干劲儿坚持下来。我知道在感情方面自己没戏，但人有个虚幻的目标也挺好的。”

“但是你朝着目标走的每一步路一定不是虚幻的。”

“你又来了。我觉得你应该去当老师。”何霄撇了撇嘴。

黄希言笑了：“我很珍惜和你的友谊，真的。你在学校遇到什么困难，有用得上我的地方，一定记得找我。”

何霄没拒绝她的好意，虽然他知道，没特别的事儿，自己应该不会再开口找她：“那我走了，你们回去休息吧。”

黄希言点头。何霄最后再看她一眼：“好好的啊！”

“嗯。”

何霄退后一步，却又顿住脚步，再看她，自己的眼眶已经泛红：“我能抱你一下吗？”

黄希言微笑着，落落大方地点点头。何霄走上前来，虚虚地抱了她一下。在与她靠近的半秒时间里，他心里对她说了再见。

随后，何霄绅士地轻拍了一下她的肩膀就退开了，没再看一眼她的正脸，倏地背过身去，将两手都揣进裤子口袋里："走了。"

"拜拜，路上注意安全！"

何霄将一只手举起来挥了一下，脚下越走越快，很快汇入人流，渐行渐远。

黄希言愣怔间，一只手抚上她的后颈，清朗的声音传来："何霄走了？"黄希言点点头。

席樾刚才去了一趟便利店，并没有买烟，只买回一杯酸奶，这时插上吸管，将酸奶递给她，挽住她的一只手往回去的方向走。两人不急着打车，想散散步。

席樾没问她与何霄聊了什么，对黄希言，他完全信任。黄希言也什么都没说，因为她知道席樾一定会信任自己，况且也没什么特别值得说的。

人生的道别，或如相遇一样寻常。能一起经历一段时光，本身已经是奇迹的叠加。不是任何相遇都会有结果。

她喝了两口酸奶，递给席樾，席樾就着她用过的吸管也喝了两口。她问："你现在胃有没有不舒服？"

席樾当真还认真地感受了一下才说："没有。"

黄希言笑说："看来以后要继续盯着你三餐规律饮食。"

黄希言现在住处的东西，大多是从宿舍和上一个出租房里搬过来的，有一些旧物还在家里。趁着十一月天气转冷，她打算回一趟家，把东西收拾出来，搬到现在住的公寓。她有住家保姆赵阿姨的微信，跟保姆打听了一个无人在家的日子，回了崇城一趟。

席樾有空儿，陪黄希言回去，但她跟他说好，他不用进屋，在小区门口等她就行。她提着一只很大的空行李箱，掏钥匙开门，进了屋。她上楼的时候，却听见一楼的浴室方向传来袁令秋的声音："谁回来了？"

黄希言愣住，不知道为什么袁令秋会在家。或许因为没有听见应声，袁令秋走了过来，抬头看见站在楼梯上的黄希言，也是一愣。

黄希言只好打了一声招呼，又说："赵阿姨说你们都出去了。我回来拿点儿东西。"

黄希言看了袁令秋一眼。袁令秋穿着一件粉色的缎面睡袍，没上妆，脸色很是憔悴。袁令秋说："我头疼，没跟着去。"

黄希言默默地点了点头。母女两人相对无言。片刻后，袁令秋说："你上楼收拾去吧。"

黄希言对要拿的东西，来之前就做好了计划。几件很喜欢的冬装，一些有纪念意义的小饰品，锁在抽屉里的日记本……饶是列了一个清单，真收拾起来，她还是拖泥带水地顺带拿了不少其他东西，直至将箱子装得满满当当。

黄希言拖着箱子下楼，三步一停，有些费力。许是听到了提箱子的声音，袁令秋又走过来看了看，几步上前，从黄希言的手里接下箱子的拉杆。黄希言没有推拒得过，只能由着袁令秋了，自己木然地说了一句谢谢。

袁令秋生着病，体力也没好到哪里去。黄希言好几回伸手要自己提，袁令秋都恍若未闻，最后提到了一楼的阶梯之下，袁令秋已然一头虚汗。

黄希言问："感冒了吗？看过医生没有？"

"吃过药了。"袁令秋看了黄希言一眼，神色淡淡的，"现在就走？"

"嗯。席樾还在小区门口等我。"

沉默一霎，袁令秋说："喊他进来喝杯茶吧。"黄希言一副为难的神色。

"我女儿的男朋友已经到家门口了，进来打声招呼不为过吧？"

黄希言只得说："如果您为难他的话，我跟他马上就走。"

袁令秋神色怏怏地轻叹了一声。黄希言到门口，换上鞋，又出门往小区门口去。席樾等了不短的时间，看她两手空空地出来，有些意外。

黄希言说："我妈感冒了，今天没出门。她知道你也来了，喊你进去喝杯茶，如果你愿意的话。我保证不会给她机会让她说什么难听的话。"

席樾看着黄希言，片刻后，说："走吧。"

等他们再进屋，袁令秋已经换上一身可以待客的休闲装束。席樾打了一声招呼："阿姨好。"

袁令秋指了指沙发："坐吧。"

袁令秋提了小水壶来，往三只茶杯里丢了些茶叶，冲入沸水，递给黄希言和席樾各一杯，然后到侧旁的沙发上坐下。

茶水很热，黄希言想拿杯子，觉得烫，手伸出又收回。三人都沉默着，空气好像凝固了一样，气氛沉闷。

袁令秋打量着黄希言，半晌才开口，却是问席樾："你们现在住在哪儿？"

席樾以平平的语气答道："南城。"

"你的工作在那儿，还是……"

"我是自由职业，希言在南城工作。"

袁令秋哦了一声，一时间又陷入沉默。袁令秋将手肘撑在沙发扶手上，用手支着一直闷痛的脑袋，打量着黄希言。黄希言束着马尾，左侧脸上胎记的颜色看着淡了不少。

往常这种场合，黄希言多半是局促瑟缩，今天却再淡定不过。黄希言没有不讨好地找话题硬要打破这略显尴尬的局面，气氛沉闷就任其沉闷下去，只偶尔与席樾的目光对上，她会情不自禁地露出一点儿浅浅的笑。

袁令秋顿感疲惫。不知是生病，还是上回黄希言的那一句诛心的指控，让袁令秋提不起半点儿兴致去干涉黄希言的生活。离了黄家，黄希言活得好好的。不如说，这是个理论上的两全其美，反正原本袁令秋对黄希言的态度就是眼不见为净。

杯口处飘着的热气淡了些，黄希言再碰了一下杯子，温度降了一些，茶已经可以入口。黄希言端起来抿了一口，听见袁令秋说："我也乏了，你们回去吧。"

黄希言抓着席樾的手站起身来，跟袁令秋说了一句"您好好休息"，就走过去，把楼梯那儿的行李箱提过来。

席樾接了箱子，向着袁令秋点了点头："我跟希言走了，您好好休息。"

两人快走到门口时，袁令秋突然出声："小席，我单独跟你说两句话。"

黄希言立即转身戒备地看着袁令秋。席樾拍拍黄希言的手背："没事儿，你去门外等我。"

席樾把行李箱提到门口的台阶下，再转身进去。

阳光透过落地窗，光束呈平行四边形照进屋里，落在地上，袁令秋站的位置却是在这阳光的尽头，在那微凉的阴影里。

她负着手，神色平静极了："黄家横竖就这样了，希言出去过自己的日子也是好事儿。我这个人，一辈子就活一张皮，让我低头对希言道歉，我反正做不到。所以你们远远的，往后也别跟黄家扯上什么干系。真的遇到什么过不去的坎，小席，你联系我，别让希言知道。"她顿了一下，声音沙哑地说，"好好待她。"

然后袁令秋便转身，一边上楼，一边唤住家的保姆："赵姐，去送送希言。"赵阿姨应了一声。

席樾走出门。黄希言已经在院子里等得百般不耐烦，看到他出来，急忙说："她说了什么，有没有说什么难听的话？"

席樾看着黄希言，摸摸她的脑袋："没有。"

赵阿姨应袁令秋的要求，一定要将他们送到大门外。赵阿姨一边走，一边说希言这么久不在家，这家里比以前更冷清了："等过了今年，我可能也要辞职回老家了。"

黄希言自觉说不出什么有建设性的话，只是笑笑。赵阿姨又说："说是冷清，却也不平静。太太跟黄先生闹离婚，前前后后来了好多律师，两个人成天到晚地吵。"

黄希言怔了一下："离婚？我妈提的吗？"

"那当然是。"

"能离得成吗？"

"你父亲的性格，希言你是知道的。他说除非太太放弃一切财产，不然绝对不会与她和平离婚，要么就法庭上见。"

黄希言不知道该说什么，沉默间，不觉已到大门口。她还是不由自主地拜托了赵阿姨："请您帮忙照顾我妈。"

赵阿姨说："一定的。"

黄希言和席樾打了一辆车，往今天晚上下榻的酒店去。他们明天才离开崇城，晚上黄希言约了很久没见的丁晓一起吃饭。

在出租车上，黄希言问席樾："不知道为什么，我好像始终对我妈妈恨不起来，只有一种无力感。"

席樾沉默了一会儿，以平静的语气说："都是一样的。"

黄希言偏过头来，把脑袋抵在他的肩膀上，听见他说："你妈妈让我好好待你。"

黄希言怔了一下："是吗？"

但是，不恨和谅解之间，还隔着很远的距离。黄希言不想回头去寻求与袁令秋或黄安言和解。伤口永远存在，会愈合，但绝不会消失。或许在父母与孩子的关系里，孩子天然处于劣势——生和养，除非剔肉而还，否则父母天然正确。

黄希言现在过得很幸福，有人爱她，而她也爱着自己。更重要的是，她爱着那个爱着自己的自己。

圣诞前夕，南城下了一场很小的雪，饶是落地就化，也让朋友圈里掀起了拍照分享的热潮。

这天恰好又是周五，公司里，大家早就按捺不住过节的心情，晚上六点半一过，不约而同地准时下班，宁可将没做完的工作带回家熬夜去做，也不想错过这样热闹的气氛。

黄希言庆幸自己住得离公司近，不用赶这可怕的晚高峰。她走出电梯，把毛线帽子戴上，顺着旋转门出了写字楼，却一下顿住脚步。

楼前上周摆了一株两米多高的圣诞树，今天挂上了彩灯，树下堆了很多墨绿色、金红色的礼物盒。此刻，席樾就在圣诞树前，那样清冷出尘。他穿了一身黑衣，戴着一条深灰色的羊绒围巾，头上的黑色毛线帽正是她上周送给他却被他百般嫌弃的那一顶。

黄希言笑着走过去，递过自己的手。他将她的手牵住，放进自己的外套口袋。

黄希言问："你怎么出门了？"

"下雪了，想过来接你。"

莫名熟悉的台词，黄希言想了一下，微微一笑。两个人踩着湿滑的地面往回走，一路上灯火璀璨，流光溢彩。

广场上，有一棵巨大的缠满彩灯的圣诞树，不少人驻足拍照。黄希言想凑这个热闹，又懒得排队，便和席樾远远地站着，只是观赏。音箱里在放 *Jingle Bells*（《铃儿响叮当》），每一年圣诞节必不可少的背景音乐。

两个人站了好久，直到黄希言摇了摇席樾的手，催他："走吧。"

席樾却突然说了一句什么。黄希言没听清，踮起脚，问："嗯？"

席樾微微弯了一下腰，凑到她的耳边："我说，你愿不愿意跟我结婚？"

黄希言直接傻掉了，好一会儿才问："你是在跟我求婚吗？"

"不算吧。"

她笑了，突然想到什么："上一次，你是不是就是问我这个问题，当时我没听清？"

"嗯。"

席樾牵着她的手，迈开脚步，一边慢慢地往住处走，一边说："当然不是现在。我只是想知道，你是不是考虑过这个问题。"

歌声和热闹的人声渐渐地远了。黄希言看了他一眼，说："这个问题，对我来说好像还有点儿早。"

席樾认可地嗯了一声。但是黄希言听他的语气，好像其中也不无淡淡的失望，笑了："你很认真地考虑过吗？"

"嗯。"

他永远是如果你不追问，他就懒得表露更多的想法。黄希言只好再问："考虑了什么，你倒是告诉我啊！"

席樾停下脚步，转头看她："我怕告诉你，你会不高兴。"

"你不说又怎么知道呢？"

席樾垂下目光，认真思索片刻，突然伸手把她抱起来放在路旁的花坛边沿上。黄希言低头看了一眼，脚边的草丛里积着浅浅的雪。她抬头，视线可以与席樾的视线齐平。

席樾解下自己脖子上的围巾，给她缠了一半，像怕她冷似的，再把她的两只手都捉住，塞进自己的外套口袋里，才看着她说："我没有具体想过未来会怎么样。我一直是活在当下的人，不在意明天发生什么。哪怕明天世界就毁灭，我也会按部就班地继续做手头儿的事情，没有什么一定要弥补的遗憾，或者必须见最后一面的人……从前，我一直是这样的。"

黄希言一直在认真听，让席樾讲这么长的话，真的有点儿为难他。席樾始终注视着她，没有错开目光："我不做太长远的计划。决定和你在一起这件事儿，可能是我有生以来用了最长时间去谋划的。"

黄希言等了等，又等了等，他说到这里就没有下文了。他垂下眼，沉默着，像在思考，又像在等她的回应。在她准备开口的时候，他却倏然抬起头来，很认真地看着她："希言，跟我结婚吧。"

黄希言承认，自己又没跟上他跳跃的思路，但是，管他呢。她笑问："这回是在求婚吗？"她的心情像是打开碳酸饮料，跳跃不停的气泡里满满的都是甜。

"是。"

黄希言笑了。围巾滑下去一截儿，黄希言将自己的双手从他的外套口袋里拿出来，整理了一下围巾。等她抬眼的时候，发现席樾的手也拿了出来，伸在她的面前，摊开了手。

黄希言一下愣住。从哪里凭空变出来的，她不知道，反正他的手掌里多出来两枚戒指。不是俗气的钻石，没有镶嵌任何宝石，而是纯粹的戒圈，粗细适中，金属质地，不像银，不知道具体是什么材质的，素净得让她一眼就喜欢上。

她将戒指拿起来看，内圈有很漂亮的花纹。她再细看，才发现那是首尾连在一起的、做了图形处理的"xy"。

席樾捉住她的右手，拿起那枚小的，套在她的中指上。她将五指张开，迎着灯光看了一下，笑说："很酷。"不知道会不会有其他女生用“酷”这个词来形容自己的订婚戒指。

她执起席樾的双手，触到他微凉的指腹。他那修长、漂亮的手指，让她有些失神，呆呆地看了一会儿。她看见他右手食指指节上的刺青，轻轻地碰了一下，又握住他的左手，将大的那一枚戴在他左手的中指上。

可能寻常的求婚不是这样的，但是她喜欢这份独一无二，就像独一无二的席樾本身。

黄希言用自己戴着戒指的手扣紧席樾同样戴着戒指的那只手，再将它们一同揣进他的外套口袋里，然后从花坛上一跃而下。她忘了围巾把他们缠在了一起，差点儿被绞得一踉跄。她笑着去解围巾，席樾却率先把自己的那一段解下来，将整条围巾都缠在她的脖子上，然后用手掌捧住她的脸，低头深深地吻她。

“回家吧。”片刻后，等席樾退开，她笑着说，口中呼出一团白雾。她挽着他的手，走进寂静而温柔的雪夜。

番外一

一个婚礼

黄希言去机场先接到赵露璐，再接到张阿姨。

赵露璐与张阿姨的飞机落地有半个小时的时间差。赵露璐到了之后，带着女儿妙妙先去车里等。等黄希言带着张阿姨上车的时候，赵露璐正在“打孩子”。那个淘气得不行的小女孩儿，在后座上吃了一地的饼干屑。

黄希言笑说不要紧，赵露璐坚持赔黄希言一次洗车钱。黄希言说：“反正是席樾的车。”

张阿姨问：“那席樾怎么把开车接人的活儿派给你？”

黄希言笑说：“他没驾照。他在家打扫卫生呢。”

赵露璐：“你们的相处模式可真稀奇。”

张阿姨和赵露璐都是第一次来南城。黄希言开着车，沿路跟她们介绍，哪里是古寺，哪里是旧城墙，哪里的商业街最好逛。黄希言让她们留两天，明天带她们去玩儿。

三人到家之后没有多久，蒋沪生、丁晓和何霄也陆陆续续地到了。两居室的公寓，头一回显得这么拥挤。

客厅里有一棵一米多高的圣诞树，是塑料制成的。但现在仿生植物做得逼真极了，妙妙一度以为针叶上面缀的是真雪，伸手去摸，高兴地跳着说：“是假的！”大人们领会不到小朋友的点——是假的，她还这么高兴。

屋里的悬挂式暖气，烘得室内足够温暖。大家将大衣都挂起来，只穿毛衣——黄希言拟定的 dress code（着装规定），要求今天的晚餐，所有人穿自己衣柜里最浮夸的一件毛衣出席。

于是，黄希言得见蒋沪生身上亮瞎人眼的茄子紫，赵露璐身上的死亡芭比粉，何霄身上高饱和度的红蓝撞色，丁晓身上缀满金片的海马毛，以及张阿姨身上黑底红玫瑰的东北乡土风。而黄希言和席樾穿的是圣诞配色，胸前是以白线织出的麋鹿和圣诞老人。几个人凑到一起，五颜六色的，比礼物盒还要花哨。

但是何霄很不服气，指着黄希言和席樾说："你们两个穿的根本不够浮夸。"

黄希言道："让席樾一个常年穿一身黑的人穿这种毛衣，已经很浮夸了。"

一旁的席樾单手抱起妙妙去摘圣诞树上的大星星，浮夸的毛衣一点儿也不损害他清冷的气质，反而让这场景仿佛是海某体（即海马体照相馆，以拍最美证件照闻名）写真的圣诞风样片。黄希言看了一眼，简直要叹气，天知道她在床上多么卖力才哄得席樾乖乖穿上了这件毛衣。

席樾、张阿姨、蒋沪生和何霄在客厅里聊天儿，顺便带着妙妙。厨房里，赵露璐和丁晓自发地帮黄希言做晚餐。

菜单黄希言已经拟好，写了一张字条贴在厨房的吊柜上，方便自己随时查看。都是偏西餐的菜品，只会番茄炒蛋的赵露璐和从来不下厨的丁晓只能打打下手，帮忙剥蒜，洗干净西芹，或者往小番茄上划口子。

赵露璐问黄希言："所以，这顿就算是你们的婚宴？"

"对啊！"被求婚的第三年，黄希言和席樾商定，张罗一顿饭，请朋友出席，就当是结婚了。于是将这个日子敲定到这年的平安夜，正好三周年，有仪式感，也有氛围。

赵露璐又说："还得自己动手的婚宴。"

黄希言道："饱含我的心意，不好吗？"

丁晓笑说："我觉得挺好的，很别致。我以后结婚，也只请最好的朋友。"

说到这儿，黄希言便想要给丁晓做媒，凑近丁晓，让丁晓往客厅看，说穿着红蓝配色毛衣的某个弟弟，性格真诚直率，要不要了解一下。

丁晓："饶了我吧，又是弟弟。"

"又？"

丁晓适时闭嘴，任黄希言威逼利诱也撬不开。黄希言说丁晓："你连男朋友都没影，还结婚？"

"朋友，你要知道，像你这种刚毕业就结婚的毕竟还是少数。"

黄希言："在这个厨房里，你才是少数。"

丁晓一头问号。赵露璐笑说："不好意思，我也是毕业就结婚了。"丁晓尝到了失败的滋味。

张罗了两个小时，到晚上七点才开席。丁晓表扬黄希言有进步，自己原本以为这顿晚饭要变成夜宵。

一米八的长桌，摆上了柠檬烤鸡、培根卷、烤排骨、烤土豆和双糖姜饼等，唯独蛋糕不是黄希言亲手做的，是蒋沪生特意给他们订的某奢侈品旗下的婚礼蛋糕，尺寸不大，样式精致，插着黑色巧克力片，上面的文字是"xy&xy"。

席樾开了酒，是男女皆宜的水果起泡酒。晶莹剔透的金色酒液被盛在水晶高脚杯里，还没开宴，已经很有气氛。忙了整晚的黄希言，被蒋沪生摁到席樾身旁坐下。大家要两位新人先喝一杯。黄希言跟席樾手挽着手，一人端起一杯酒，站起身。黄希言开口先笑："那就祝大家吃好喝好吧。"

大家哈哈大笑，又起哄让黄希言多说两句。黄希言本来就不想过分煽情，才选择了今天的这种聚餐形式，没想到躲不过，还是被架上来，于是只能现想词。

黄希言笑了笑，然后垂下目光："我一直是个没什么自信的人，运气好，遇到你们。你们照顾我，也给我鼓励……"

丁晓打断黄希言："你是在结婚，我们不重要。说说你跟雕塑家啊！"

黄希言笑出声："我跟他没什么好说的。"

蒋沪生起哄："心路历程呢？总得分享一下。"

“饶了我吧……”黄希言笑着推托。

黄希言还在考虑要怎么逃过这一劫，席樾牵着她的那只手松开，改为搂住她的肩膀。她还没反应过来，他已经低头在她的嘴唇上碰了一下。蒋沪生的口哨声和其他人的呼声快要震破窗户。

席樾说：“可以吃饭了吧？”

大家道：“可以可以，诚意到了！”

赵露璐还拿手捂着妙妙的眼睛，笑说：“麻烦你们下次先预警一下。”黄希言的脸烧得通红。

吃饭的时候，大家聊的话题天马行空，一会儿是赵露璐谈育儿经，一会儿是蒋沪生扯创业史，一会儿是丁晓谈电视台“小三”上位的“狗血”八卦，一会儿是张阿姨教大家几招麻将诀窍……黄希言全程笑到停不下来。酒精，或者这顿饭的气氛，让黄希言感觉轻飘飘的，如在云端。

晚餐持续了三个小时才结束。大家送上礼物，黄希言和席樾送大家下楼。有需要的，各自单对单多说了几句话。

何霄跟黄希言道喜，一并难得腼腆地告诉她，自己上个月刚脱单（脱离单身）了。黄希言笑说：“那怎么不带女朋友一起来？”

“她怕人多，又都不熟，过来不自在。你下回有空儿去崇城，我们请你吃饭。”

“好啊！”

自何霄大一入学之前见过面后，两个人快有整整一年没有任何双向的联系了。黄希言倒是会在节假日发祝福消息给何霄，但从来没收到回复。直到去年的新年，她给何霄发了拜年的消息，他终于回了一个红包。后来，何霄给她打了个电话，说这回自己真的已经放下了。

而另一边，张阿姨跟席樾单独说了两句话。前年春节，席樾跟黄希言回了奚城一趟，张阿姨喜不自胜，忙前忙后地招待他们，麻将一场没沾。今天两人算是正式结婚，请张阿姨来，张阿姨很是受宠若惊。

张阿姨是今天唯一的长辈，虽有些拘谨，但还得端起小姨的架子，祝福席樾跟黄希言白头到老。席樾说：“我们会的。”张阿姨笑着，眼里泛泪。

蒋沪生和何霄承诺会护送其他人到酒店，于是黄希言和席樾将大家送到大门口就折返了。桌上的东西还没收拾，黄希言和席樾分工打扫。他们把桌子擦干净，将碗盘丢进洗碗机。音响里播放着圣诞节歌单，已经循环过一遍，重新到了第一首。黄希言感觉很累，但仍然开心，坐在圣诞树下的木地板上，喊席樾过来拆礼物。

丁晓送了一套很漂亮的餐具；张阿姨送的是床品四件套；何霄送的是一个很有直男品位的装饰品——水晶球里雪花纷纷的圣诞小屋；赵露璐送的是槐花蜜，还有两瓶自家的辣椒酱，卡片上写着，这辣椒酱是赵妈妈专门为他们做的“微辣”口味，加了很多牛肉和香菇丁，保证好吃。黄希言将额头抵在卡片上，想起往事，不由得笑了。

另一边，席樾在拆蒋沪生的礼物。打开后，席樾看了一眼，就将盒子盖上，藏到背后去。他原想蒙混过关，但黄希言数点着礼物，感觉少了一份，到处找，还是找到了被他藏起来的这个。

她要把这个礼品盒拿过来，被席樾制止了：“不用看了，不是什么有用的东西。”

黄希言知道其中肯定有古怪，被勾起了好奇心，非要看不可。她抢夺几下，席樾妥协了。

那是一个很大的礼品盒，除了送给他们的一对定制的宝石胸针，还有一套……助兴的道具？黄希言目瞪口呆，简直不敢伸手去拿。看席樾的表情，他比她还要不自在。他拿了盒盖要去扣上，而下一秒，黄希言抱住他的肩膀，抬眼看他，笑着说：“试试。”

“……”

被酒精染得泛红的脸颊，明亮而泛着水光的眼睛，再温软不过的语气，这样的她，说什么内容都像是在勾引。她似乎将他的沉默视为婉拒，更加凑近他：“等下试试。”

要命了！席樾伸手推她的脸：“先去洗澡。”

“一起啊！”

“……”

番外二

一个周六

毕业后的第五年，黄希言换了第二份工作。她来到深城，在某互联网公司的媒体部门谋得一个内容维护的工作，因此她和席樾又搬了一次家。

席樾和蒋沪生的工作室运营得一直很稳定，蒋沪生又拓展了新业务，做原画培训，开展线上线下一系列课程，聘请了业内专业的原画师执教。席樾也偶尔授课，不过只限线下的高级班。

这天早上，黄希言先去4S店归还店里提供的代步车，取回已经维修完的席樾的车——说是席樾的车，但买回来后席樾连方向盘都没摸过，一直是她在开。

上午，黄希言去了一趟公司，做完昨天没收尾的一点儿工作。中午，她去工作室接席樾吃中饭，两人下午要跟房产中介去看房。

黄希言抵达席樾他们的工作室所在的写字楼，离预定的下课时间还有二十分钟。她把车停到地下车库，趁还有时间，上楼去便利店买水，看见对面有一家药店，又顺便去了一趟。

工作室在写字楼的32层，一半是办公区域，是工作室员工待的地方；一半是教室，有近二十台电脑，像个小型的网吧。黄希言先去办公区跟蒋沪生打招呼。

蒋沪生正在办公室里打电话，一副焦头烂额状。他最近跟一个花艺教室的老师谈恋爱，被对方吃得死死的，黄希言猜测，电话那端可能就是那位老师。黄希言看蒋沪生仿佛不方便，招招手就准备走了，哪知道下一秒，他就被对面无情地撂了电话。他捏着手机干瞪眼，片刻后无奈地笑了笑，喊住黄希言，问她是不是来找席樾的。黄希言说是。

蒋沪生笑说："你们的房子看好了吗？"

"上回看过的那一套，我跟席樾还挺喜欢，下午想再去看一次。"

"你们先定下来，我考虑到时候也跟你们住一个小区得了。"

"蒋先生还是赶紧找个女朋友吧。"黄希言道，"你总来我们家蹭饭，我也感到很困扰。"

蒋沪生哈哈大笑。

跟蒋沪生打过招呼之后，黄希言去了教室区。她悄悄地将玻璃门推开一条缝，看到投影上席樾的电脑投屏的绘画界面，那是他的演示过程。显然，现在已经过了讲课的时间，学员都在实操。

目光在教室里扫了一圈，黄希言没有找到席樾的身影。这时候，靠门口的一个学员注意到了她，她笑着摆手打招呼，又小声地问："看见席樾老师了吗？"

"十分钟前他跟我们的一个学员出去了，不知道去哪儿了。"

工作室拢共就这么点儿地方，黄希言逛了一圈就找到了席樾。会客室的门半开着，席樾和一个女孩子站在里面。但是，找过去的时机让黄希言感觉有点儿尴尬，自己很凑巧地赶上了席樾刚刚说完一句"抱歉，我已经结婚了"。黄希言觉得自己还是赶紧离开为妙，然而已经被那个女孩子看见了。席樾也觉察到，转过头来。

黄希言只好笑说："你不在教室，所以……"

席樾冲着对面脸涨得通红的女孩子微微地点了一下头，像是致歉，又像是表示这话题就到此为止了，转身走到门口，将黄希言的手一挽，问道："几点了？"

"还有三分钟十一点半。"

“那走吧。”

黄希言回头看了一眼，会客室里的那个女孩子耷拉着肩膀，垂着脑袋，像是已经哭了。黄希言不至于同情心泛滥到会上前安慰，但眼睁睁地看着女孩儿哭，心里又有点儿……黄希言轻叹了一声。

席樾回教室关上了电脑，然后跟黄希言一起离开了工作室。电梯里，黄希言问席樾：“刚刚那个女生是在跟你表白吗？”

“嗯。”席樾十分郁闷。之前的几期培训课，也有个别女生是专门冲着他的名号来的，除了学画，还有其他用意。他领会到了这些弦外之音，感到很不舒服，更怕黄希言不舒服，因此还是不顾黄希言的反对，在两人结婚五周年的时候发了一条微博，公开了自己已婚的身份。但让他没想到的是，还有人明知他已婚仍然不放弃。

在他看来，这种做法很没分寸，更没礼貌。但人家是交了学费来学画画的，公事得公办，他不能因为私人原因而将人家拒之门外。他一辈子也学不会跟陌生人打交道，做什么都好像会惹得别人不高兴。好比刚才，把女孩子弄哭不是他的本意，但他又不得不果断拒绝，以划清界限。

席樾再度萌生以后只在网上授课的想法。黄希言说：“蒋沪生不会答应的。他不让你上网课，就是怕有盗录的视频流出去。”

“随便录，我不在乎。”

黄希言笑了：“其实我对这些不在意的，我完完全全相信你。”

席樾看着她：“你以前还会吃醋。”

“毕竟现在已经老夫老妻了，谁还会动不动就吃醋？”

“……”

看他好像真的不高兴了，黄希言笑着踮起脚去捧他的脸，赶在电梯开门前，亲了他一下：“尝到了吗？”

“嗯？”

“酸味。”

“没有。”席樾一本正经地说，然后搂她的腰，低下头，“我再尝一下。”

中午吃过饭，下午他们再去跟中介看了那套房。三居室的大平层，区位条件、小区环境、室内户型以及采光，基本完全符合两人的需求。两人商量了一下，不再犹豫，跟中介定下购房意向，约定后续的网签时间。

中介说："下次过来，你们带上户口本、身份证、结婚证、银行征信……"

黄希言点头记下了。

看完房，黄希言开车，两人回到现在租住的公寓。上楼前，黄希言先去快递点领了快递，等到了家，又拿出一柄美工刀拆快递盒。

席樾去浴室洗了一下手，出来时发现黄希言蹲在门厅那里对着快递盒发呆，走过去问她："怎么了？"

黄希言摇了一下头，把快递盒推给他看。里面有两样东西，一个礼品盒里装着某奢侈品牌的手链，此外还有一张明信片，绘着非洲草原的风景，盖了许多邮戳，上面有一句简短的祝福语，没留落款。自前年开始，每年黄希言的生日前后，她都会收到这样两件东西。礼物来自黄安言；明信片来自离婚之后，提前退休，而今全世界旅游的袁令秋。今年亦是雷打不动。

黄希言收到礼物之后，在微信上简单地留一句谢谢，彼此寒暄两句，再无更多交流。或许，再过很多年，黄希言变成凡事都能一笑而过的真正的大人，终究还是能够坐下来和母亲、姐姐平静地喝杯茶吧。但黄希言知道，肯定还不是现在。

收起礼物，黄希言回屋拿睡衣，准备先洗个澡。她忽然想到什么，又把小挎包拎过来，拿出在药房里买的东西。

趁黄希言洗澡的时候，席樾启动了手持吸尘器，将屋子打扫了一遍。不一会儿，黄希言穿着居家服从浴室出来，头上戴着一顶干发帽，也不急着吹头发，先去冰箱里拿食材准备晚餐。席樾也冲了个澡，换了一身衣服进厨房帮忙。

黄希言切番茄的时候看了一眼席樾，拿他和五年前做比较，好像他除了被她养得健康了一些，没有太大的变化，他还是在人前一副疏离出世的样子，多数的时候活在自己的世界里，也因此，他的眼神始终清澈。他是一个一辈子都将如此纯粹的人。

“席樾。”黄希言突然开口。

“嗯？”

“你讨厌小孩子吗？”

席樾认真地想了一下自己跟赵露璐的女儿妙妙的几次相处：“还行。”

“那喜欢小孩子吗？”

“也还行。”

“你有没有想过未来我们会要一个孩子？”

“只要你愿意，我都可以。”

“真的吗？”

“嗯。”

黄希言轻轻地呼吸：“如果我说……不是未来，而是现在的话……”

席樾没反应过来，转头看着黄希言。黄希言打开水龙头将手冲干净，拿厨房的纸擦了一下手上的水，从家居服的口袋里掏出手机，在相册里点开一张照片，递到他的面前。

黄希言将手撑在料理台的边缘，看向他。

她尚未开口，席樾已经上前一步把她抱进了怀里。他用身体整个团住她，用力到她快呼吸困难。他的手里还捏着她的手机，屏幕上是一张摄于半个小时前的照片——显示两道杠的验孕试纸。

“唉！”黄希言佯作叹息，脸上却满是笑意，“好麻烦，以后我要照顾的人多出了一倍啊！”

几年后。小席问席樾：“爸爸，你是爱我更多一点儿，还是爱妈妈更多一点儿？”

席樾认真地回答：“我不会爱世界上的任何一个人超过爱你妈妈。”

小席：“世界上的任何一个人，也包括我吗？”

席樾：“也包括你。”

小席扁嘴，哇的一声哭出来。书房里的黄希言听见哭声，跑出来，一把抱住女儿，瞪着席樾：“你把人弄哭了还得我哄！”

席樾看着黄希言，无辜且温柔地笑着。

（全文完）